Esta obra foi publicada originalmente em espanhol com o título
PLATERO Y YO
*Primeira edição completa publicada em janeiro de 1917
por Biblioteca Calleja, Madri
Copyright © Herederos de Juan Ramón Jiménez
Copyright © 2010, Editora WMF Martins Fontes Ltda.,
São Paulo, para a presente edição.*

1ª edição 2010
2ª edição 2010

Tradução
MONICA STAHEL

Acompanhamento editorial
Luzia Aparecida dos Santos
Revisões gráficas
*Renato da Rocha Carlos
Helena Guimarães Bittencourt*
Edição de arte
Katia Harumi Terasaka
Produção gráfica
Geraldo Alves
Paginação
Moacir Katsumi Matsusaki

Dados Internacionais de Catalogação na Publicação (CIP)
(Câmara Brasileira do Livro, SP, Brasil)

Ramón Jiménez, Juan, 1881-1958.
   Platero e Eu / Juan Ramón Jiménez ; tradução Monica Stahel. – 2ª ed. – São Paulo : Editora WMF Martins Fontes, 2010.

   Título original: Platero y yo.
   ISBN 978-85-7827-313-2 (capa dura)

   1. Contos espanhóis I. Título.

10-06270   CDD-863

Índices para catálogo sistemático:
1. Contos : Literatura espanhola   863

Todos os direitos desta edição reservados à
Editora WMF Martins Fontes Ltda.
*Rua Conselheiro Ramalho, 330 01325-000 São Paulo SP Brasil
Tel. (11) 3293.8150 Fax (11) 3101.1042
e-mail: info@wmfmartinsfontes.com.br http://www.wmfmartinsfontes.com.br*

Juan Ramón Jiménez **PLATERO E EU**

Prêmio Nobel de Literatura

EDIÇÃO BILÍNGUE

Ilustrado por *Javier Zabala*

Tradução *Monica Stahel*

SÃO PAULO 2010

ÍNDICE

I	Platero	4
II	Mariposas blancas	6
III	Juegos del anochecer	8
IV	El eclipse	10
V	Escalofrío	12
VI	La miga	14
VII	El loco	16
VIII	Judas	18
IX	Las brevas	20
X	¡Ângelus!	22
XI	El moridero	24
XII	La púa	26
XIII	Golondrinas	28
XIV	La cuadra	30
XV	El potro castrado	32
XVI	La casa de enfrente	34
XVII	El niño tonto	36
XVIII	La fantasma	38
XIX	Paisaje grana	40
XX	El loro	42
XXI	La azotea	44
XXII	Retorno	46
XXIII	La verja cerrada	48
XXIV	Don José, el cura	50
XXV	La primavera	52
XXVI	El aljibe	54
XXVII	El perro sarnoso	56
XXVIII	Remanso	58
XXIX	Idilio de abril	60
XXX	El canario vuela	62
XXXI	El demônio	64
XXXII	Libertad	66
XXXIII	Los húngaros	68

ÍNDICE

Apresentação à edição brasileira IX

I	Platero	5
II	Borboletas brancas	7
III	Jogos do anoitecer	9
IV	O eclipse	11
V	Calafrio	13
VI	A escola	15
VII	O louco	17
VIII	Judas	19
IX	Os figos da bebereira	21
X	Ângelus	23
XI	O morredouro	25
XII	O espinho	27
XIII	Andorinhas	29
XIV	O estábulo	31
XV	O potro castrado	33
XVI	A casa em frente	35
XVII	O menino bobo	37
XVIII	A fantasma	39
XIX	Paisagem grená	41
XX	O papagaio	43
XXI	O terraço	45
XXII	Retorno	47
XXIII	O portão fechado	49
XXIV	*Don* José, o cura	51
XXV	A primavera	53
XXVI	A cisterna	55
XXVII	O cão sarnento	57
XXVIII	Remanso	59
XXIX	Idílio de abril	61
XXX	O canário voa	63
XXXI	O demônio	65
XXXII	Liberdade	67
XXXIII	Os ciganos húngaros	69

XXXIV	La novia	70
XXXV	La sanguijuela	72
XXXVI	Las tres viejas	74
XXXVII	La carretilla	76
XXXVIII	El pan	78
XXXIX	Aglae	80
XL	El pino de la corona	82
XLI	Darbón	84
XLII	El niño y el agua	86
XLIII	Amistad	88
XLIV	La arrulladora	90
XLV	El árbol del corral	92
XLVI	La tísica	94
XLVII	El Rocío	96
XLVIII	Ronsard	98
XLIX	El tío de las vistas	100
L	La flor del camino	102
LI	*Lord*	104
LII	El pozo	106
LIII	Albérchigos	108
LIV	La coz	110
LV	Asnografía	112
LVI	Corpus	114
LVII	Paseo	116
LVIII	Los gallos	118
LIX	Anochecer	120
LX	El sello	122
LXI	La perra parida	124
LXII	Ella y nosotros	126
LXIII	Gorriones	128
LXIV	Frasco Vélez	130
LXV	El verano	132
LXVI	Fuego en los montes	134
LXVII	El arroyo	136
LXVIII	Domingo	138
LXIX	El canto del grillo	140
LXX	Los toros	142
LXXI	Tormenta	144
LXXII	Vendimia	146
LXXIII	Nocturno	148
LXXIV	Sarito	150
LXXV	Última siesta	152

XXXIV	A namorada	71
XXXV	A sanguessuga	73
XXXVI	As três velhas	75
XXXVII	A carriola	77
XXXVIII	O pão	79
XXXIX	Aglae	81
XL	O pinheiro do Alto da Montanha	83
XLI	Darbón	85
XLII	O menino e a água	87
XLIII	Amizade	89
XLIV	A arrulhadora	91
XLV	A árvore do curral	93
XLVI	A tísica	95
XLVII	Rocío	97
XLVIII	Ronsard	99
XLIX	O homem das figuras	101
L	A flor do caminho	103
LI	*Lord*	105
LII	O poço	107
LIII	Abricós	109
LIV	O coice	111
LV	Asnografia	113
LVI	*Corpus*	115
LVII	Passeio	117
LVIII	Os galos	119
LIX	Anoitecer	121
LX	O sinete	123
LXI	A cadela parida	125
LXII	Ela e nós	127
LXIII	Pardais	129
LXIV	Frasco Vélez	131
LXV	O verão	133
LXVI	Fogo nas montanhas	135
LXVII	O arroio	137
LXVIII	Domingo	139
LXIX	O canto do grilo	141
LXX	Os touros	143
LXXI	Tempestade	145
LXXII	Vindima	147
LXXIII	Noturno	149
LXXIV	Sarito	151
LXXV	Última sesta	153

LXXVI	Los fuegos	154
LXXVII	El vergel	156
LXXVIII	La luna	158
LXXIX	Alegría	160
LXXX	Pasan los patos	162
LXXXI	La niña chica	164
LXXXII	El pastor	166
LXXXIII	El canário se muere	168
LXXXIV	La colina	170
LXXXV	El otoño	172
LXXXVI	El perro atado	174
LXXXVII	La tortuga griega	176
LXXXVIII	Tarde de octubre	178
LXXXIX	Antonia	180
XC	El racimo olvidado	182
XCI	Almirante	184
XCII	Viñeta	186
XCIII	La escama	188
XCIV	Pinito	190
XCV	El rio	192
XCVI	La granada	194
XCVII	El cementerio viejo	196
XCVIII	Lipiani	198
XCIX	El castillo	200
C	La plaza vieja de toros	202
CI	El eco	204
CII	Susto	206
CIII	La fuente vieja	208
CIV	Camino	210
CV	Piñones	212
CVI	El toro huido	214
CVII	Idilio de noviembre	216
CVIII	La yegua blanca	218
CIX	Cencerrada	220
CX	Los gitanos	222
CXI	La llama	224
CXII	Convalescencia	226
CXIII	El burro viejo	228
CXIV	El Alba	230
CXV	Florecillas	232
CXVI	Navidad	234
CXVII	La calle de la Ribera	236

LXXVI	Os fogos	155
LXXVII	El Vergel	157
LXXVIII	A lua	159
LXXIX	Alegria	161
LXXX	Passam os patos	163
LXXXI	A menininha	165
LXXXII	O pastor	167
LXXXIII	O canário morre	169
LXXXIV	A colina	171
LXXXV	O outono	173
LXXXVI	O cão amarrado	175
LXXXVII	A tartaruga grega	177
LXXXVIII	Tarde de outubro	179
LXXXIX	Antonia	181
XC	O cacho de uva esquecido	183
XCI	Almirante	185
XCII	Vinheta	187
XCIII	A escama	189
XCIV	Pinito	191
XCV	O rio	193
XCVI	A romã	195
XCVII	O cemitério velho	197
XCVIII	Lipiani	199
XCIX	O castelo	201
C	A velha praça de touros	203
CI	O eco	205
CII	Susto	207
CIII	A fonte velha	209
CIV	Caminho	211
CV	Pinhões	213
CVI	O touro fujão	215
CVII	Idílio de novembro	217
CVIII	A égua branca	219
CIX	Cincerrada	221
CX	Os ciganos	223
CXI	A chama	225
CXII	Convalescença	227
CXIII	O burro velho	229
CXIV	A aurora	231
CXV	Florezinhas	233
CXVI	Natal	235
CXVII	A rua da Ribeira	237

CXVIII	El invierno	238
CXIX	Leche de burra	240
CXX	Noche pura	242
CXXI	La corona de perejil	244
CXXII	Los reyes magos	246
CXXIII	*Mons-urium*	248
CXXIV	El vino	250
CXXV	La fábula	252
CXXVI	Carnaval	254
CXXVII	León	256
CXXVIII	El molino viento	258
CXXIX	La torre	260
CXXX	Los burros del arenero	262
CXXXI	Madrigal	264
CXXXII	La muerte	266
CXXXIII	Nostalgia	268
CXXXIV	El borriquete	270
CXXXV	Melancolía	272
CXXXVI	*A Platero en el cielo de Moguer*	274
CXXXVII	Platero de cartón	276
CXXXVIII	A Platero, en su tierra	278

CXVIII	O inverno	239
CXIX	Leite de burra	241
CXX	Noite pura	243
CXXI	A coroa de salsa	245
CXXII	Os Reis Magos	247
CXXIII	*Mons-urium*	249
CXXIV	Vinho	251
CXXV	A fábula	253
CXXVI	Carnaval	255
CXXVII	León	257
CXXVIII	O moinho de vento	259
CXXIX	A torre	261
CXXX	Os burros do areeiro	263
CXXXI	Madrigal	265
CXXXII	A morte	267
CXXXIII	Nostalgia	269
CXXXIV	O cavalete	271
CXXXV	Melancolia	273
CXXXVI	*Para Platero no céu de Moguer*	275
CXXXVII	Platero de papelão	277
CXXXVIII	Para Platero, em sua terra	279

APRESENTAÇÃO À EDIÇÃO BRASILEIRA*

Juan Ramón Jiménez nasceu em Moguer, Huelva, em 23 de dezembro de 1881. Começou a estudar Direito na Universidade de Sevilha, mas não concluiu o curso; foi mais poderoso seu interesse pela poesia e pela pintura. Aos 19 anos, em abril de 1900, viaja para Madri, onde é recebido por Villaespesa, Rubén Darío, Valle Inclán e outros escritores de grande renome. Destes recebe estímulo para publicar seus primeiros livros e pelas mãos deles entra na vida intelectual e conhece de perto a boemia cultural da Espanha do início do século XX.

Cansado da vida agitada da capital, volta a Moguer, onde é surpreendido pela morte do pai, que põe à prova seu temperamento agitado e nervoso. Uma longa depressão o acomete, mas, apesar das reclusões e cuidados médicos durante um ano na França e quase cinco em Madri, não deixa de vincular-se aos meios literários, de publicar e de colaborar em revistas culturais.

Incentivado pelo dr. Simarro, em cuja casa madrilena viveu de 1903 a 1905, entra em contato com a Institución Libre de Enseñanza, onde se torna discípulo e admirador de Francisco Giner de los Ríos, que exerce uma grande influência em sua formação.

Essas estadas em Madri e os amigos que lá conquista são a chave para que o poeta entre em contato com o modernismo, não só como tendência literária mas como ambiente intelectual de uma época.

De 1905 a 1912 volta a Moguer, de novo deprimido e nostálgico. Sua saúde psíquica nesses anos se agrava na medida em que a fortuna familiar se depaupera. Nesses anos torna-se testemunha, além do mais, da decadência econômica de seu povoado e da seca do rio que garantia a produção de vinho e a pesca.

Um episódio importante que viria coroar sua clara vocação poética foi ter passado pela Residencia de Estudiantes, de 1913 a 1916. A Residencia, fundada em 1909 pela Junta para Ampliación de Estudios e Investigaciones Científicas, foi a forja de muitas gerações de intelectuais espanhóis. Lá, Juan Ramón conviveu com Unamuno, Azorín, Ortega y Gasset, Menéndez Pidal, entre outros.

O ano de 1916 é decisivo na vida do poeta, pois ele viaja para Nova York, onde se casa com Zenobia Camprubí Aymar, em quem encontra um apoio definitivo como criador e como ser humano. Como consequência dessa viagem e em virtude do grande amor que sente, escreve *Diario de un poeta reciencasado*, livro que por seu modo de expressão dá início a uma nova e frutífera etapa lírica, marcada por obras

---
* Tradução: Monica Stahel.

como *Eternidades* (1918), *Piedra y cielo* (1919), *Segunda antolojía poética* (1922) e *Poesía* (1923).

Daí por diante e até 1936 a atividade crítica e literária manifesta-se em múltiplas publicações e na criação de revistas como *Índice, Sí, Ley*, que tinham como finalidade estimular os jovens poetas a divulgar sua própria obra.

Os avatares históricos do complexo século XX do entreguerras reforçam em Juan Ramón um humanismo e uma visão estética da realidade que às vezes, por sua maneira de escrever, são erroneamente interpretados. O fato de continuar fiel à poesia pura e não abraçar as ideias de uma arte de compromisso político não significa de modo nenhum que sua sensibilidade não se sentisse fortemente abalada pela desumanização, pela desolação da Primeira Guerra Mundial, pela mutilação das crianças sobreviventes da guerra ou pela miséria coletiva de grupos minoritários de Nova York.

Também não é possível ocultar sua preocupação cívica com a melhoria de seu país, a partir de uma consciência clara de uma Espanha crítica que teria que se renovar com novas tradições políticas e democráticas. Sempre advogava a favor da renovação e ansiava por mudanças com relação ao passado histórico tradicional.

Em agosto de 1936, como consequência da guerra, empreende o exílio voluntário e se fixa primeiro em Nova York. Após sua saída da Espanha, faz declarações, expressa sua simpatia e reconhece a legitimidade do governo republicano.

O exílio prolonga-se até sua morte, em 29 de maio de 1958. Depois das semanas em Nova York em 1936, faz uma curta estada em Porto Rico. Viaja para Cuba, onde permanece durante dois anos, de novembro de 1936 a janeiro de 1939. Passa depois três anos em Coral Gables, Flórida, de janeiro de 1939 a outubro de 1942, onde colabora com a Universidade de Miami. De 1942 a 1951 instala-se nas proximidades de Washington D.C., e tanto ele como sua esposa exercem a docência na Universidade de Maryland. Passa os últimos sete anos de sua vida em Porto Rico, como professor da Universidade de Porto Rico, em Río Piedras.

Em 25 de outubro de 1956 foi outorgado a Juan Ramón Jiménez o Prêmio Nobel. Três dias depois Zenobia morreu, e um ano e meio mais tarde morreu o poeta, após 25 anos fora de sua terra, cheios de acontecimentos trágicos e de êxitos acadêmicos e literários.

Em toda a América espanhola é reconhecida sua influência renovadora da poesia; em particular em Cuba e em Porto Rico deu aulas inesquecíveis, entrou em contato com os jovens poetas e impulsionou a literatura infantil. Não menos aconteceu na Argentina, onde recebeu homenagens públicas e reconhecimentos por parte de grandes escritores. Apesar dos triunfos na esfera acadêmica e da intensa atividade cultural nos vários países, sua produção poética viu-se reduzida. O poeta reconhecia que pagava um preço alto por sua liberdade e que, ao perder vínculos com sua Andaluzia natal e sua gente, perdia também sua expressão e seu idioma local.

Platero y yo veio à luz no dia do Natal de 1914, na assim chamada edição menor da *La Lectura*, com apenas 64 de seus 136 capítulos originais. Em janeiro de 1917 a obra foi publicada integralmente, com mais dois capítulos acrescentados ao original, na Biblioteca Calleja, edição considerada a primeira completa e mais seguida nos anos sucessivos.

A obra caracteriza-se por uma prosa de alto voo lírico que, em contraste, se enreda com a natureza concreta, a simplicidade das pessoas da aldeia e o didatismo ativo cuja missão última é a criação de valores humanos através da educação, no que segue seu mestre Giner de los Ríos.

As vivências amargas e dolorosas, ao lado de outras felizes e divertidas, somadas às histórias e recordações de Moguer, servem para transmitir aos leitores, de maneira exemplar, sentimentos experimentados ou sofridos na própria carne pelo poeta.

Como peça narrativa, *Platero y yo* corresponde a uma estrutura cíclica, pois seus episódios, relativamente independentes entre si, transcorrem de primavera a primavera, até se encerrar um ano.

A obra aborda muitos temas: a dor física, a dor moral, a morte, a atitude crítica diante da sociedade, a natureza, os valores dos homens, seus vícios, sua crueldade, e todas essas ideias passam pela óptica do animal-personagem que desencadeia essas reflexões. Mas não se trata de uma fábula. Na realidade, Platero é a consciência do poeta e traduz seu mundo e seu isolamento, com poucas relações sociais – a cabra, o médico, a criança – que o comunicam com o exterior e permitem o fluxo de impressões líricas, numa singular simbiose com o narrador onisciente que vive e traduz a experiência.

Na realidade, a primeira pessoa está presente desde o título, mas esse *yo* funde-se com a pessoa do narrador, e com isso é derrubada a ponte que medeia entre o receptor e o emissor. Assim, o vínculo entre o poeta e o leitor torna-se direto. Ligado ao eu aparece a segunda pessoa, Platero, de cujo diálogo emana uma resposta ou uma percepção poética da realidade.

Outra característica do livro são as constantes alusões a obras, personagens, pintores e artistas preferidos do autor. A arte não é mera alusão; está presente através da própria linguagem, cheia de luz, cor e sons, e também através de menções a pintores como Fra Angélico, Murillo, Piero di Cosimo, a músicos como Beethoven ou a escritores como Shakespeare, Ronsard ou Oscar Wilde.

A linguagem de *Platero y yo* caracteriza-se por um sensualismo que provém de impressões e episódios íntimos. A visão, o tato, o olfato e praticamente todos os sentidos se expressam ao lado de sentimentos de maior profundidade psíquica, como o medo, a maldade, a carícia, a tristeza, a alegria, entre outros.

Mas a visão e a constante alusão ao colorido primam sobre as onomatopeias e as imagens táteis. A isso deve-se o fato de ser atribuída à obra uma influência marcante da arte impressionista. Assim como os quadros desse movimento, formados por moléculas de luz, a linguagem de *Platero y yo* é uma sequência de frases curtas e estruturas de elemento único que dão sempre a sensação de percepção global e, ao mesmo tempo, de discriminação de impressões que nos levam, por fim, ao tumulto sensorial da vida.

Em sua busca de simplicidade, limpeza e espontaneidade, Juan Ramón propôs um sistema ortográfico próprio, que personaliza sua produção e diz muito de seu afã inovador de escrever como se fala e de buscar os máximos efeitos até nas seções mais formais do idioma. Assim, contrariando as normas acadêmicas, usa, por exemplo, a grafia *j* para representar o fonema *g* e escreve, por exemplo, *inteliiencia virjen, jiralda*; não escreve *p, b* e *n* em grupos que têm essas consoantes (*setiembre, oscuro, trasparencia*); nem coloca *x* antes de consoante (*esquisito*); nem *s* no grupo *sc* (*conciente*). E suprime o *h* na interjeição *Oh*. Experimentou também novas formas métricas e criou neologismos como *amarillonar, cuerpoialma, antecielo, frutecer*.

A Natureza, humanizada em uma grande prosopopeia, não é um cenário estático; dela passam ao homem, constantemente, qualidades espirituais. Também os objetos em constante movimento são a chave para a evocação do meio e do tempo. A vivência, enfim, adquire um ritmo real, reforçada pelo contraste entre o popular, o culto, o vulgar e o coloquial. Emana assim um simbolismo poético complexo baseado na simplicidade e nos temas cotidianos.

Embora *Platero y yo* seja considerado com frequência um livro para crianças, na realidade é um compêndio das vivências poéticas de um adulto extremamente sensível, que não perdeu o contato com a pureza da infância e que exalta a vida acima do sofrimento, das misérias morais, das ruínas de um povoado. É, pois, um canto aos valores humanos, com confiança na redenção. E seu autor, Juan Ramón Jiménez, um poeta inteiro, cabal, inesgotável. Ninguém como ele para fazer brotar da simplicidade e da humildade os bons aromas da poesia e os gestos amáveis que aplacam a dor do mundo.

Pedro Benítez Pérez
Instituto Cervantes de São Paulo
Universidad de Alcalá

PLATERO E EU
(Elegia andaluza)
1907-1916

Em memória de
AGUEDILLA,
a pobre louca da rua do sol
que me mandava amoras e cravos

ADVERTÊNCIA AOS HOMENS QUE LEREM
ESTE LIVRO PARA CRIANÇAS

Este breve livro, em que a alegria e a dor são gêmeas, como as orelhas de Platero, foi escrito para... não sei para quem!... para quem nós, poetas líricos, escrevemos... Já que é para as crianças, não lhe tiro nem ponho uma vírgula. Ótimo!

"Onde quer que haja crianças – diz Novalis –, existe uma idade de ouro." Pois nessa idade de ouro, que é como uma ilha espiritual caída do céu, está o coração do poeta, e lá se acha tão à vontade que seu melhor desejo seria jamais ter que abandoná-la.

Ilha de graça, frescor e felicidade, idade de ouro das crianças; que sempre eu te encontre em minha vida, mar de aflição, e que tua brisa me dê sua lira, alta e, às vezes, sem sentido, como o trinar da calhandra no sol branco do amanhecer!

O POETA
Madri, 1914

I PLATERO

Platero es pequeño, peludo, suave; tan blando por fuera, que se diría todo de algodón, que no lleva huesos. Sólo los espejos de azabache de sus ojos son duros cual dos escarabajos de cristal negro.

Lo dejo suelto, y se va al prado, y acaricia tibiamente con su hocico, rozándolas apenas, las florecillas rosas, celestes y gualdas… Lo llamo dulcemente: "¿Platero?", y viene a mí con un trotecillo alegre que parece que se ríe, en no sé qué cascabeleo ideal…

Come cuanto le doy. Le gustan las naranjas, mandarinas, las uvas moscateles, todas de ámbar, los higos morados, con su cristalina gotita de miel…

Es tierno y mimoso igual que un niño, que una niña…; pero fuerte y seco por dentro, como de piedra. Cuando paso sobre él, los domingos, por las últimas callejas del pueblo, los hombres del campo, vestidos de limpio y despaciosos, se quedan mirándolo:

– Tien' asero…

Tiene acero. Acero y plata de luna, al mismo tiempo.

I PLATERO

Platero é pequeno, peludo, suave; tão macio por fora, que parece todo de algodão, parece não ter ossos. Só os espelhos de azeviche de seus olhos são duros como dois escaravelhos de cristal negro.

Deixo-o solto, e ele vai para o prado, e acaricia mansamente com o focinho, mal as tocando, as florzinhas cor-de-rosa, azul-celeste e amarelo-ouro... Chamo-o docemente: "Platero!", e ele vem até mim com um trotezinho alegre, como se viesse rindo, como que num desprendimento ideal.

Come o que lhe dou. Gosta de laranjas, tangerinas, uvas moscatéis, todas de âmbar, figos-roxos, com sua gotinha cristalina de mel...

É terno e mimoso como um menino, como uma menina...; mas forte e rijo por dentro, como de pedra. Quando, aos domingos, passo montado nele pelas últimas ruelas da aldeia, os homens do campo, de roupa limpa e vagarosos, ficam olhando:

– Ele tem aço...

Tem aço. Aço e, ao mesmo tempo, prata de luar.

II MARIPOSAS BLANCAS

La noche cae, brumosa ya y morada. Vagas claridades malvas y verdes perduran tras la torre de la iglesia. El camino sube, lleno de sombras, de campanillas, de fragancia de yerba, de canciones, de cansancio y de anhelo. De pronto, un hombre oscuro, con una gorra y un pincho, roja un instante la cara fea por la luz del cigarro, baja a nosotros de una casucha miserable, perdida entre sacas de carbón. Platero se amedrenta.

— ¿Ba argo?
— Vea usted… Mariposas blancas…

El hombre quiere clavar su pincho de hierro en el seroncillo, y no lo evito. Abro la alforja y él no ve nada. Y el alimento ideal pasa, libre y cándido, sin pagar su tributo a los Consumos…

II   BORBOLETAS BRANCAS

A noite cai, já nebulosa e arroxeada. Vagas claridades malvas e verdes permanecem ainda por detrás da torre e da igreja. O caminho sobe, cheio de sombras, de campânulas, de fragrância de capim, de canções, de cansaço e de anseio. Logo, um homem obscuro, de gorro na cabeça e espeto na mão, o rosto feio momentaneamente avermelhado pela luz do cigarro, desce até nós de uma choupana miserável, perdida entre sacos de carvão. Platero se amedronta.
– Alguma coisa?
– Veja o senhor... Borboletas brancas...

O homem quer cravar o espeto de ferro no cesto, e não o detenho. Abro o alforje e ele não vê nada. E o alimento ideal passa, livre e cândido, sem pagar imposto...

III · JUEGOS DEL ANOCHECER

Cuando, en el crepúsculo del pueblo, Platero y yo entramos, ateridos, por la oscuridad morada de la calleja miserable que da al río seco, los niños pobres juegan a asustarse, fingiéndose mendigos. Uno se echa un saco a la cabeza, otro dice que no ve, otro se hace el cojo...

Después, en ese brusco cambiar de la infancia, como llevan unos zapatos y un vestido, y como sus madres, ellas sabrán cómo, les han dado algo de comer, se creen unos príncipes:

– Mi pare tié un reló e plata.
– Y er mío, un cabayo.
– Y er mío, una ejcopeta.

Reloj que levantará a la madrugada, escopeta que no matará el hambre, caballo que llevará a la miseria...

El corro, luego. Entre tanta negrura una niña forastera, que habla de otro modo, la sobrina del Pájaro Verde, con voz débil, hilo de cristal acuoso en la sombra, canta entonadamente, cual una princesa:

> Yo soy laaa viudiiitaa
> del Condeee de Oréé...

... ¡Sí, sí! ¡Cantad, soñad, niños pobres! Pronto, al amanecer vuestra adolescencia, la primavera os asustará, como un mendigo, enmascarada de invierno.

– Vamos, Platero...

III JOGOS DO ANOITECER

Quando, ao crepúsculo da aldeia, Platero e eu entramos, congelados, pela escuridão roxa da ruela miserável que vai dar no rio seco, meninos e meninas pobres brincam de se assustar, fingindo-se de mendigos. Um enfia um saco na cabeça, outro diz que não enxerga, outro se faz de coxo…

Depois, naquela brusca mutação da infância, como estão de sapatos e roupa e como suas mães, sabem elas como, lhes deram de comer, acham-se príncipes.

– Meu pai tem um relógio de prata.
– E o meu um cavalo.
– E o meu uma escopeta.

Relógio que despertará de madrugada, escopeta que não matará a fome, cavalo que levará à miséria…

Depois, a roda. Entre tanto negror, uma menina forasteira, que fala de outro modo, sobrinha do Pássaro Verde, com voz débil, fio de cristal aquoso na sombra, canta afinada, como uma princesa:

> Sou a viuviiiinha
> do Condeee de Oree…

… Sim, sim! Cantem, cantem, crianças pobres! Logo, ao amanhecer sua adolescência, a primavera lhes dará medo, como um mendigo, mascarada de inverno.

– Vamos, Platero…

IV EL ECLIPSE

Nos metimos las manos en los bolsillos, sin querer, y la frente sintió el fino aleteo de la sombra fresca, igual que cuando se entra en un pinar espeso. Las gallinas se fueron recogiendo en su escalera amparada, una a una. Alrededor, el campo enlutó su verde, cual si el velo morado del altar mayor lo cobijase. Se vio, blanco, el mar lejano, y algunas estrellas lucieron, pálidas. ¡Cómo iban trocando blancura por blancura las azoteas! Los que estábamos en ellas nos gritábamos cosas de ingenio mejor o peor, pequeños y oscuros en aquel silencio reducido del eclipse.

Mirábamos el sol con todo: con los gemelos de teatro, con el anteojo de larga vista, con una botella, con un cristal ahumado; y desde todas partes: desde el mirador, desde la escalera del corral, desde la ventana del granero, desde la cancela del patio, por sus cristales granas y azules...

Al ocultarse el sol que, un momento antes, todo lo hacía dos, tres, cien veces más grande y mejor con sus complicaciones de luz y oro, todo, sin la transición larga del crepúsculo, lo dejaba solo y pobre, como si hubiera cambiado onzas primero y luego plata por cobre. Era el pueblo como un perro chico, mohoso y ya sin cambio. ¡Qué tristes y qué pequeñas las calles, las plazas, la torre, los caminos de los montes!

Platero parecía, allá en el corral, un burro menos verdadero, diferente y recortado; otro burro...

IV O ECLIPSE

Metemos as mãos nos bolsos, sem querer, e a fronte sentiu o fino adejar da sombra fresca, como quando se entra num pinheiral denso. As galinhas foram se recolhendo ao abrigo do poleiro, uma a uma. Ao redor, o campo enlutou seu verde, como que encoberto pelo véu roxo do altar-mor. Tornou-se branco o mar longínquo, e algumas estrelas luziram, pálidas. Como iam trocando brancura por brancura os terraços! Nós que estávamos neles gritávamos uns para os outros coisas de melhor ou pior engenho, pequenos e obscuros naquele silêncio confinado do eclipse.

Olhávamos o sol com tudo: com binóculos de teatro, com a luneta de longo alcance, com uma garrafa, com um vidro esfumado; de todos os lugares: da varanda, da escada do curral, da janela do paiol, do portão do pátio, por suas vidraças grenás e azuis...

Ao esconder-se, o sol, que um momento antes tornava tudo duas, três, cem vezes maior e melhor com seus excessos de luz e ouro, agora, sem a longa transição do crepúsculo, deixava tudo só e pobre, como se tivesse transformado primeiro ouro e depois prata em cobre. A aldeia estava como um cão pequeno, mofado e imutável. Que tristes e acanhadas as ruas, as praças, a torre, as veredas das montanhas!

Platero, lá no curral, parecia um burro menos verdadeiro, diferente, silhueta recortada; outro burro...

v ESCALOFRÍO

La luna viene con nosotros, grande, redonda, pura. En los prados soñolientos se ven, vagamente, no sé qué cabras negras, entre las zarzamoras... Alguien se esconde, tácito, a nuestro pasar... Sobre el vallado, un almendro inmenso, níveo de flor y de luna, revuelta la copa con una nube blanca, cobija el camino asaeteado de estrellas de marzo... Un olor penetrante a naranjas... humedad y silencio... La cañada de las Brujas...

– ¡Platero, qué... frío!

Platero, no sé si con su miedo o con el mío, trota, entra en el arroyo, pisa la luna y la hace pedazos. Es como si un enjambre de claras rosas de cristal se enredara, queriendo retenerlo, a su trote...

Y trota Platero, cuesta arriba, encogida la grupa cual si alguien le fuese a alcanzar, sintiendo ya la tibieza suave, que parece que nunca llega, del pueblo que se acerca...

v CALAFRIO

A lua caminha conosco, grande, redonda, pura. Nos prados sonolentos, veem-se vagamente como que cabras negras, entre as amoreiras... Alguém se esconde, calado, à nossa passagem... Por cima da cerca, uma amendoeira imensa, nevada de flores e de luar, a copa enleada com uma nuvem branca, cobre o caminho crivado de estrelas de março... Um cheiro penetrante de laranja... umidade e silêncio... A trilha das bruxas...
– Platero, que... frio!
Platero, não sei se com seu medo ou com o meu, trota, entra no riacho, pisa na lua e a despedaça. É como se um enxame de claras rosas de cristal se enredasse em seu trote, querendo retê-lo...
E Platero trota encosta acima, a garupa encolhida como se alguém fosse pegá-lo, já sentindo a mornidão suave, que parece nunca chegar, da aldeia que se aproxima...

VI LA MIGA

Si tú vinieras, Platero, con los demás niños, a la miga, aprenderías el a, b, c, y escribirías palotes. Sabrías tanto como el burro de las Figuras de cera – el amigo de la Sirenita del Mar, que aparece coronado de flores de trapo, por el cristal que muestra a ella, rosa toda, carne y oro, en su verde elemento –; más que el médico y el cura de Palos, Platero.

Pero, aunque no tienes más que cuatro años, ¡eres tan grandote y tan poco fino! ¿En qué sillita te ibas a sentar tú, en qué mesa ibas tú a escribir, qué cartilla ni qué pluma te bastarían, en qué lugar del corro ibas a cantar, di, el Credo?

No. Doña Domitila – de hábito de Padre Jesús de Nazareno, morado todo con el cordón amarillo, igual que Reyes, el besuguero –, te tendría, a lo mejor, dos horas de rodillas en un rincón del patio de los plátanos, o te daría con su larga caña seca en las manos, o se comería la carne de membrillo de tu merienda, o te pondría un papel ardiendo bajo el rabo y tan coloradas y tan calientes las orejas como se le ponen al hijo del aperador cuando va a llover…

No, Platero, no. Vente tú conmigo. Yo te enseñaré las flores y las estrellas. Y no se reirán de ti como de un niño torpón, ni te pondrán, cual si fueras lo que ellos llaman un burro, el gorro de los ojos grandes ribeteados de añil y almagra, como los de las barcas del río, con dos orejas dobles que las tuyas.

VI   A ESCOLA

Se fosses à escola, Platero, com as outras crianças, aprenderias o a, b, c e traçarias pauzinhos. Saberias tanto quanto o burro das Figuras de Cera – amigo da Sereiazinha do Mar, que aparece coroado de flores de pano, no espelho que a mostra toda rosa, carne e ouro, em seu verde elemento –; mais que o médico e o cura de Palos, Platero.

Mas, apesar de teres só quatro anos, és tão grandalhão e tão pouco refinado! Em que cadeirinha sentarias, em que mesa escreverias, que cartilha e que pena te serviriam, em que lugar da roda cantarias o Credo, diz?

Não. *Doña* Domitila – de hábito de Padre Jesus Nazareno, todo roxo com cordão amarelo, igual ao Reyes, o besugueiro – te colocaria pelo menos duas horas ajoelhado num canto do pátio dos plátanos, ou te daria varadas nas mãos, ou comeria a marmelada da tua merenda, ou colocaria papel em brasa debaixo do teu rabo e faria tuas orelhas ficarem vermelhas e ardidas como as do filho do abegão quando vai chover...

Não, Platero, não. Vem comigo. Vou te mostrar as flores e as estrelas. E ninguém vai rir de ti como de um menino bobo, nem te pôr na cabeça, como se fosses o que chamam de burro, o capuz de olhos grandes orlados de anil e almagra, como os das barcas do rio, com duas orelhas que são o dobro das tuas.

VII EL LOCO

Vestido de luto, con mi barba nazarena y mi breve sombrero negro, debo cobrar un extraño aspecto cabalgando en la blandura gris de Platero.

Cuando, yendo a las viñas, cruzo las últimas calles, blancas de cal con sol, los chiquillos gitanos, aceitosos y peludos, fuera de los harapos verdes, rojos y amarillos, las tensas barrigas tostadas, corren detrás de nosotros, chillando largamente:

– ¡El loco! ¡El loco! ¡El loco!

… Delante está el campo, ya verde. Frente al cielo inmenso y puro, de un incendiado añil, mis ojos – ¡tan lejos de mis oídos! – se abren noblemente, recibiendo en su calma esa placidez sin nombre, esa serenidad armoniosa y divina que vive en el sin fin del horizonte…

Y quedan, allá lejos, por las altas eras, unos agudos gritos, velados finamente, entrecortados, jadeantes, aburridos:

– ¡El lo… co! ¡El lo… co!

VII   O LOUCO

Vestido de luto, com minha barba nazarena e meu raso chapéu preto, devo ter estranha aparência cavalgando na brandura cinzenta de Platero.

Quando, indo às vinhas, cruzo as últimas ruas, brancas de cal e sol, os pequenos ciganos, engordurados e cabeludos, os andrajos verdes, vermelhos e amarelos deixando à mostra as barrigas tensas e tostadas, correm atrás de nós com gritos estridentes:

– O louco! O louco! O louco!

... Mais à frente está o campo, já verde. Diante do céu imenso e puro, de um anil ardente, meus olhos – tão distantes de meus ouvidos! – abrem-se nobremente, recebendo em calma aquela placidez sem nome, aquela serenidade harmoniosa e divina que vive no sem-fim do horizonte...

E ficam, lá longe, nas altas eiras, gritos agudos, sutilmente velados, entrecortados, ofegantes, entediados:

– O lou... co! O lou... co!

VIII JUDAS

¡No te asustes, hombre! ¿Qué te pasa? Vamos, quietecito… Es que están matando a Judas, tonto.

Sí, están matando a Judas. Tenían puesto uno en el Monturrio, otro en la calle de Enmedio, otro, ahí, en el Pozo del Concejo. Yo los vi anoche, fijos como por una fuerza sobrenatural en el aire, invisible en la oscuridad la cuerda que, de doblado a balcón, los sostenía. ¡Qué grotescas mescolanzas de viejos sombreros de copa y mangas de mujer, de caretas de ministros y miriñaques, bajo las estrellas serenas! Los perros les ladraban sin irse del todo, y los caballos, recelosos, no querían pasar bajo ellos…

Ahora las campanas dicen, Platero, que el velo del altar mayor se ha roto. No creo que haya quedado escopeta en el pueblo sin disparar a Judas. Hasta aquí llega el olor de la pólvora. ¡Otro tiro! ¡Otro!

… Sólo que Judas, hoy, Platero, es el diputado, o la maestra, o el forense, o el recaudador, o el alcalde, o la comadrona; y cada hombre descarga su escopeta cobarde, hecho niño esta mañana del Sábado Santo, contra el que tiene su odio, en una superposición de vagos y absurdos simulacros primaverales.

VIII JUDAS

Não te assustes, homem! O que foi? Vamos, quietinho... É que estão matando o Judas, bobo.

É, estão matando o Judas. Puseram um no Monturrio, outro na rua do Meio, outro ali, no Poço do Conselho. Eu os vi à noite, como que presos no ar por uma força sobrenatural, invisível na escuridão a corda que os sustentava, estendida do sótão ao balcão. Que grotescas mixórdias de velhas cartolas e mangas de mulher, de caretas de ministros e anquinhas, sob as estrelas serenas! Os cães ladravam, sem se afastar muito, e os cavalos, receosos, não queriam passar debaixo deles...

Agora, Platero, os sinos dizem que o véu do altar-mor se rompeu. Não creio que haja escopeta na aldeia que deixe de atirar no Judas. O cheiro da pólvora chega até aqui. Outro tiro! Outro!

... Só que hoje, Platero, o Judas é o deputado, ou a professora, ou o juiz, ou o coletor de impostos, ou o alcaide, ou a aparadeira; e cada homem, transformado em criança nesta manhã de Sábado Santo, descarrega sua escopeta covarde contra o alvo de seu ódio, numa sobreposição de vagos e absurdos simulacros primevos.

IX LAS BREVAS

Fue el alba neblinosa y cruda, buena para las brevas, y, con las seis, nos fuimos a comerlas a la Rica.

Aún, bajo las grandes higueras centenarias, cuyos troncos grises enlazaban en la sombra fría, como bajo una falda, sus muslos opulentos, dormitaba la noche; y las anchas hojas – que se pusieron Adán y Eva – atesoraban un fino tejido de perlillas de rocío que empalidecía su blanda verdura. Desde allí dentro se veía, entre la baja esmeralda viciosa, la aurora que rosaba, más viva cada vez, los velos incoloros del oriente.

… Corríamos, locos, a ver quién llegaba antes a cada higuera. Rociillo cogió conmigo la primera hoja de una, en un sofoco de risas y palpitaciones. – Toca aquí. Y me ponía mi mano, con la suya, en su corazón, sobre el que el pecho joven subía y bajaba como una menuda ola prisionera –. Adela apenas sabía correr, gordinflona y chica, y se enfadaba desde lejos. Le arranqué a Platero unas cuantas brevas maduras y se las puse sobre el asiento de una cepa vieja, para que no se aburriera.

El tiroteo lo comenzó Adela, enfadada por su torpeza, con risas en la boca y lágrimas en los ojos. Me estrelló una breva en la frente. Seguimos Rociillo y yo y, más que nunca por la boca, comimos brevas por los ojos, por la nariz, por las mangas, por la nuca, en un griterío agudo y sin tregua, que caía, con las brevas desapuntadas, en las viñas frescas del amanecer. Una breva le dio a Platero, y ya fue él blanco de la locura. Como el infeliz no podía defenderse ni contestar, yo tomé su partido; y un diluvio blando y azul cruzó el aire puro, en todas direcciones, como una metralla rápida.

Un doble reír, caído y cansado, expresó desde el suelo el femenino rendimiento.

IX   OS FIGOS DA BEBEREIRA

Era o alvorecer nebuloso e gelado, bom para as bêberas, e, pelas seis, fomos comê-las na Rica.

Sob as grandes figueiras centenárias, cujos troncos cinzentos enlaçavam na sombra fria, como debaixo de uma saia, suas coxas opulentas, a noite ainda dormitava; e as folhas largas – usadas por Adão e Eva – entesouravam um fino tecido de perolazinhas de orvalho que empalidecia seu brando verdor. Dali de dentro, por entre a baixa esmeralda viciosa, via-se a aurora que tingia de rosa, cada vez mais vivo, os véus incolores do oriente.

… Corríamos, loucos, para ver quem chegava antes a cada figueira. Rociillo pegou comigo a primeira folha de uma, num sufoco de risadas e palpitações. – Toca aqui. E punha minha mão, junto com a sua, em seu coração, e o peito jovem subia e descia como uma minúscula onda prisioneira –. Adela mal sabia correr, gorducha e pequenina, e se zangava lá de longe. Arranquei para Platero algumas bêberas maduras e as coloquei na base de um tronco velho, para que ele não se entediasse.

Foi Adela quem começou o tiroteio, irritada por sua inépcia, com risos na boca e lágrimas nos olhos. Estralou-me uma bêbera na testa. Rociillo e eu continuamos e, mais do que pela boca, comemos bêberas pelos olhos, pelo nariz, pelas mangas, pela nuca, numa gritaria aguda e sem trégua, que caía, com as bêberas despencadas, nas vinhas frescas do amanhecer. Uma bêbera acertou Platero, e aí foi a loucura cega. Como o infeliz não podia defender-se nem responder, tomei o partido dele; e um dilúvio brando e azul cruzou o ar puro, em todas as direções, como uma metralhada.

Um riso forçado, desanimado e cansado, expressou do chão a rendição feminina.

x ¡ÁNGELUS!

Mira, Platero, qué de rosas caen por todas partes: rosas azules, rosas, blancas, sin color… Diríase que el cielo se deshace en rosas. Mira cómo se me llenan de rosas la frente, los hombros, las manos… ¿Qué haré yo con tantas rosas?

¿Sabes tú, quizás, de dónde es esta blanda flora, que yo no sé de dónde es, que enternece, cada día, el paisaje y lo deja dulcemente rosado, blanco y celeste – más rosas, más rosas –, como un cuadro de Fra Angélico, el que pintaba la gloria de rodillas?

De las siete galerías del Paraíso se creyera que tiran rosas a la tierra. Cual en una nevada tibia y vagamente colorida, se quedan las rosas en la torre, en el tejado, en los árboles. Mira: todo lo fuerte se hace, con su adorno, delicado. Más rosas, más rosas, más rosas…

Parece, Platero, mientras suena el Ángelus, que esta vida nuestra pierde su fuerza cotidiana, y que otra fuerza de adentro, más altiva, más constante y más pura, hace que todo, como en surtidores de gracia, suba a las estrellas, que se encienden ya entre las rosas… Más rosas… Tus ojos, que tú no ves, Platero, y que alzas mansamente al cielo, son dos bellas rosas.

x ÂNGELUS

Vê, Platero, quantas rosas caem por todos os lados: rosas azuis, cor-de-rosa, brancas, sem cor... Parece que o céu está se desfazendo em rosas. Vê como se enchem de rosas minha testa, meus ombros, minhas mãos... O que farei com tantas rosas?

Acaso sabes de onde é essa flora delicada, que não sei de onde é, que enternece a cada dia a paisagem e a deixa suavemente rosada, branca e azul-celeste – mais rosas, mais rosas – como um quadro de Fra Angélico, aquele que pintava a glória de joelhos?

É como se das sete galerias do Paraíso lançassem rosas à terra. Como neve suave e vagamente colorida, as rosas ficam na torre, no telhado, nas árvores. Vê: tudo o que é forte se abranda com seu adorno. Mais rosas, mais rosas, mais rosas...

Parece, Platero, enquanto soa o Ângelus, que nossa vida perde a força cotidiana e que outra força, de dentro, mais altiva, mais constante e mais pura faz, como em jorros de graça, tudo subir às estrelas que já se acendem entre as rosas... Mais rosas... Teus olhos, que não vês, Platero, e que ergues mansamente para o céu, são duas belas rosas.

XI EL MORIDERO

Tú, si te mueres antes que yo, no irás Platero mío, en el carrillo del pregonero, a la marisma inmensa, ni al barranco del camino de los montes, como los otros pobres burros, como los caballos y los perros que no tienen quien los quiera. No serás, descarnadas y sangrientas tus costillas por los cuervos – tal la espina de un barco sobre el ocaso grana –, el espectáculo feo de los viajantes de comercio que van a la estación de San Juan, en el coche de las seis; ni, hinchado y rígido entre las almejas podridas de la gavia, el susto de los niños que, temerarios y curiosos, se asoman al borde de la cuesta, cogiéndose a las ramas, cuando salen, las tardes de domingo, al otoño, a comer piñones tostados por los pinares.

Vive tranquilo, Platero. Yo te enterraré al pie del pino grande y redondo del huerto de la Piña, que a ti tanto te gusta. Estarás al lado de la vida alegre y serena. Los niños jugarán y coserán las niñas en sus sillitas bajas a tu lado. Sabrás los versos que la soledad me traiga. Oirás cantar a las muchachas cuando lavan en el naranjal y el ruido de la noria será gozo y frescura de tu paz eterna. Y, todo el año, los jilgueros, los chamarices y los verdones te pondrán, en la salud perenne de la copa, un breve techo de música entre tu sueño tranquilo y el infinito cielo de azul constante de Moguer.

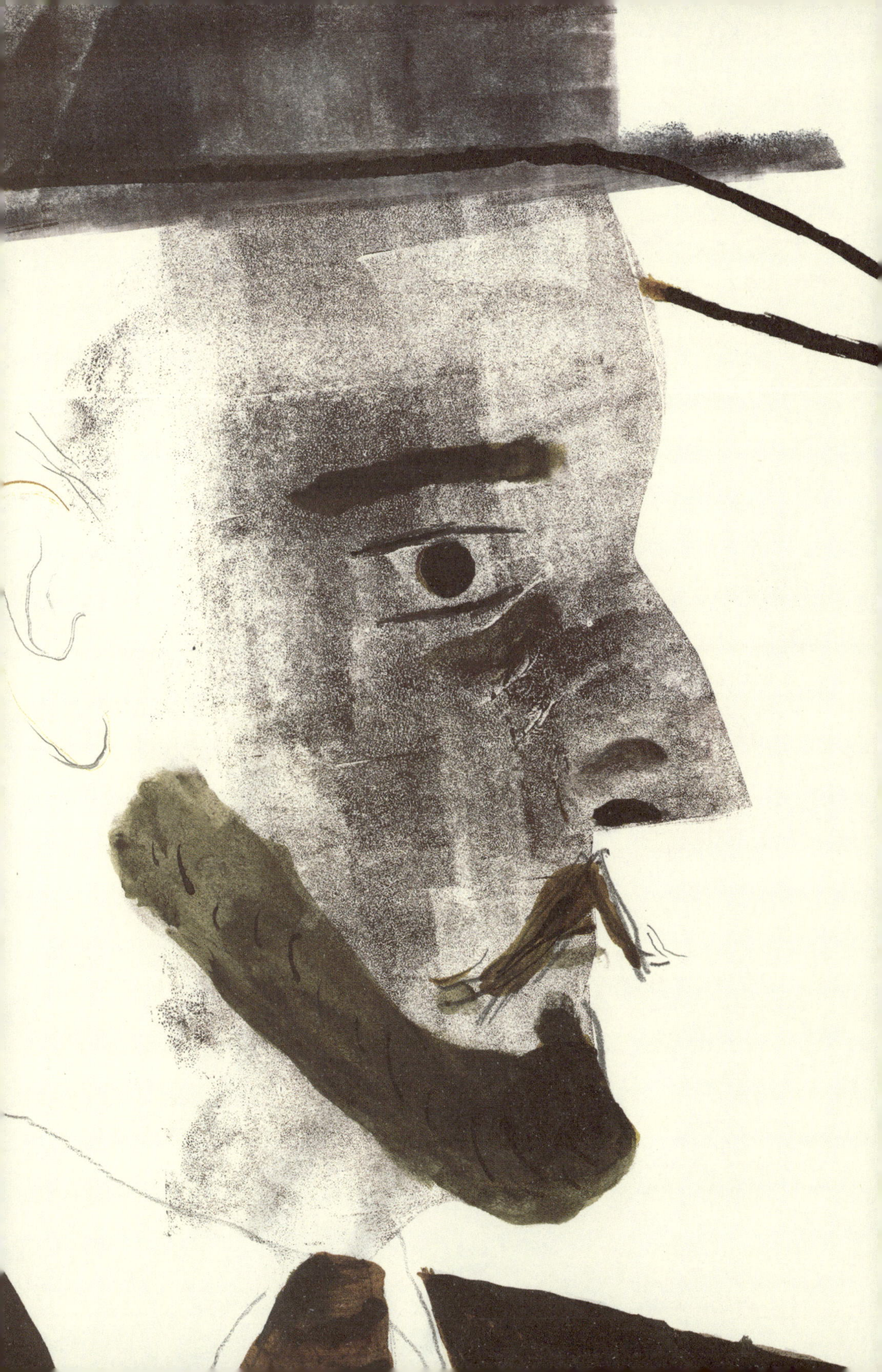

XI O MORREDOURO

Se morreres antes de mim, Platero meu, não irás no carrinho do pregoeiro para o mangue imenso nem para o precipício do caminho das montanhas, como os outros pobres burros, como os cavalos e os cães que não têm quem os ame. Não serás, com as costelas sangradas e descarnadas pelos abutres – como a carcaça de um barco no ocaso grená –, o feio espetáculo dos caixeiros viajantes que vão à estação de São João no coche das seis; nem assustarás, inchado e rígido entre as amêijoas podres das valas, as crianças que, vacilantes e curiosas, assomam à beira do barranco, segurando-se aos galhos, quando no outono, nas tardes de domingo, saem para comer pinhões nos pinheirais.

Vive tranquilo, Platero. Eu te enterrarei ao pé do pinheiro grande e redondo do horto da Piña, de que tanto gostas. Estarás ao lado da vida alegre e serena. Ao teu lado, os meninos brincarão e as meninas farão suas costuras sentadas em suas cadeirinhas. Saberás os versos que a solidão me trará. Ouvirás as moças cantarem enquanto lavam roupa no laranjal, e o ruído da nora do poço será gozo e frescor da tua paz eterna. E, todo o ano, os pintassilgos, os tentilhões e os verdelhões farão para ti, na saúde perene da copa, um breve teto de música entre teu sono tranquilo e o infinito céu de constante azul de Moguer.

XII LA PÚA

Entrando en la dehesa de los Caballos, Platero ha comenzado a cojear. Me he echado al suelo…

– Pero, hombre, ¿qué te pasa?

Platero ha dejado la mano derecha un poco levantada, mostrando la ranilla, sin fuerza y sin peso, sin tocar casi con el casco la arena ardiente del camino.

Con una solicitud mayor, sin duda, que la del viejo Darbón, su médico, le he doblado la mano y le he mirado la ranilla roja. Una púa larga y verde, de naranjo sano, está clavada en ella como un redondo puñalillo de esmeralda. Estremecido del dolor de Platero, he tirado de la púa; y me lo he llevado al pobre al arroyo de los lirios amarillos, para que el agua corriente le lama, con su larga lengua pura, la heridilla.

Después, hemos seguido hacia la mar blanca, yo delante, él detrás, cojeando todavía y dándome suaves topadas en la espalda…

XII O ESPINHO

Entrando na invernada dos cavalos, Platero começou a coxear. Fui para o chão.
– Mas, homem, o que houve?
Platero levantou um pouco a mão direita, mostrando a ranilha, sem força e sem peso, quase sem tocar com o casco a areia ardente do caminho.
Com solicitude maior, decerto, do que a do velho Darbón, médico dele, dobrei-lhe a mão e observei a ranilha vermelha. Um espinho grande e verde, de laranjeira, estava cravado nela como um perfeito punhalzinho de esmeralda. Tocado pela dor de Platero, puxei o espinho; e levei o coitado até o riacho dos lírios amarelos, para que a água corrente, com sua longa língua pura, lhe lambesse o ferimento.
Depois, seguimos para o mar branco, eu à frente, ele atrás, ainda mancando e me dando suaves cabeçadas nas costas…

XIII GOLONDRINAS

Ahí la tienes ya, Platero, negrita y vivaracha en su nido gris del cuadro de la Virgen de Montemayor, nido respetado siempre. Está la infeliz como asustada. Me parece que esta vez se han equivocado las pobres golondrinas, como se equivocaron, la semana pasada, las gallinas, recogiéndose en su cobijo cuando el sol de las dos se eclipsó. La primavera tuvo la coquetería de levantarse este año más temprano, pero ha tenido que guardar de nuevo, tiritando, su tierna desnudez en el lecho nublado de marzo. ¡Da pena ver marchitarse, en capullo, las rosas vírgenes del naranjal!

Están ya aquí, Platero, las golondrinas y apenas se las oye, como otros años, cuando el primer día de llegar lo saludan y lo curiosean todo, charlando sin tregua en su rizado gorjeo. Le contaban a las flores lo que habían visto en África, sus dos viajes por el mar, echadas en el agua, con el ala por vela, o en las jarcias de los barcos; de otros ocasos, de otras auroras, de otras noches con estrellas…

No saben qué hacer. Vuelan mudas, desorientadas, como andan las hormigas cuando un niño les pisotea el camino. No se atreven a subir y bajar por la calle Nueva en insistente línea recta con aquel adornito al fin, ni a entrar en sus nidos de los pozos, ni a ponerse en los alambres del telégrafo, que el norte hace zumbar, en su cuadro clásico de carteras, junto a los aisladores blancos… ¡Se van a morir de frío, Platero!

XIII ANDORINHAS

Aí está ela, Platero, pretinha e vivaz em seu ninho cinza na moldura da Virgem de Montemayor, ninho sempre respeitado. A infeliz parece assustada. Acho que desta vez as pobres andorinhas se enganaram, como na semana passada se enganaram as galinhas, recolhendo-se a seu abrigo quando o sol das duas se eclipsou. Este ano a primavera teve o capricho de se levantar mais cedo, mas, tiritando, teve que guardar de novo sua terna nudez no leito nublado de março. Dá pena ver murchar, em botão, as rosas virgens do laranjal!

Já estão aqui as andorinhas, Platero, e quase não as ouvimos, como nos outros anos, quando no dia da chegada saúdam e curioseiam tudo, tagarelando sem trégua em seu gorjeio embolado. Contavam às flores o que tinham visto na África, suas duas viagens pelo mar, lançadas à água, fazendo a asa de vela, ou nas enxárcias dos barcos; de outros ocasos, de outras auroras, de outras noites estreladas...

Não sabem o que fazer. Voam mudas, desorientadas, como andam as formigas quando uma criança pisoteia seu caminho. Não se atrevem a subir e descer pela rua Nova em insistente linha reta, com aquele volteio no fim, nem a entrar em seus ninhos nos poços, nem a pousar nos fios do telégrafo, que o vento norte faz zumbir, como nas clássicas ilustrações, junto dos isoladores brancos... Vão morrer de frio, Platero!

XIV LA CUADRA

Cuando, al mediodía, voy a ver a Platero, un transparente rayo del sol de las doce enciende un gran lunar de oro en la plata blanda de su lomo. Bajo su barriga, por el oscuro suelo, vagamente verde, que todo lo contagia de esmeralda, el techo viejo llueve claras monedas de fuego.

Diana, que está echada entre las patas de Platero, viene a mí, bailarina, y me pone sus manos en el pecho, anhelando lamerme la boca con su lengua rosa. Subida en lo más alto del pesebre, la cabra me mira curiosa, doblando la fina cabeza de un lado y de otro, con una femenina distinción. Entretanto, Platero, que, antes de entrar yo, me había ya saludado con un levantado rebuzno, quiere romper su cuerda, duro y alegre al mismo tiempo.

Por el tragaluz, que trae el irisado tesoro del cenit, me voy un momento, rayo de sol arriba, al cielo, desde aquel idilio. Luego, subiéndome a una piedra, miro el campo.

El paisaje verde nada en la lumbrarada florida y soñolienta, y en el azul limpio que encuadra el muro astroso, suena, dejada y dulce, una campana.

XIV O ESTÁBULO

Quando, ao meio-dia, vou ver Platero, um raio transparente do sol das doze acende um grande lunar de ouro no suave prateado de seu lombo. Por baixo de sua barriga, no chão escuro, vagamente verde, que contagia tudo de esmeralda, o velho teto chove claras moedas de fogo.

Diana, que está enleada entre as patas de Platero, vem até mim, bailarina, e põe as mãos em meu peito, querendo me lamber com sua língua cor-de-rosa. Subindo na parte mais alta da manjedoura, a cabra me olha curiosa, inclinando a cabeça fina para um lado e para o outro, com distinção feminina. Platero, entretanto, que antes que eu entrasse já havia me saudado zurrando alto, quer arrebentar sua corda, rude e alegre ao mesmo tempo.

Pela claraboia, que traz o irisado tesouro do zênite, deixo aquele idílio por um momento e, raio de sol acima, vou ao céu. Depois, subindo numa pedra, olho o campo.

A paisagem verde nada no lumaréu florido e sonolento, e no azul límpido que enquadra o muro gasto soa, indolente e doce, um sino.

XV EL POTRO CASTRADO

Era negro, con tornasoles granas, verdes y azules, todos de plata, como los escarabajos y los cuervos. En sus ojos nuevos rojeaba a veces un fuego vivo, como en el puchero de Ramona, la castañera de la plaza del Marqués. ¡Repiqueteo de su trote corto, cuando de la Friseta de arena, entraba, campeador, por los adoquines de la calle Nueva! ¡Qué ágil, qué nervioso, qué agudo fue, con su cabeza pequeña y sus remos finos!

Pasó, noblemente, la puerta baja del bodegón, más negro que él mismo sobre el colorado sol del Castillo, que era fondo deslumbrante de la nave, suelto el andar, juguetón con todo. Después, saltando el tronco de pino, umbral de la puerta, invadió de alegría el corral verde y de estrépito de gallinas, palomos y gorriones. Allí lo esperaban cuatro hombres, cruzados los velludos brazos sobre las camisetas de colores. Lo llevaron bajo la pimienta. Tras una lucha áspera y breve, cariñosa un punto, ciega luego, lo tiraron sobre el estiércol y, sentados todos sobre él, Darbón cumplió su oficio, poniendo un fin a su luctuosa y mágica hermosura.

> *Thy unus'd beauty must be tomb'd with thee,*
> *Which used, fives th' executor to be,*

– dice Shakespeare a su amigo.

… Quedó el potro, hecho caballo, blando, sudoroso, extenuado y triste. Un solo hombre lo levantó, y tapándolo con una manta, se lo llevó, lentamente, calle abajo.

¡Pobre nube vana, rayo ayer, templado y sólido! Iba como un libro descuadernado. Parecía que ya no estaba sobre la tierra, que entre sus herraduras y las piedras, un elemento nuevo lo aislaba, dejándolo sin razón, igual que un árbol desarraigado, cual un recuerdo, en la mañana violenta, entera y redonda de Primavera.

XV O POTRO CASTRADO

Era negro, com reflexos grenás, verdes e azuis, todos prateados, como os escaravelhos e os corvos. Em seus olhos novos abrasava às vezes um fogo vivo, como no puchero de Ramona, a vendedora de castanhas da praça do Marquéz. Repique de seu trote curto, quando da Friseta de areia ele chegava, campeador, aos paralelepípedos da rua Nova! Como era ágil, nervoso, arguto, com sua cabeça pequena e seus membros finos!

Passou com nobreza pela porta baixa da taberna, mais negra do que ele mesmo sobre o sol vermelho do Castelo, fundo deslumbrante da nave, o andar solto, brincando com tudo. Depois, saltando o tronco de pinheiro, umbral da porta, invadiu de alegria o curral verde, e de estrépito de galinhas, pombos e pardais. Ali o esperavam quatro homens, com os braços peludos cruzados sobre as camisas coloridas. Levaram-no para baixo da pimenteira. Depois de uma luta áspera e breve, carinhosa de início, cega em seguida, deitaram-no sobre o esterco e, todos sentados em cima dele, Darbón cumpriu seu ofício, dando fim a sua enlutada e mágica beleza.

> *Thy unus'd beauty must be tomb'd with thee,*
> *Which used, fives th' executor to be,*

– diz Shakespeare ao amigo.

... Ficou o potro, feito cavalo, manso, suado, extenuado e triste. Um só homem o levantou e, cobrindo-o com uma manta, conduziu-o lentamente rua abaixo.

Pobre nuvem inútil, ontem raio sereno e sólido! Ia como um livro desfolhado. Parecia que já não estava na terra, que entre suas ferraduras e as pedras um elemento novo o isolava, deixando-o sem razão, como uma árvore desenraizada, como uma lembrança, na manhã violenta, íntegra e perfeita de Primavera.

XVI LA CASA DE ENFRENTE

¡Qué encanto siempre, Platero, en mi niñez, el de la casa de enfrente a la mía! Primero, en la calle de la Ribera, la casilla de Arreburra, el aguador, con su corral al sur, dorado siempre de sol, desde donde yo miraba Huelva, encaramándome en la tapia. Alguna vez me dejaban ir, un momento, y la hija de Arreburra, que entonces me parecía una mujer y que ahora, ya casada, me parece como entonces, me daba azamboas y besos... Después, en la calle Nueva – luego Cánovas, luego Fray Juan Pérez –, la casa de don José, el dulcero de Sevilla, que me deslumbraba con sus botas de cabritilla de oro, que ponía en la pita de su patio cascarones de huevos, que pintaba de amarillo canario con fajas de azul marino las puertas de su zaguán, que venía, a veces, a mi casa, y mi padre le daba dinero, y él le hablaba siempre del olivar... ¡Cuántos sueños le ha mecido a mi infancia, esa pobre pimienta que, desde mi balcón, veía yo, llena de gorriones, sobre el tejado de don José! – Eran dos pimientas, que no uní nunca: una, la que veía, copa con viento o sol, desde mi balcón; otra, la que veía en el corral de don José, desde su tronco...

Las tardes claras, las siestas de lluvia, a cada cambio leve de cada día o de cada hora, ¡qué interés, qué atractivo tan extraordinario, desde mi cancela, desde mi ventana, desde mi balcón, en el silencio de la calle, el de la casa de enfrente!

XVI A CASA EM FRENTE

Que encanto sempre, Platero, em minha infância, a casa em frente à minha! Primeiro, na rua da Ribera, a casinha de Arreburra, o aguadeiro, com seu curral ao sul, sempre dourado de sol, de onde, encarapitado na cerca, eu avistava Huelva. Às vezes me deixavam ir por um momento, e a filha de Arreburra, que então me parecia uma mulher e que agora, já casada, me parece como então, dava-me toranjas e beijos... Depois, na rua Nova – depois Cánovas, em seguida Fray Juán Pérez – a casa de *don* José, o doceiro de Sevilha, que me deslumbrava com suas botas de pelica dourada, que punha cascas de ovo na pita do pátio, que pintava as portas de seu vestíbulo de amarelo-canário com listras azul-marinho, que às vezes ia à minha casa, e meu pai lhe dava dinheiro, e falava sempre do olival... Quantos sonhos acalentou na minha infância a pobre pimenteira que, da minha sacada, eu via, cheia de pardais, sobre o telhado de José! – Eram duas pimenteiras, que nunca juntei: uma que eu via, copa com vento ou sol, da minha sacada; outra que via no curral de *don* José, de seu tronco...

As tardes claras, as sestas com chuva, a cada leve mudança de cada dia ou de cada hora, do meu portão, da minha janela, da minha sacada, no silêncio da rua, quanto interesse, quantos atrativos tão extraordinários tinha a casa em frente!

XVII EL NIÑO TONTO

Siempre que volvíamos por la calle de San José, estaba el niño tonto a la puerta de su casa, sentado en su sillita, mirando el pasar de los otros. Era uno de esos pobres niños a quienes no llega nunca el don de la palabra ni el regalo de la gracia; niño alegre él y triste de ver; todo para su madre, nada para los demás.

Un día, cuando pasó por la calle blanca aquel mal viento negro, no vi ya al niño en su puerta. Cantaba un pájaro en el solitario umbral, y yo me acordé de Curros, padre más que poeta, que, cuando se quedó sin su niño, le preguntaba por él a la mariposa gallega:

Volvoreta d'aliñas douradas...

Ahora que viene la primavera, pienso en el niño tonto, que desde la calle de San José se fue al cielo. Estará sentado en su sillita, al lado de las rosas únicas, viendo con sus ojos, abiertos otra vez, el dorado pasar de los gloriosos.

XVII   O MENINO BOBO

Sempre que voltávamos pela rua de São José, o menino bobo estava na porta de sua casa, sentado em sua cadeirinha, olhando os outros passarem. Era um desses pobres meninos a quem nunca alcança o dom da palavra nem a oferenda da graça; menino alegre, ele, mas triste de ver; tudo para sua mãe, nada para os outros.

Um dia, quando pela rua branca passou aquele mau vento negro, já não vi o menino na porta. Um pássaro cantava no solitário umbral, e me lembrei de Curros, pai mais do que poeta, que, quando ficou sem o filho, perguntava por ele à borboleta galega:

> Borboleta de asinhas douradas...

Agora que está chegando a primavera, penso no menino bobo, que da rua de São José se foi para o céu. Decerto está sentado em sua cadeirinha, ao lado das rosas únicas, vendo com seus olhos, outra vez abertos, o dourado passar dos gloriosos.

XVIII LA FANTASMA

La mayor diversión de Anilla la Manteca, cuya fogosa y fresca juventud fue manadero sin fin de alegrones, era vestirse de fantasma. Se envolvía toda en una sábana, añadía harina al azucenón de su rostro, se ponía dientes de ajo en los dientes, y cuando, ya después de cenar, soñábamos, medio dormidos, en la salita, aparecía ella de improviso por la escalera de mármol, con un farol encendido, andando lenta, imponente y muda. Era, vestida ella de aquel modo, como si su desnudez se hubiese hecho túnica. Sí. Daba espanto la visión sepulcral que traía de los altos oscuros, pero, al mismo tiempo, fascinaba su blancura sola, con no sé qué plenitud sensual…

Nunca olvidaré, Platero, aquella noche de setiembre. La tormenta palpitaba sobre el pueblo hacía una hora, como un corazón malo, descargando agua y piedra entre la desesperadora insistencia del relámpago y del trueno. Rebosaba ya el aljibe e inundaba el patio. Los últimos acompañamientos – el coche de las nueve, las ánimas, el cartero – habían ya pasado… Fui, tembloroso, a beber al comedor, y en la verde blancura de un relámpago, vi el eucalipto de las Velarde – el árbol del cuco, como le decíamos, que cayó aquella noche –, doblado todo sobre el tejado de alpende…

De pronto, un espantoso ruido seco, como la sombra de un grito de luz que nos dejó ciegos, conmovió la casa. Cuando volvimos a la realidad, todos estábamos en sitio diferente del que teníamos un momento antes y como solos todos, sin afán ni sentimiento de los demás. Uno se quejaba de la cabeza, otro de los ojos, otro del corazón… Poco a poco fuimos tomando a nuestros sitios.

Se alejaba la tormenta… La luna, entre unas nubes enormes que se rajaban de abajo a arriba, encendía de blanco en el patio el agua que todo lo colmaba. Fuimos mirándolo todo. *Lord* iba y venía a la escalera del corral, ladrando loco. Lo seguimos… Platero; abajo ya, junto a la flor de noche que, mojada, exhalaba un nauseabundo olor, la pobre Anilla, vestida de fantasma, estaba muerta, aún encendido el farol en su mano negra por el rayo.

XVIII   A FANTASMA

A maior diversão de Anilla la Manteca, cuja fogosa e fresca juventude foi manancial sem fim de grandes alegrias, era vestir-se de fantasma. Embrulhava-se toda num lençol, acrescentava farinha à alvura de seu rosto, nos dentes colocava dentes de alho, e, quando depois do jantar sonhávamos meio adormecidos na saleta, ela aparecia inesperadamente na escada de mármore, com uma lanterna acesa, andando devagar, imponente e muda. Vestida daquele modo, era como se sua nudez se tivesse transformado em túnica. Sim. Era assustadora a visão sepulcral que ela trazia das altas trevas, mas, ao mesmo tempo, sua brancura fascinava, com uma certa plenitude sensual…

Nunca esquecerei, Platero, aquela noite de setembro. A tempestade palpitava sobre a aldeia havia uma hora, como um coração mau, despejando água e pedra em meio à desesperadora insistência do relâmpago e do trovão. Já encobria a cisterna e inundava o pátio. Os últimos trâmites já tinham passado – o coche das nove, o toque das almas, o carteiro… Trêmulo, fui beber na sala, e no verde brancor de um relâmpago vi o eucalipto das Velarde – a árvore do cuco, como o chamávamos, que caiu aquela noite –, todo dobrado sobre o telhado do alpendre…

De repente, um assustador ruído seco, como a sombra de um grito de luz que nos deixou cegos, abalou a casa. Quando voltamos à realidade, estávamos todos num lugar diferente do que ocupávamos um momento antes, e como que todos sós, sem afã nem sentimento dos outros. Um se queixava da cabeça, outro dos olhos, outro do coração… Pouco a pouco fomos voltando a nossos lugares.

A tempestade se afastava… A lua, entre nuvens enormes que se raiavam de baixo para cima, iluminava de branco a água que cobria tudo no pátio. *Lord* ia até a escada do curral e voltava, ladrando loucamente. Fomos atrás dele… Platero; lá embaixo, junto à flor-da-noite que, molhada, exalava um cheiro nauseabundo, a pobre Anilla, vestida de fantasma, estava morta, trazendo a lanterna ainda acesa na mão enegrecida pelo raio…

XIX PAISAJE GRANA

La cumbre. Ahí está el ocaso, todo empurpurado, herido por sus propios cristales, que le hacen sangre por doquiera. A su esplendor, el pinar verde se agria, vagamente enrojecido; y las hierbas y las florecillas, encendidas y transparentes, embalsaman el instante sereno de una esencia mojada, penetrante y luminosa.

Yo me quedo extasiado en el crepúsculo. Platero, granas de ocaso sus ojos negros, se va, manso, a un charquero de aguas de carmín, de rosa, de violeta; hunde suavemente su boca en los espejos, que parece que se hacen líquidos al tocarlos él; y hay por su enorme garganta como un pasar profuso de umbrías aguas de sangre.

El paraje es conocido, pero el momento lo trastorna y lo hace extraño, ruinoso y monumental. Se dijera, a cada instante, que vamos a descubrir un palacio abandonado... La tarde se prolonga más allá de sí misma, y la hora, contagiada de eternidad, es infinita, pacífica, insondable...

– Anda, Platero...

XIX PAISAGEM GRENÁ

O cimo. Lá está o ocaso, todo púrpura, ferido por seus próprios cristais, que o fazem sangrar por todos os lados. Diante de seu esplendor, o pinheiro verde se irrita, vagamente avermelhado; e os capins e as florzinhas, iluminadas e transparentes, perfumam o instante sereno com uma essência úmida, penetrante e luminosa.

Fico extasiado diante do crepúsculo. Platero, os olhos negros grenás de ocaso, vai, manso, até um charco de águas carmim, rosa, violeta; afunda suavemente a boca nos espelhos, que parecem fazer-se líquidos quando tocados por ele; e por sua garganta enorme há como que um passar profuso de sombrias águas de sangue.

A paragem é conhecida, mas o momento a transtorna, a faz estranha, funesta, monumental. É como se, a cada instante, fôssemos descobrir um palácio abandonado... A tarde se prolonga para além de si mesma, e a hora, impregnada de eternidade, é infinita, pacífica, insondável...

– Anda, Platero...

xx EL LORO

Estábamos jugando con Platero y con el loro, en el huerto de mi amigo, el médico francés, cuando una mujer joven, desordenada y ansiosa, llegó, cuesta abajo, hasta nosotros. Antes de llegar, avanzando el negro ver angustiado a mí, me había suplicado:

– Zeñorito: ¿ejtá ahí eze médico?

Tras ella venían ya unos chiquillos astrosos, que, a cada instante, jadeando, miraban camino arriba; al fin, varios hombres que traían a otro, lívido y decaído. Era un cazador furtivo de esos que cazan venados en el coto de Doñana. La escopeta, una absurda escopeta vieja amarrada con tomiza, se le había reventado, y el cazador traía el tiro en un brazo.

Mi amigo se llegó, cariñoso, al herido, le levantó unos míseros trapos que le habían puesto, le lavó la sangre y le fue tocando huesos y músculos. De vez en cuando me decía:

– *Ce n'est rien…*

Caía la tarde. De Huelva llegaba un olor a marisma, a brea, a pescado… Los naranjos redondeaban, sobre el poniente rosa, sus apretados terciopelos de esmeralda. En una lila, lila y verde, el loro, verde y rojo, iba y venía, curioseándonos con sus ojitos redondos.

Al pobre cazador se le llenaban de sol las lágrimas saltadas; a veces, dejaba oír un ahogado grito. Y el loro:

– *Ce n'est rien…*

Mi amigo ponía al herido algodones y vendas…

El pobre hombre:

– ¡Aaay!

Y el loro, entre las lilas:

– *Ce n'est rien… Ce n'est rien…*

XX O PAPAGAIO

Estávamos brincando com Platero e com o papagaio, no horto do meu amigo, o médico francês, quando uma mulher jovem, desordenada e ansiosa, chegou descendo a ladeira. Até antes de chegar, lançando-me o negro olhar angustiado, havia me suplicado:

– Moço, o médico está?

Atrás dela vinham umas crianças maltrapilhas, que a todo instante, ofegantes, olhavam para o alto do caminho; no fim, vários homens que traziam um outro, lívido e caído. Era um caçador furtivo, desses que caçam veados no couto de Doñana. A escopeta, uma absurda escopeta velha amarrada com tamiça, tinha disparado, e o caçador levara o tiro no braço.

Meu amigo se aproximou do ferido, com delicadeza, levantou os trapos miseráveis que o cobriam, limpou-lhe o sangue e foi lhe tocando ossos e músculos. De vez em quando, ele me dizia:

– *Ce n'est rien...**

Caía a tarde. De Huelva chegava um cheiro de maresia, de breu, de peixe... As laranjeiras arredondavam, sobre o fundo do poente cor-de-rosa, seus densos veludos de esmeralda. Em um lilás, lilás e verde, o papagaio, verde e vermelho, ia e vinha, perscrutando-nos com seus olhinhos redondos.

As lágrimas que brotavam do pobre caçador enchiam-se de sol; às vezes soltava um grito sufocado. E o papagaio:

– *Ce n'est rien...*

Meu amigo aplicava no ferido algodões e vendas...

O pobre homem:

– Aaai!

E o papagaio, entre os lilás:

– *Ce n'est rien... Ce n'est rien...*

---

* Tradução: Não é nada. (N. da T.)

XXI LA AZOTEA

Tú, Platero, no has subido nunca a la azotea. No puedes saber qué honda respiración ensancha el pecho, cuando al salir a ella de la escalerilla oscura de madera, se siente uno quemado en el sol pleno del día, anegado de azul como al lado mismo del cielo, ciego del blancor de la cal, con la que, como sabes, se da al suelo de ladrillo para que venga limpia al aljibe el agua de las nubes.

¡Qué encanto el de la azotea! Las campanas de la torre están sonando en nuestro pecho, al nivel de nuestro corazón, que late fuerte; se ven brillar, lejos, en las viñas, los azadones, con una chispa de plata y sol; se domina todo: las otras azoteas, los corrales, donde la gente, olvidada, se afana, cada uno en lo suyo – el sillero, el pintor, el tonelero –; las manchas de arbolado de los corralones, con el toro o la cabra; el cementerio, a donde a veces, llega, pequeñito, apretado y negro, un inadvertido entierro de tercera; ventanas con una muchacha en camisa que se peina, descuidada, cantando; el río, con un barco que no acaba de entrar; graneros, donde un músico solitario ensaya el cornetín, o donde el amor violento hace, redondo, ciego y cerrado, de las suyas…

La casa desaparece como un sótano. ¡Qué extraña, por la montera de cristales, la vida ordinaria de abajo: las palabras, los ruidos, el jardín mismo, tan bello desde él; tú, Platero, bebiendo en el pilón, sin verme, o jugando, como un tonto, con el gorrión o la tortuga!

XXI O TERRAÇO

Tu, Platero, nunca subiste ao terraço. Não podes imaginar a funda respiração que dilata o peito quando, ao chegar a ele pela escadinha escura de madeira, nos sentimos queimados no pleno sol do dia, inundados de azul como se estivéssemos junto do céu, ofuscados pela brancura da cal, com a qual, como sabes, é revestido o chão de tijolo para que a água das nuvens chegue limpa à cisterna.

Que encanto o terraço, Platero! Os sinos da torre estão soando em nosso peito, à altura do coração, que bate forte; ao longe, veem-se brilhar nas vinhas os enxadões, com uma centelha de prata e sol; de lá se domina tudo: os outros terraços, os currais, onde as pessoas, esquecidas, se ocupam cada uma de seus afazeres – o cadeireiro, o pintor, o toneleiro –, as manchas de arvoredo nos cercados, com o touro ou a cabra; o cemitério, aonde às vezes chega, pequenino, angustiado e negro um inadvertido enterro de terceira; uma janela com uma moça de camisola que se penteia, descuidada, cantando; o rio, com um barco que nunca chega; celeiros, onde um músico solitário ensaia o cornetim ou onde o amor violento faz das suas, sem rodeios, cego e encoberto...

A casa desaparece como um porão. Como é estranha, pela cobertura envidraçada, a vida comum lá embaixo: as palavras, os ruídos, mesmo o jardim, tão bonito; tu, Platero, tomando água no bebedouro, sem me ver, ou brincando, como um bobo, com o pardal ou a tartaruga!

XXII RETORNO

Veníamos los dos, cargados, de los montes: Platero, de almoraduj; yo, de lirios amarillos.

Caía la tarde de abril. Todo lo que en el poniente había sido cristal de oro, era luego cristal de plata, una alegoría, lisa y luminosa, de azucenas de cristal. Después, el vasto cielo fue cual un zafiro transparente, trocado en esmeralda. Yo volvía triste...

Ya en la cuesta, la torre del pueblo, coronada de refulgentes azulejos, cobraba, en el levantamiento de la hora pura, un aspecto monumental. Parecía, de cerca, como una Giralda vista de lejos, y mi nostalgia de ciudades, aguda con la primavera, encontraba en ella un consuelo melancólico.

Retorno... ¿adónde?, ¿de qué?, ¿para qué?... Pero los lirios que venían conmigo olían más en la frescura tibia de la noche que se entraba; olían con un olor más penetrante y, al mismo tiempo, más vago, que salía de la flor sin verse la flor, flor de olor sólo, que embriagaba el cuerpo y el alma desde la sombra solitaria.

— ¡Alma mía, lirio en la sombra! — dije. Y pensé, de pronto, en Platero, que, aunque iba debajo de mí, se me había, como si fuera mi cuerpo, olvidado.

XXII RETORNO

Vínhamos os dois das montanhas, carregados: Platero, de manjerona; eu, de lírios amarelos.

Caía a tarde de abril. Tudo o que no poente havia sido cristal de ouro tornara-se cristal de prata, alegoria pura e luminosa de açucenas de cristal. Depois o vasto céu, como safira transparente, transformou-se em esmeralda. Eu me entristecia…

Já na encosta, a torre da aldeia, coroada de azulejos reluzentes, assumia, na pura sublimidade da hora, um aspecto monumental! De perto, parecia uma Giralda vista de longe, e minha nostalgia de cidades, aguçada com a primavera, encontrava nela um consolo melancólico.

Retorno… aonde? de quê? para quê?… Mas os lírios que vinham comigo cheiravam mais no débil frescor da noite que caía; tinham um cheiro mais penetrante e, ao mesmo tempo, mais vago, que saía da flor sem que se visse a flor, flor apenas de cheiro, que da sombra solitária embriagava o corpo e a alma.

– Minha alma, lírio na sombra! – eu disse. E de imediato pensei em Platero, que, embora embaixo de mim, eu esquecera, como se fosse meu corpo.

XXIII LA VERJA CERRADA

Siempre que íbamos a la bodega del Diezmo, yo daba la vuelta por la pared de la calle de San Antonio y me venía a la verja cerrada que da al campo. Ponía mi cara contra los hierros y miraba a derecha e izquierda, sacando los ojos ansiosamente, cuanto mi vista podía alcanzar. De su mismo umbral gastado y perdido entre ortigas y malvas, una vereda sale y se borra, bajando, en las Angustias. Y, vallado suyo abajo, va un camino ancho y hondo por el que nunca pasé...

¡Qué mágico embeleso ver, tras el cuadro de hierros de la verja, el paisaje y el cielo mismos que fuera de ella se veían! Era como si una techumbre y una pared de ilusión quitaran de lo demás el espectáculo, para dejarlo solo a través de la verja cerrada... Y se veía la carretera, con su puente y sus álamos de humo, y el horno de ladrillos, y las lomas de Palos, y los vapores de Huelva, y, al anochecer, las luces del muelle de Riotinto, y el eucalipto grande y solo de los Arroyos sobre el morado ocaso último...

Los bodegueros me decían, riendo, que la verja no tenía llave... En mis sueños, con las equivocaciones del pensamiento sin cauce, la verja daba a los más prodigiosos jardines, a los campos más maravillosos... Y así como una vez intenté, fiado en mi pesadilla, bajar volando la escalera de mármol, fui, mil veces, con la mañana, a la verja, seguro de hallar tras ella lo que mi fantasía mezclaba, no sé si queriendo o sin querer, a la realidad...

XXIII O PORTÃO FECHADO

Sempre que íamos à taberna do Diezmo, eu dava a volta pelo muro da rua de Santo Antônio e chegava ao velho portão que dá no campo. Encostava o rosto nas grades de ferro e olhava para a direita e para a esquerda, lançando os olhos ansiosamente até onde minha vista conseguia alcançar. Do próprio umbral gasto e perdido entre urtigas e malvas, uma vereda sai e desaparece, descendo rumo às Angústias. E, descendo seu valado, segue um caminho largo e profundo pelo qual nunca passei...

Que mágico enlevo, por trás da moldura de ferro do portão, ver a paisagem e o céu lá fora! Era como se um teto e uma parede de ilusão separassem o espetáculo do resto, para deixá-lo aparecer sozinho através do portão fechado... E via-se a estrada, com sua ponte e seus álamos enfumaçados, o forno de tijolos, as colinas de Palos e os vapores de Huelva, e, ao anoitecer, as luzes do molhe de Riotinto, e o eucalipto grande e solitário dos Arroyos sobre o ocaso arroxeado...

Os taberneiros me diziam, rindo, que o portão não tinha chave... Em meus sonhos, com os equívocos do pensamento sem rumo, o portão dava para os mais prodigiosos jardins, nos mais maravilhosos campos... E, assim como uma vez tentei, fiado em meu pesadelo, descer voando a escada de mármore, mil vezes, com a manhã, fui ao portão, certo de encontrar atrás dele o que minha fantasia mesclava, não sei se querendo ou sem querer, à realidade...

XXIV DON JOSÉ, EL CURA

Ya, Platero, va ungido y hablando con miel. Pero la que, en realidad, es siempre angélica, es su burra, la señora.

Creo que lo viste un día en su huerta, calzones de marinero, sombrero ancho, tirando palabrotas y guijarros a los chiquillos que le robaban las naranjas. Mil veces has mirado, los viernes, al pobre Baltasar, su casero, arrastrando por los caminos la quebradura, que parece el globo del circo, hasta el pueblo, para vender sus míseras escobas o para rezar con los pobres por los muertos de los ricos...

Nunca oí hablar más mal a un hombre ni remover con sus juramentos más alto el cielo. Es verdad que él sabe, sin duda, o al menos así lo dice en su misa de las cinco, dónde y cómo está allí cada cosa... El árbol, el terrón, el agua, el viento, la candela, todo esto tan gracioso, tan blando, tan fresco, tan puro, tan vivo, parece que son para él ejemplo de desorden, de dureza, de frialdad, de violencia, de ruina. Cada día, las piedras todas del huerto reposan la noche en otro sitio, disparadas, en furiosa hostilidad, contra pájaros y lavanderas, niños y flores.

A la oración, se trueca todo. El silencio de don José se oye en el silencio del campo. Se pone sotana, manteo y sombrero de teja, y casi sin mirada, entra en el pueblo oscuro, sobre su burra lenta, como Jesús en la muerte...

XXIV *DON JOSÉ, O CURA*

Lá vai ele, Platero, ungido e falando com mel. Mas quem na realidade é sempre angelical é sua burra, a mulher.

Creio que o viste um dia, em sua horta, calça de marinheiro, chapéu largo, lançando palavrões e pedras nas crianças que roubavam suas laranjas. Mil vezes observaste, às sextas-feiras, o pobre Baltasar, seu caseiro, arrastando pelos caminhos a quebradura, que parece o globo do circo, para ir vender na aldeia suas míseras vassouras ou para rezar com os pobres pelos mortos dos ricos...

Nunca ouvi homem nenhum mais maldizer nem mais revolver os céus com suas blasfêmias. É verdade que ele sabe, decerto, ou pelo menos o diz na missa das cinco, onde e como são todas as coisas... A árvore, a terra, a água, o vento, o lume, tudo tão cheio de graça, tão brando, tão viçoso, tão puro, tão vivo, parece que são para ele exemplo de desordem, de rudeza, de frieza, de violência, de ruína. A cada dia, todas as pedras do horto repousam à noite em outro lugar, disparadas em furiosa hostilidade contra pássaros e lavadeiras, crianças e flores.

Na oração, transforma-se inteiro. Ouve-se o silêncio de *don* José no silêncio do campo. Veste sotaina, mantel, chapéu eclesiástico e, com olhar vago, entra na aldeia escura montado em sua burra vagarosa, como Jesus na morte...

XXV LA PRIMAVERA

> ¡Ay, que relumbres y olores!
> ¡Ay, cómo ríen los prados!
> ¡Ay, qué alboradas se oyen!
>
> ROMANCE POPULAR.

En mi duermevela matinal, me malhumora una endiablada chillería de chiquillos. Por fin, sin poder dormir más, me echo, desesperado, de la cama. Entonces, al mirar el campo por la ventana abierta, me doy cuenta de que los que alborotan son los pájaros.

Salgo al huerto y canto gracias al Dios del día azul. ¡Libre concierto de picos, fresco y sin fin! La golondrina riza, caprichosa, su gorjeo en el pozo; silba el mirlo sobre la naranja caída; de fuego, la oropéndola charla, de chaparro en chaparro; el chamariz ríe larga y menudamente en la cima del eucalipto; y, en el pino grande, los gorriones discuten desaforadamente.

¡Cómo está la mañana! El sol pone en la tierra su alegría de plata y de oro; mariposas de cien colores juegan por todas partes, entre las flores, por la casa – ya dentro, ya fuera –, en el manantial. Por doquiera, el campo se abre en estallidos, en crujidos, en un hervidero de vida sana y nueva.

Parece que estuviéramos dentro de un gran panal de luz, que fuese el interior de una inmensa y cálida rosa encendida.

XXV A PRIMAVERA

> Ai, que brilhos e aromas!
> Ai, como riem os prados!
> Ai, que alvoradas se ouvem!
>
> ROMANCE POPULAR

Em minha sonolência matinal, irrita-me uma endiabrada gritaria de crianças. Por fim, sem conseguir dormir mais, levanto-me da cama, desesperado. Então, ao olhar o campo pela janela aberta, dou-me conta de que o alvoroço é dos pássaros.

Saio ao horto e canto graças ao Deus do dia azul. Livre concerto de bicos, viçoso e sem fim! No poço, a andorinha ondula seu gorjeio, caprichosa; o melro assobia sobre a laranja caída; de fogo, o papa-figo tagarela, de sobreiro em sobreiro; o tentilhão ri à larga e amiúde no alto do eucalipto; e, no pinheiro grande, os pardais discutem desaforados.

Que manhã! O sol põe na terra sua alegria de prata e ouro; borboletas de cem cores brincam por todo lado, entre as flores, pela casa – ora dentro, ora fora –, na fonte. Por todo lado, o campo se rompe em estalidos, em rangidos, num fervilhar de vida sã e nova.

É como se estivéssemos num grande favo de luz, no interior de uma imensa e cálida rosa ardente.

XXVI EL ALJIBE

Míralo; está lleno de las últimas lluvias, Platero. No tiene eco, ni se ve, allá en su fondo, como cuando está bajo, el mirador con sol, joya policroma tras los cristales amarillos y azules de la montera.

Tú no has bajado nunca al aljibe, Platero. Yo sí; bajé cuando lo vaciaron, hace años. Mira; tiene una galería larga, y luego un cuarto pequeñito. Cuando entré en él, la vela que llevaba se me apagó y una salamandra se me puso en la mano. Dos fríos terribles se cruzaron en mi pecho cual dos espadas que se cruzaran como dos fémures bajo una calavera… Todo el pueblo está socavado de aljibes y galerías, Platero. El aljibe más grande es el del patio del Salto del Lobo, plaza de la ciudadela antigua del Castillo. El mejor es éste de mi casa que, como ves, tiene el brocal esculpido en una pieza sola de mármol alabastrino. La galería de la Iglesia va hasta la viña de los Puntales y allí se abre al campo, junto al rio. La que sale del Hospital nadie se ha atrevido a seguirla del todo, porque no acaba nunca…

Recuerdo, cuando era niño, las noches largas de lluvia, en que me desvelaba el rumor sollozante del agua redonda que caía, de la azotea, en el aljibe. Luego, a la mañana, íbamos, locos, a ver hasta dónde había llegado el agua. Cuando estaba hasta la boca, como está hoy, ¡qué asombro, qué gritos, qué admiración!

… Bueno, Platero. Y ahora voy a darte un cubo de esta agua pura y fresquita, el mismo cubo que se bebía de una vez Villegas, el pobre Villegas, que tenía el cuerpo achicharrado ya del coñac y del aguardiente…

XXVI A CISTERNA

Olha, ela está cheia das últimas chuvas, Platero. Não tem eco, e no fundo nem se vê, como quando está baixa, a varanda ensolarada, joia policrômica por trás dos amarelos e azuis da vidraça.

Nunca desceste à cisterna, Platero. Eu sim; desci quando a esvaziaram, faz anos. Olha; tem uma galeria comprida, depois um quarto pequenino. Quando entrei nele, a vela que eu levava se apagou e uma salamandra caiu na minha mão. Dois frios terríveis se cruzaram no meu peito, como se fossem duas espadas, ou dois fêmures cruzados debaixo de uma caveira... Há cisternas e galerias escavadas por toda a aldeia, Platero. A maior cisterna é a do pátio do Salto del Lobo, praça da antiga cidadela do Castelo. A melhor é esta da minha casa, que, como vês, tem o bocal esculpido em uma única peça de mármore branco como alabastro. A galeria da Igreja vai até o vinhedo de Puntales e lá desemboca no campo, perto do rio. A que sai do Hospital ninguém ousou seguir até o fim, pois não acaba nunca...

Lembro-me, quando era menino, das longas noites de chuva, em que não conseguia dormir por causa do rumor soluçante da água que caía do terraço na cisterna. Depois, pela manhã, íamos, loucos, ver até onde a água tinha chegado. Quando chegava até a boca, como hoje, que assombro, que gritos, que admiração!

... Bem, Platero, agora vou te dar um balde dessa água pura e fresquinha, o mesmo balde que o Villegas tragava de uma só vez, o pobre Villegas, que já tinha o corpo empanturrado de conhaque e aguardente...

XXVII EL PERRO SARNOSO

Venía, a veces, flaco y anhelante, a la casa del huerto. El pobre andaba siempre huido, acostumbrado a los gritos y a las pedreas. Los mismos perros le enseñaban los colmillos. Y se iba otra vez, en el sol del mediodía, lento y triste, monte abajo.

Aquella tarde, llegó detrás de Diana. Cuando yo salía, el guarda, que en un arranque de mal corazón había sacado la escopeta, disparó contra él. No tuve tiempo de evitarlo. El mísero, con el tiro en las entrañas, giró vertiginosamente un momento, en un redondo aullido agudo, y cayó muerto bajo una acacia.

Platero miraba al perro fijamente, erguida la cabeza. Diana, temerosa, andaba escondiéndose de uno en otro. El guarda, arrepentido quizás, daba largas razones no sabía a quién, indignándose sin poder, queriendo acallar su remordimiento. Un velo parecía enlutecer el sol; un velo grande, como el velo pequeñito que nubló el ojo sano del perro asesinado.

Abatidos por el viento del mar, los eucaliptos lloraban, más reciamente cada vez hacia la tormenta, en el hondo silencio aplastante que la siesta tendía por el campo aún de oro, sobre el perro muerto.

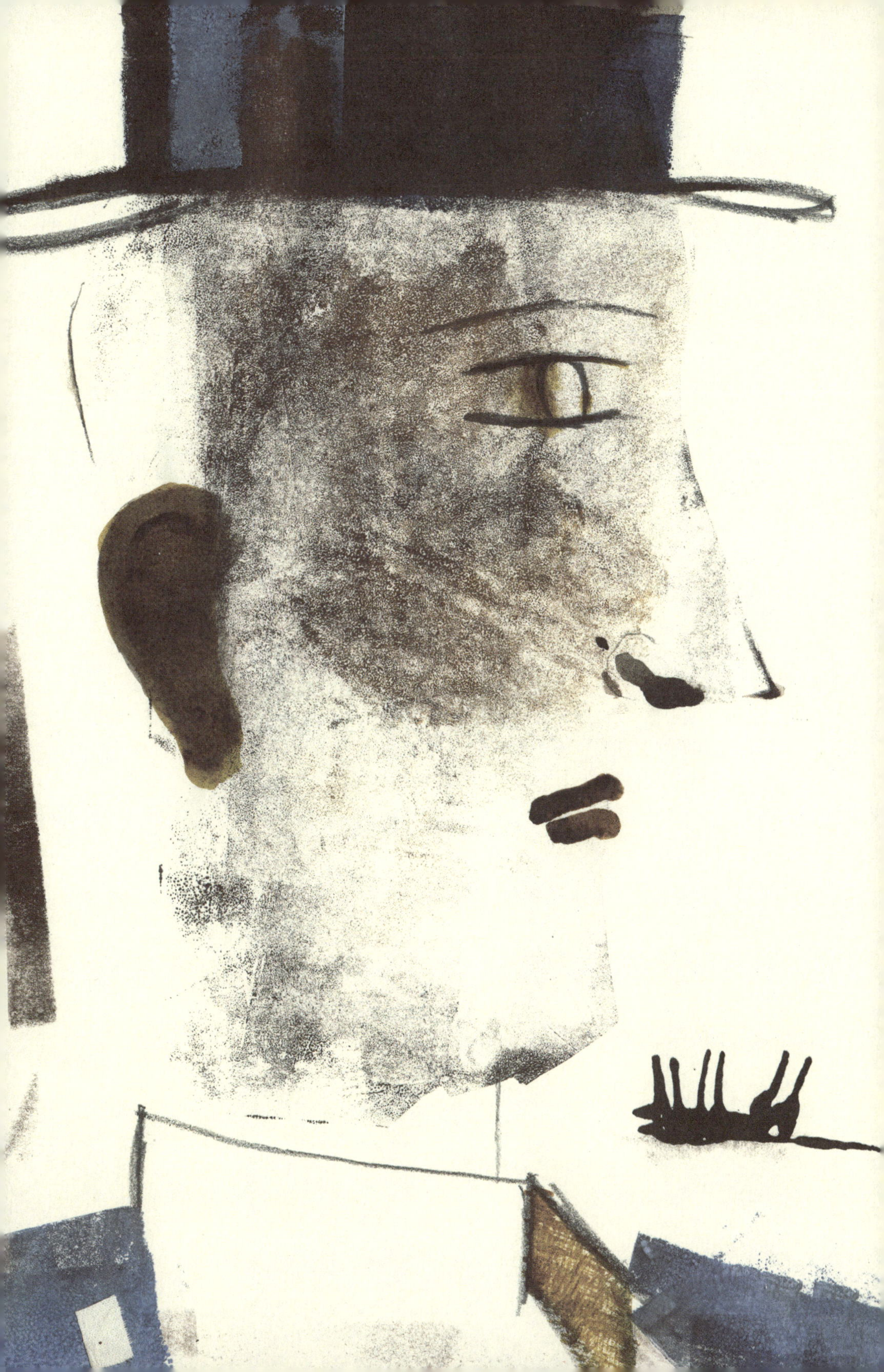

XXVII O CÃO SARNENTO

Chegava, às vezes, fraco e ofegante à casinha do horto. O coitado era sempre arredio, acostumado aos gritos e às pedradas. Os próprios cães lhe mostravam os dentes. E, ao sol do meio-dia, lá se ia ele de novo montanha abaixo, lento e triste.

Aquele dia, chegou atrás de Diana. Quando eu ia saindo, o guarda, que num arroubo de malvadeza havia sacado a escopeta, disparou contra ele. Não tive tempo de evitar. O miserável, com o tiro nas entranhas, rodopiou vertiginosamente por um momento, com um uivo claro e agudo, e caiu morto debaixo de uma acácia.

Platero, de cabeça erguida, olhava fixo para o cão. Diana, amedrontada, ia de um a outro, escondendo-se. O guarda, talvez arrependido, dava amplas razões sem saber a quem, indignando-se sem conseguir, querendo aplacar seu remorso. Um véu parecia enlutar o sol; um véu grande, como o outro pequenino que nublou o olho sadio do cão assassinado.

Arqueados pelo vento do mar, os eucaliptos choravam, cada vez mais próxima a tormenta, no silêncio profundo e esmagador que a sesta estendia pelo campo ainda dourado, sobre o cão morto.

XXVIII REMANSO

Espérate, Platero... O pace un rato en ese prado tierno, si lo prefieres. Pero déjame ver a mí este remanso bello, que no veo hace tantos años...

Mira cómo el sol, pasando su agua espesa, le alumbra la honda belleza verdeoro, que los lirios de celeste frescura de la orilla contemplan extasiados... Son escaleras de terciopelo, bajando en repetido laberinto; grutas mágicas con todos los aspectos ideales que una mitología de ensueño trajese a la desbordada imaginación de un pintor interno; jardines venustianos que hubiera creado la melancolía permanente de una reina loca de grandes ojos verdes; palacios en ruinas, como aquel que vi en aquel mar de la tarde, cuando el sol poniente hería, oblicuo, el agua baja... Y más, y más, y más; cuanto el sueño más difícil pudiera robar, tirando a la belleza fugitiva de su túnica infinita, al cuadro recordado de una hora de primavera con dolor, en un jardín de olvido que no existiera del todo... Todo pequeñito, pero inmenso, porque parece distante; clave de sensaciones innumerables, tesoro del mago más viejo de la fiebre...

Este remanso, Platero, era mi corazón antes. Así me lo sentía, bellamente envenenado, en su soledad, de prodigiosas exuberancias detenidas... Cuando el amor humano lo hirió, abriéndole su dique, corrió la sangre corrompida, hasta dejarlo puro, limpio y fácil, como el arroyo de los Llanos, Platero, en la más abierta dorada y caliente hora de abril.

A veces, sin embargo, una pálida mano antigua me lo trae a su remanso de antes, verde y solitario, y allí lo deja encantado, fuera de él, respondiendo a las llamadas claras, "por endulzar su pena", como Hylas a Alcides en el idilio de Chénier, que ya te he leído, con una voz "desentendida y vana"...

XXVIII REMANSO

Espera, Platero... Ou fica pastando por um momento nesse prado macio, se preferires. Mas deixa-me ver este belo remanso que há tantos anos não vejo...
Olha como o sol, atravessando a água espessa, ilumina sua profunda beleza verde dourada, que os lírios de celestial frescor contemplam da margem, extasiados... São escadas de veludo, descendo em constante labirinto; grutas mágicas com todos os aspectos ideais que uma mitologia de sonho traria à desvairada imaginação de um pintor interno; jardins de beleza venusiana, criados pela melancolia permanente de uma rainha louca de grandes olhos verdes; palácios em ruínas, como aquele que vi no mar da tarde, quando o sol poente feria, oblíquo, a água baixa... E mais, e mais, e mais; tudo o que o sonho mais exigente pudesse extrair, retendo a beleza fugaz de sua túnica infinita, do quadro lembrado de uma hora dolorosa de primavera, num jardim de esquecimento que de fato não tivesse existido... Tudo pequenino, mas imenso, porque parece distante; chave de sensações inumeráveis, tesouro do mais velho mago da febre...
Este remanso, Platero, era meu coração, outrora. Assim eu o sentia, lindamente envenenado, em sua solidão, por prodigiosas exuberâncias contidas... Quando o amor humano o feriu, abrindo-lhe o dique, correu o sangue corrompido, até deixá-lo puro, limpo e fácil, como o arroio das Planícies, na mais clara, dourada e quente hora de abril.
Às vezes, no entanto, uma pálida mão antiga o traz a seu remanso de antes, verde e solitário, e lá o deixa encantado, fora de si, respondendo aos chamados claros, "para abrandar sua pena", como os de Hylas a Alcides no idílio de Chénier, que já li para ti, com voz "não ouvida e vã"...

XXIX IDILIO DE ABRIL

Los niños han ido con Platero al arroyo de los chopos, y ahora lo traen trotando, entre juegos sin razón y risas desproporcionadas, todo cargado de flores amarillas. Allá abajo les ha llovido – aquella nube fugaz que veló el prado verde con sus hilos de oro y plata, en los que tembló, como en una lira de llanto, el arco iris –. Y sobre la empapada lana del asnucho, las campanillas mojadas gotean todavía.

¡Idilio fresco, alegre, sentimental! ¡Hasta el rebuzno de Platero se hace tierno bajo la dulce carga llovida! De cuando en cuando, vuelve la cabeza y arranca las flores a que su bocota alcanza. Las campanillas, níveas y gualdas, le cuelgan, un momento, entre el blanco babear verdoso y luego se le van a la barrigota cinchada. ¡Quién, como tú, Platero, pudiera comer flores…, y que no le hicieran daño!

¡Tarde equívoca de abril!… Los ojos brillantes y vivos de Platero copian toda la hora de sol y lluvia, en cuyo ocaso, sobre el campo de San Juan, se ve llover, deshilachada, otra nube rosa.

XXIX   IDÍLIO DE ABRIL

As crianças foram com Platero ao arroio dos choupos, e agora o trazem de volta a trote, entre brincadeiras insensatas e risos despropositados, todo carregado de flores amarelas. Lá embaixo pegaram chuva – aquela nuvem fugaz que velou o prado verde com seus fios de ouro e prata, nos quais tremulou, como numa lira de pranto, o arco-íris. E, sobre a encharcada lã do burrinho, as campânulas molhadas ainda gotejam.

Idílio puro, alegre, sentimental! Até o zurro de Platero se torna brando sob a doce carga molhada de chuva! De vez em quando, ele volta a cabeça e arranca as flores que sua bocarra alcança. As campânulas, brancas e cor-de-ouro, pendem por um momento em meio à baba branca e esverdeada e depois se vão para a barriga cilhada. Quem, como tu, Platero, poderia comer flores... sem que lhe fizessem mal!

Equívoca tarde de abril!... Os olhos brilhantes e vivos de Platero refletem toda a hora de sol e chuva, em cujo ocaso, sobre o campo de São João, vê-se chover, esfiapada, outra nuvem cor-de-rosa.

XXX EL CANARIO VUELA

Un día, el canario verde, no sé cómo ni por qué, voló de su jaula. Era un canario viejo, recuerdo triste de una muerta, al que yo no había dado libertad por miedo de que se muriera de hambre o de frío, o de que se lo comieran los gatos.

Anduvo toda la mañana entre los granados del huerto en el pino de la puerta, por las lilas. Los niños estuvieron, toda la mañana también, sentados en la galería, absortos en los breves vuelos del pajarillo amarillento. Libre, Platero, holgaba junto a los rosales, jugando con una mariposa.

A la tarde, el canario se vino al tejado de la casa grande, y allí se quedó largo tiempo, latiendo en el tibio sol que declinaba. De pronto, y sin saber nadie cómo ni por qué, apareció en la jaula, otra vez alegre.

¡Qué alborozo en el jardín! Los niños saltaban, tocando las palmas, arrebolados y rientes como auroras; Diana, loca, los seguía, ladrándole a su propia y riente campanilla; Platero, contagiado, en un oleaje de carnes de plata, igual que un chivillo, hacía corvetas, giraba sobre sus patas, en un vals tosco, y poniéndose en las manos, daba coces al aire claro y suave…

xxx   O CANÁRIO VOA

Um dia, o canário verde, não sei como nem por quê, voou da gaiola. Era um canário velho, lembrança triste de uma morta, ao qual eu não havia dado a liberdade temendo que morresse de fome ou de frio ou que fosse devorado pelo gato.

Andou a manhã toda pelas romãzeiras do horto, no pinheiro da porta, por entre os lilás. A manhã toda, também, as crianças ficaram sentadas na galeria, absortas nos voos breves do passarinho amarelado. Platero, livre, divertia-se junto das roseiras, brincando com uma borboleta.

À tarde, o canário veio pousar no telhado da casa grande, e lá ficou um tempão, palpitando ao sol fraco que declinava. De repente, sem ninguém saber como nem por quê, apareceu de novo na gaiola.

Que alvoroço no jardim! As crianças pulavam, batendo palmas, coradas e risonhas como auroras; Diana as seguia, louca, latindo para seu próprio guiso alegre. Contagiado, Platero, numa agitação de carnes de prata, como um cabritinho, corcoveava, girava sobre as patas, num tosco valsear, e, apoiando-se nas mãos, dava coices no ar claro e suave...

XXXI EL DEMONIO

De pronto, con un duro y solitario trote, doblemente sucio en una alta nube de polvo, aparece, por la esquina del Trasmuro, el burro. Un momento después, jadeantes, subiéndose los caídos pantalones de andrajos, que les dejan fuera las oscuras barrigas, los chiquillos, tirándole rodrigones y piedras…

Es negro, grande, viejo, huesudo – otro arcipreste –, tanto, que parece que se le va a agujerear la piel sin pelo por doquiera. Se para y, mostrando unos dientes amarillos, como habones, rebuzna a lo alto ferozmente, con una energía que no cuadra a su desgarbada vejez… ¿Es un burro perdido? ¿No lo conoces, Platero? ¿Qué querrá? ¿De quién vendrá huyendo, con ese trote desigual y violento?

Al verlo, Platero hace cuerno, primero, ambas orejas con una sola punta, se las deja luego una en pie y otra descolgada, y se viene a mí, y quiere esconderse en la cuneta, y huir, todo a un tiempo. El burro negro pasa a su lado, le da un rozón, le tira la albarda, lo huele, rebuzna contra el muro del convento y se va trotando, Trasmuro abajo…

… Es, en el calor, un momento extraño de escalofrío – ¿mío, de Platero? – en el que las cosas parecen trastornadas, como si la sombra baja de un paño negro ante el sol ocultase, de pronto, la soledad deslumbradora del recodo del callejón, en donde el aire, súbitamente quieto, asfixia… Poco a poco, lo lejano nos vuelve a lo real. Se oye, arriba, el vocerío mudable de la plaza del Pescado, donde los vendedores que acaban de llegar de la Ribera exaltan sus asedías, sus salmonetes, sus brecas, sus mojarras, sus bocas; la campana de vuelta, que pregona el sermón de mañana; el pito del amolador…

Platero tiembla aún, de vez en cuando, mirándome, acoquinado, en la quietud muda en que nos hemos quedado los dos, sin saber por qué…

– Platero; yo creo que ese burro no es un burro…

Y Platero, mudo, tiembla de nuevo todo él de un solo temblor, blandamente ruidoso, y mira, huido, hacia la gavia, hosca y bajamente…

XXXI O DEMÔNIO

De repente, com um trote duro e solitário, duplamente sujo numa nuvem alta de poeira, na esquina do Trasmuro aparece o burro. Um momento depois, ofegantes, erguendo as calças esfarrapadas que deixam de fora as barrigas escuras, os garotos atirando-lhe paus e pedras...

É preto, grande, velho, ossudo – outro arcipreste –, parece que sua pele sem pelo vai furar inteira. Para e, mostrando os dentes amarelos, como grandes favas, zurra alto, feroz, com uma energia que não combina com sua velhice decrépita... Será um burro perdido? Não o conheces, Platero? O que ele quer? De quem estará fugindo, com esse trote irregular e violento?

Ao vê-lo, Platero primeiro ergue as orelhas, as duas com uma ponta só, depois baixa uma e vem até mim, querendo esconder-se na vala e fugir, tudo ao mesmo tempo. O burro preto passa a seu lado, dá-lhe um esbarrão, puxa sua albarda, cheira-o, relincha contra o muro do convento, e sai trotando Trasmuro abaixo...

... No calor, é um estranho momento de sobressalto – meu ou de Platero? –, em que as coisas parecem transtornadas, como se a sombra baixa de um pano preto diante do sol escondesse, de repente, a solidão ofuscante da curva da ruela em que o ar, subitamente parado, asfixia... Aos poucos, a distância nos traz de volta ao real. Ouve-se, acima, o vozerio cambiante do mercado de peixes, onde os pescadores que acabam de chegar da Ribera exaltam suas azevias, seus salmonetes, suas percas, suas bogas, seus caranguejos; o sino anuncia o sermão da manhã; o apito do amolador...

Platero ainda estremece, de vez em quando, olhando-me amedrontado, na quietude muda em que nós dois ficamos, sem saber por quê...

– Platero, acho que aquele burro não é um burro...

E Platero, mudo, novamente estremece inteiro de um só tremor, brandamente ruidoso, e, arredio, olha para o muro, sombrio e humilhado...

XXXII LIBERTAD

Llamó mi atención, perdida por las flores de la vereda, un pajarillo lleno de luz, que, sobre el húmedo prado verde, abría sin cesar su preso vuelo policromo. Nos acercamos despacio, yo delante, Platero detrás. Había por allí un bebedero umbrío, y unos muchachos traidores le tenían puesta una red a los pájaros. El triste reclamillo se levantaba hasta su pena, llamando, sin querer, a sus hermanos del cielo.

La mañana era clara, pura, traspasada de azul. Caía del pinar vecino un leve concierto de trinos exaltados, que venía y se alejaba, sin irse, en el manso y áureo viento marero que ondulaba las copas. ¡Pobre concierto inocente, tan cerca del mal corazón!

Monté en Platero, y, obligándolo con las piernas, subimos, en un agudo trote, al pinar. En llegando bajo la sombría cúpula frondosa, batí palmas, canté, grité. Platero, contagiado, rebuznaba una vez y otra, rudamente. Y los ecos respondían, hondos y sonoros, como en el fondo de un gran pozo. Los pájaros se fueron a otro pinar, cantando.

Platero, entre las lejanas maldiciones de los chiquillos violentos, rozaba su cabezota peluda contra mi corazón, dándome las gracias hasta lastimarme el pecho.

XXXII LIBERDADE

Minha atenção, perdida por entre as flores da vereda, foi atraída por um passarinho cheio de luz que, sobre o prado verde e úmido, abria sem cessar seu voo policrômico prisioneiro. Fomos nos aproximando devagarinho, eu na frente, Platero atrás. Havia por ali um bebedouro à sombra, em que alguns rapazes traiçoeiros tinham colocado uma rede para os pássaros. O triste queixume levantava-se à altura de sua dor, chamando sem querer seus irmãos do céu.

A manhã era clara, pura, impregnada de azul. Caía do pinheiral vizinho um leve concerto de trinos exaltados, que vinha e se afastava, sem ir embora, no manso e áureo vento marinho que ondulava as copas. Pobre concerto inocente, tão perto do coração malévolo!

Montei em Platero e, incitando-o com as pernas, subimos ao pinheiral, num trote ligeiro. Chegando sob a sombria cúpula frondosa, bati palmas, cantei, gritei. Contagiado, Platero zurrava uma vez ou outra, rudemente. E os ecos respondiam, profundos e sonoros, como que do fundo de um grande poço. Os pássaros se foram para outro pinheiral, sempre cantando.

Platero, entre as longínquas maldições dos meninos violentos, roçava a cabeçorra peluda contra meu coração, agradecendo-me até machucar meu peito.

XXXIII LOS HÚNGAROS

Míralos, Platero, tirados en todo su largor, cómo tienden los perros cansados el mismo rabo, en el sol de la acera.

La muchacha, estatua de fango, derramada su abundante desnudez de cobre entre el desorden de sus andrajos de lanas granas y verdes, arranca la hierbaza seca a que sus manos, negras como el fondo de un puchero, alcanzan. La chiquilla, pelos toda, pinta en la pared, con cisco, alegorías obscenas. El chiquillo se orina en su barriga como una fuente en su taza, llorando por gusto. El hombre y el mono se rascan, aquél la greña, murmurando, y éste las costillas, como si tocase una guitarra.

De vez en cuando, el hombre se incorpora, se levanta luego, se va al centro de la calle y golpea con indolente fuerza el pandero, mirando a un balcón. La muchacha, pateada por el chiquillo, canta, mientras jura desgarradamente, una desentonada monotonía. Y el mono, cuya cadena pesa más que él, fuera de punto, sin razón, da una vuelta de campana y luego se pone a buscar entre los chinos de la cuneta uno más blando.

Las tres... El coche de la estación se va, calle Nueva arriba. El sol, solo.

– Ahí tienes, Platero, el ideal de familia de Amaro... Un hombre como un roble, que se rasca; una mujer, como una parra, que se echa; dos chiquillos, ella y él, para seguir la raza, y un mono, pequeño y débil como el mundo, que les da de comer a todos, cogiéndose las pulgas...

XXXIII OS CIGANOS HÚNGAROS

Olha para eles, Platero, deitados de corpo inteiro na calçada, ao sol, como os cães exaustos se estendem até o rabo.

A moça, estátua de lama, a abundante nudez de cobre derramada entre a desordem de seus andrajos de lãs grenás e verdes, arranca o capim seco ao alcance de suas mãos, pretas como o fundo de um caldeirão. A menina, toda cabeluda, pinta com carvão alegorias obscenas na parede. O menino urina em sua barriga como uma fonte em seu tanque, chorando por chorar. O homem e o macaco se coçam, o primeiro a grenha, resmungando, o outro as costelas, como se tocasse violão.

De vez em quando, o homem se soergue, depois se levanta, vai até o meio da rua e bate o pandeiro com força indolente, olhando para uma sacada. A moça, sob os chutes do menino, canta, praguejando desbragada, em desafinada monotonia. E o macaco, a corrente mais pesada do que ele, de repente, sem razão, faz uma pirueta e começa a procurar entre as pedras da sarjeta uma que seja mais mole.

Três horas... Parte o coche da estação, rua Nova acima. O sol, apenas.

– Aí está, Platero, o ideal da família de Amaro... Um homem como um carvalho, que se rasca; uma mulher como uma vinha, que se esparrama; duas crianças, menino e menina, para continuar a raça, e um macaco, pequeno e fraco como o mundo, que dá de comer a todos, catando suas pulgas...

XXXIV LA NOVIA

El claro viento del mar sube por la cuesta roja, llega al prado del cabezo, ríe entre las tiernas florecillas blancas; después, se enreda por los pinetes sin limpiar y mece, hinchándolas como velas sutiles, las encendidas telarañas celestes, rosas, de oro... Toda la tarde es ya viento marino. Y el sol y el viento ¡dan un blando bienestar al corazón!

Platero me lleva, contento, ágil, dispuesto. Se dijera que no le peso. Subimos, como si fuésemos cuesta abajo, a la colina. A lo lejos, una cinta de mar, brillante, incolora, vibra, entre los últimos pinos, en un aspecto de paisaje isleño. En los prados verdes, allá abajo, saltan los asnos trabados, de mata en mata.

Un estremecimiento sensual vaga por las cañadas. De pronto, Platero yergue las orejas, dilata las levantadas narices, replegándolas hasta los ojos y dejando ver las grandes habichuelas de sus dientes amarillos. Está respirando largamente, de los cuatro vientos, no sé qué honda esencia que debe transirle el corazón. Sí. Ahí tiene ya, en otra colina, fina y gris sobre el cielo azul, a la amada. Y dobles rebuznos, sonoros y largos, desbaratan con su trompetería la hora luminosa y caen luego en gemelas cataratas.

He tenido que contrariar los instintos amables de mi pobre Platero. La bella novia del campo lo ve pasar, triste como él, con sus ojazos de azabache cargados de estampas... ¡Inútil pregón misterioso, que ruedas brutalmente, como un instinto hecho carne libre, por las margaritas!

Y Platero trota indócil, intentando a cada instante volverse, con un reproche en su refrenado trotecillo menudo:

– Parece mentira, parece mentira, parece mentira...

XXXIV A NAMORADA

O vento claro do mar sobe a encosta vermelha, chega ao prado do alto da montanha, ri entre as delicadas florzinhas brancas; depois se enreda pelos pinheirinhos sem poda e balança, inflando-as como velas muito finas, as teias de aranha azul-celeste, cor-de-rosa, douradas. Toda a tarde é vento marinho. E o sol e o vento dão um suave bem-estar ao coração!

Platero me carrega, contente, ágil, disposto. Parece que não lhe peso. Subimos a colina como se a descêssemos. Ao longe, uma faixa de mar, brilhante, incolor, vibra entre os últimos pinheiros, como numa paisagem insular. Lá embaixo, nos prados verdes, saltam os asnos travados, de moita em moita.

Um tremor sensual vagueia pelas baixadas. De repente, Platero levanta as orelhas, dilata as narinas erguidas, franzindo-as até os olhos e deixando à mostra seus dentes amarelos, grandes feijões. Está aspirando intensamente, dos quatro ventos, como que uma funda essência que lhe deve gelar o coração. Sim. Lá está, na outra colina, esbelta e cinzenta contra o céu azul, a amada. E zurros redobrados, sonoros e longos, rompem com seu trombetear a hora luminosa e depois caem em gêmeas cataratas.

Tive de contrariar os instintos amorosos de meu pobre Platero. Triste como ele, a bela namorada do campo o vê passar, com seus olhões de azeviche repletos de imagens… Inútil pregão misterioso que rola brutalmente, como um instinto feito carne, por entre as margaridas!

E Platero trota indócil, tentando voltar-se a cada instante, com uma censura em seu trotezinho miúdo refreado:

– Parece mentira, parece mentira, parece mentira…

XXXV LA SANGUIJUELA

Espera. ¿Qué es eso, Platero? ¿Qué tienes?

Platero está echando sangre por la boca. Tose y va despacio, más cada vez. Comprendo todo en un momento. Al pasar esta mañana por la fuente de Pinete, Platero estuvo bebiendo en ella. Y, aunque siempre bebe en lo más claro y con los dientes cerrados, sin duda una sanguijuela se le ha agarrado a la lengua o al cielo de la boca...

– Espera, hombre. Enseña...

Le pido ayuda a Raposo, el aperador, que baja por allí del Almendral, y entre los dos intentamos abrirle a Platero la boca. Pero la tiene como trabada con hormigón romano. Comprendo con pena que el pobre Platero es menos inteligente de lo que yo me figuro... Raposo coge un rodrigón gordo, lo parte en cuatro y procura atravesarle un pedazo a Platero entre las quijadas... No es fácil la empresa. Platero alza la cabeza al cenit levantándose sobre las patas, huye, se revuelve... Por fin, en un momento sorprendido, el palo entra de lado en la boca de Platero. Raposo se sube en el burro y con las dos manos tira hacia atrás de los salientes del palo para que Platero no lo suelte.

Sí, allá adentro tiene, llena y negra, la sanguijuela. Con dos sarmientos hechos tijera se la arranco... Parece un costalillo de almagra o un pellejillo de vino tinto; y, contra el sol, es como el moco de un pavo irritado por un paño rojo. Para que no saque sangre a ningún burro más, la corto sobre el arroyo, que en un momento tiñe de la sangre de Platero la espumela de un breve torbellino...

XXXV A SANGUESSUGA

Espera. O que é isso, Platero? O que tens?

Platero está pondo sangue pela boca. Tosse e anda devagar, cada vez mais. Compreendo tudo na hora. Ao passar esta manhã pela fonte de Pinete, Platero bebeu nela. E, embora sempre beba na parte mais clara e com os dentes cerrados, sem dúvida uma sanguessuga agarrou-se à sua língua ou ao céu da boca.

– Espera, homem. Mostra...

Peço ajuda a Raposo, o abegão, que vem descendo do amendoal, e nós dois tentamos abrir a boca de Platero. Mas ela parece travada com cimento romano. Compreendo a contragosto que o pobre Platero é menos inteligente do que imagino... Raposo pega uma estaca grossa, divide-a em quatro e tenta enfiar um pedaço entre as queixadas de Platero... Não é empreitada fácil. Platero leva a cabeça para o alto, erguendo-se sobre as patas, refuga, se debate... Por fim, inesperadamente, o pau entra de lado na boca de Platero. Raposo sobe no burro e com as duas mãos puxa para trás as duas pontas do pau, para que Platero não o solte.

Sim, lá dentro está, cheia e preta, a sanguessuga. Arranco-a com dois sarmentos a modo de tesoura... Parece um saquinho de almagra ou um odrezinho de vinho tinto; e, contra o sol, é como o muco de um peru atiçado com um pano vermelho. Para que não tire sangue de nenhum outro burro, corto-a sobre o riacho, que por um momento tinge com o sangue de Platero a espuma de um breve torvelinho...

XXXVI LAS TRES VIEJAS

Súbete aquí en el vallado, Platero. Anda, vamos a dejar que pasen esas pobres viejas…

Deben venir de la playa o de los montes. Mira. Una es ciega y las otras dos la traen por los brazos. Vendrán a ver a don Luis, el médico, o al hospital… Mira qué despacito andan, qué cuido, qué mesura ponen las dos que ven en su acción. Parece que las tres temen a la misma muerte. ¿Ves cómo adelantan las manos cual para detener el aire mismo, apartando peligros imaginarios, con mimo absurdo, hasta las más leves ramitas en flor, Platero?

Que te caes, hombre… Oye qué lamentables palabras van diciendo. Son gitanas. Mira sus trajes pintorescos, de lunares y volantes. ¿Ves? Van a cuerpo, no caída, a pesar de la edad, su esbeltez. Renegridas, sudorosas, sucias, perdidas en el polvo con sol del mediodía, aún una flaca hermosura recia las acompaña, como un recuerdo seco y duro…

Míralas a las tres, Platero. ¡Con qué confianza llevan la vejez a la vida, penetradas por la primavera esta que hace florecer de amarillo el cardo en la vibrante dulzura de su hervoroso sol!

XXXVI AS TRÊS VELHAS

Sobe aqui no barranco, Platero. Vem, vamos deixar passar essas três pobres velhas...

Decerto vêm da praia ou das montanhas. Olha. Uma é cega e as outras duas a seguram pelo braço. Vão consultar *don* Luis, o médico, ou ao hospital... Olha como andam devagarinho, que cuidado, que deferência das duas em sua ação. Parece que as três temem a própria morte. Vês como avançam as mãos como para deter o próprio ar, afastando perigos imaginários, com zelo absurdo, até os mais leves raminhos em flor, Platero?

Vais cair, homem... Ouve que palavras lamentáveis elas vão dizendo. São ciganas. Olha seus trajes pitorescos, de bolinhas e babados. Vês? Vão sem agasalho, apesar da idade não decaiu sua esbelteza. Enegrecidas, suadas, sujas, perdidas na poeira sob o sol do meio-dia, ainda uma leve formosura rude as acompanha, como uma lembrança seca e dura...

Olha as três, Platero. Com que confiança levam a velhice à vida, impregnadas pela primavera que faz florescer o cardo de amarelo na vibrante doçura de seu sol fervoroso!

XXXVII LA CARRETILLA

En el arroyo grande, que la lluvia había dilatado hasta la viña, nos encontramos, atascada, una vieja carretilla, perdida toda bajo su carga de hierba y de naranjas. Una niña, rota y sucia, lloraba sobre una rueda, queriendo ayudar con el empuje de su pechillo en flor al borricuelo, más pequeño ¡ay! y más flaco que Platero. Y el borriquillo se despechaba contra el viento, intentando, inútilmente, arrancar del fango la carreta, al grito sollozante de la chiquilla. Era vano su esfuerzo, como el de los niños valientes, como el vuelo de esas brisas cansadas del verano que se caen, en un desmayo, entre las flores.

Acaricié a Platero y, como pude, lo enganché a la carretilla, delante del borrico miserable. Le obligué, entonces, con un cariñoso imperio, y Platero, de un tirón, sacó carretilla y rucio del atolladero, y les subió la cuesta.

¡Qué sonreír el de la chiquilla! Fue como si el sol de la tarde, que se quebraba, al ponerse entre las nubes de agua, en amarillos cristales, le encendiese una aurora tras sus tiznadas lágrimas.

Con su llorosa alegría, me ofreció dos escogidas naranjas, finas, pesadas, redondas. Las tomé, agradecido, y le di una al borriquillo débil, como dulce consuelo; otra a Platero, como premio áureo.

XXXVII A CARRIOLA

No arroio grande, que a chuva havia alargado até o vinhedo, encontramos, atolada, uma velha carriola, toda perdida sob sua carga de capim e laranjas. Uma menina, rasgada e suja, chorava por cima de uma roda, querendo, com o impulso de seu peitinho em flor, ajudar o burrico, menor, ai!, e mais fraco do que Platero. O burrico se desesperava contra o vento, tentando inutilmente arrancar a carriola da lama, sob os gritos soluçantes da menina. Mas seu esforço era vão, como o das crianças valentes, como o voo das brisas cansadas do verão que, num desmaio, caem entre as flores.

Afaguei Platero e, como pude, enganchei-o na carriola, à frente do burrico miserável. Incitei-o, então, com carinhosa autoridade, e Platero, com um puxão, tirou a carriola e o ruço do atoleiro, fazendo-os subir a encosta.

Que sorriso o da menina! Foi como se o sol da tarde, que se punha entre as nuvens de água rompendo-se em cristais amarelos, acendesse uma aurora por trás de suas lágrimas tisnadas.

Com sua chorosa alegria, ofereceu-me duas laranjas escolhidas, finas, pesadas, redondas. Peguei-as, agradecido, e dei uma ao burrico fraco, como doce consolo; outra a Platero, como prêmio áureo.

XXXVIII EL PAN

Te he dicho, Platero que el alma de Moguer es el vino, ¿verdad? No; el alma de Moguer es el pan. Moguer es igual que un pan de trigo, blanco por dentro, como el migajón, y dorado en torno – ¡oh sol moreno! – como la blanda corteza.

A mediodía, cuando el sol quema más, el pueblo entero empieza a humear y a oler a pino y a pan calentito. A todo el pueblo se le abre la boca. Es como una gran boca que come un gran pan. El pan se entra en todo: en el aceite, en el gazpacho, en el queso y la uva, para dar sabor a beso, en el vino, en el caldo, en el jamón, en él mismo, pan con pan. También solo, como la esperanza, o con una ilusión...

Los panaderos llegan trotando en sus caballos, se paran en cada puerta entornada, tocan las palmas y gritan: "¡El panaderooo!"... Se oye el duro ruido tierno de los cuarterones que, al caer en los canastos que brazos desnudos levantan, chocan con los bollos, de las hogazas con las roscas...

Y los niños pobres llaman, al punto, a las campanillas de las cancelas o a los picaportes de los portones, y lloran largamente hacia adentro: ¡Un poquiiito de paaan!...

XXXVIII O PÃO

Eu te disse, Platero, que a alma de Moguer é o vinho, não é mesmo? Não; a alma de Moguer é o pão. Moguer é como um pão de trigo, branco por dentro, como o miolo, e dourado em volta – oh, sol moreno! –, como a crosta macia.

Ao meio-dia, quando o sol arde mais, o povoado inteiro começa a fumegar e cheirar a pinho e a pão quentinho. O povoado inteiro abre a boca. É como uma boca grande comendo um pão grande. O pão entra em tudo: no azeite, no gaspacho, no queijo e na uva, para dar sabor de beijo, no vinho, no caldo, no presunto, nele mesmo, pão com pão. Também sozinho, como a esperança, ou com uma ilusão...

Os padeiros chegam trotando em seus cavalos, param em cada porta entreaberta, batem palmas e gritam: "O padeirooo!"... Ouve-se o ruído seco e leve dos pães de um quarto que, ao cair nos cestos erguidos por braços nus, se chocam com os bolos, o das fogaças batendo nas roscas...

E as crianças pobres, na mesma hora, batem os sinos dos portões ou as aldravas das portas e, lá para dentro, choram longamente: Um pouquiiinho de pããão!...

XXXIX AGLAE

¡Qué reguapo estás hoy, Platero! Ven aquí… ¡Buen jaleo te ha dado esta mañana la Macaria! Todo lo que es blanco y todo lo que es negro en ti luce y resalta como el día y como la noche después de la lluvia. ¡Qué guapo estás, Platero!

Platero, avergonzado un poco de verse así, viene a mí, lento, mojado aún de su baño, tan limpio que parece una muchacha desnuda. La cara se le ha aclarado, igual que un alba, y en ella sus ojos grandes destellan vivos, como si la más joven de las Gracias les hubiera prestado ardor y brillantez.

Se lo digo, y en un súbito entusiasmo fraternal, le cojo la cabeza, se la revuelvo en cariñoso apretón, le hago cosquillas… Él, bajos los ojos, se defiende blandamente con las orejas, sin irse, o se liberta, en breve correr, para pararse de nuevo en seco, como un perrillo juguetón.

– ¡Qué guapo estás, hombre! – le repito.

Y Platero, lo mismo que un niño pobre que estrenara un traje, corre tímido, hablándome, mirándome en su huida con el regocijo de las orejas, y se queda, haciendo que come unas campanillas coloradas, en la puerta de la cuadra.

Aglae, la donadora de bondad y de hermosura, apoyada en el peral que ostenta triple copa de hojas, de peras y de gorriones, mira la escena sonriendo, casi invisible en la trasparencia del sol matinal.

XXXIX AGLAE

Como estás lindo hoje, Platero! Vem aqui... Que lustre a Macaria te deu esta manhã! Tudo o que em ti é branco e tudo o que é preto brilha e ressalta como o dia e como a noite depois da chuva. Como estás bonito, Platero!

Platero, um pouco envergonhado por ver-se assim, vem até mim, lento, ainda molhado do banho, tão limpo que parece uma moça nua. Seu rosto clareou, como uma aurora, e nele seus olhos grandes fulguram vivos, como se a mais jovem das Graças lhes tivesse atribuído ardor e brilho.

Digo isso e, num súbito entusiasmo fraternal, pego-lhe a cabeça, envolvo-a num carinhoso abraço, faço-lhe cócegas... De olhos baixos, ele se defende brandamente com as orelhas, sem se afastar, ou se solta, em breve corrida, para parar de novo bruscamente, como um cãozinho brincalhão.

– Como estás bonito, homem! – repito.

E Platero, como uma criança pobre estreando uma roupa, corre tímido, falando comigo, olhando-me em sua fuga, com o regozijo das orelhas, e para, fingindo comer umas campânulas coloridas, na porta do estábulo.

Aglae, aquela que dá bondade e beleza, apoiada na pereira que ostenta uma copa tríplice de folhas, de peras e de pardais, contempla a cena, sorrindo, quase invisível na transparência do sol matinal.

XL EL PINO DE LA CORONA

Donde quiera que paro, Platero, me parece que paro bajo el pino de la Corona. A donde quiera que llego – ciudad, amor, gloria – me parece que llego a su plenitud verde y derramada bajo el gran cielo azul de nubes blancas. Él es faro rotundo y claro en los mares difíciles de mi sueño, como lo es de los marineros de Moguer en las tormentas de la barra; segura cima de mis días difíciles, en lo alto de su cuesta roja y agria, que toman los mendigos, camino de Sanlúcar.

¡Qué fuerte me siento siempre que reposo bajo su recuerdo! Es lo único que no ha dejado, al crecer yo, de ser grande, lo único que ha sido mayor cada vez. Cuando le cortaron aquella rama que el huracán le tronchó, me pareció que me habían arrancado un miembro; y, a veces, cuando cualquier dolor me coge de improviso, me parece que le duele al pino de la Corona.

La palabra magno le cuadra como al mar, como al cielo y como a mi corazón. A su sombra, mirando las nubes, han descansado razas y razas por siglos, como sobre el agua, bajo el cielo y en la nostalgia de mi corazón. Cuando, en el descuido de mis pensamientos, las imágenes arbitrarias se colocan donde quieren, o en estos instantes en que hay cosas que se ven cual en una visión segunda y a un lado de lo distinto, el pino de la Corona, transfigurado en no sé qué cuadro de eternidad, se me presenta, más rumoroso y más gigante aún, en la duda, llamándome a descansar a su paz, como el término verdadero y eterno de mi viaje por la vida.

XL O PINHEIRO DO ALTO DA MONTANHA

Onde quer que eu pare, Platero, parece-me estar sob o pinheiro do Alto da Montanha. Aonde quer que eu chegue – cidade, amor, glória – parece-me chegar a sua plenitude verde e derramada sob o grande céu azul de nuvens brancas. É o farol puro e claro nos mares difíceis de meu sonho, como o é dos marinheiros de Moguer nas tempestades da barra; seguro cume de meus dias difíceis, no alto de sua encosta vermelha e agreste, por onde passam os mendigos, caminho de Sanlúcar.

Como me sinto forte sempre que repouso sob sua lembrança! É a única coisa que, quando cresci, não deixou de ser grande, a única coisa que foi se tornando cada vez maior. Quando lhe cortaram aquele galho que o furacão quebrou, foi como se me tivessem arrancado um membro; e, às vezes, quando alguma dor inesperada me acomete, parece-me que dói no pinheiro do Alto da Montanha.

A palavra magno lhe cabe como ao mar, como ao céu e como ao meu coração. À sua sombra, contemplando as nuvens, descansaram raças e raças, por séculos, como sobre a água, sob o céu e na nostalgia de meu coração. Quando, no vaguear de meus pensamentos, as imagens arbitrárias se colocam onde querem, ou nos instantes em que há coisas que se veem como numa segunda visão e à parte do que é distinto, o pinheiro do Alto da Montanha, transfigurado como que num quadro de eternidade, surge-me mais eloquente e mais gigantesco ainda, na dúvida, chamando-me para descansar em sua paz, como o término verdadeiro e eterno de minha viagem pela vida.

XLI DARBÓN

Darbón, el médico de Platero, es grande como el buey pío, rojo como una sandía. Pesa once arrobas. Cuenta, según él, tres duros de edad.

Cuando habla, le faltan notas, cual a los pianos viejos; otras veces, en lugar de palabra, le sale un escape de aire. Y estas pifias llevan un acompañamiento de inclinaciones de cabeza, de manotadas ponderativas, de vacilaciones chochas, de quejumbres de garganta y salivas en el pañuelo, que no hay más que pedir. Un amable concierto para antes de la cena.

No le queda muela ni diente y casi sólo come migajón de pan, que ablanda primero en la mano. Hace una bola y ¡a la boca roja! Allí la tiene, revolviéndola, una hora. Luego, otra bola, y otra. Masca con las encías, y la barba le llega, entonces, a la aguileña nariz.

Digo que es grande como el buey pío. En la puerta del banco, tapa la casa. Pero se enternece, igual que un niño, con Platero. Y si ve una flor o un pajarillo, se ríe de pronto, abriendo toda su boca, con una gran risa sostenida, cuya velocidad y duración él no puede regular, y que acaba siempre en llanto. Luego, ya sereno, mira largamente del lado del cementerio viejo:

– Mi niña, mi pobrecita niña…

XLI DARBÓN

Darbón, o médico de Platero, é grande como o boi pintado, vermelho como uma melancia. Pesa onze arrobas. Segundo ele, tem três vinténs de idade.

Quando fala, faltam-lhe notas, como aos pianos velhos; outras vezes, em vez de palavra lhe sai uma lufada de ar. E essas discrepâncias são acompanhadas por inclinações de cabeça, palmadas ponderativas, vacilações decrépitas, pigarreios e cuspidas no lenço, a não acabar mais. Um amável concerto para antes do jantar.

Não lhe restam molares nem dentes e quase só come miolo de pão, que antes ele amassa com a mão. Faz uma bola e manda para a boca! Lá a mantém, revolvendo-a, por uma hora. Depois, outra bola, e outra. Masca com as gengivas, e então a barba lhe chega ao nariz aquilino.

Digo que ele é grande como o boi pintado. Na porta do ferreiro, obstrui a casa. Mas, com Platero, se enternece como uma criança. E, quando vê uma flor ou um passarinho, ri na mesma hora, abrindo a boca inteira, com um riso persistente, cuja velocidade e duração ele não consegue controlar, e que sempre acaba em pranto. Depois, já sereno, olha longamente para o lado do velho cemitério:

– Minha menina, minha pobre menininha…

XLII EL NIÑO Y EL AGUA

En la sequedad estéril y abrasada de sol del gran corralón polvoriento que, por despacio que se pise, lo llena a uno hasta los ojos de su blanco polvo cernido, el niño está con la fuente, en grupo franco y risueño, cada uno con su alma. Aunque no hay un solo árbol, el corazón se llena, llegando, de un nombre, que los ojos repiten escrito en el cielo azul Prusia con grandes letras de luz: Oasis.

Ya la mañana tiene calor de siesta y la chicharra sierra su olivo, en el corral de San Francisco. El sol le da al niño en la cabeza; pero él, absorto en el agua, no lo siente. Echado en el suelo, tiene la mano bajo el chorro vivo, y el agua le pone en la palma un tembloroso palacio de frescura y de gracia que sus ojos negros contemplan arrobados. Habla solo, sorbe su nariz, se rasca aquí y allá entre sus harapos, con la otra mano. El palacio, igual siempre y renovado a cada instante, vacila a veces. Y el niño se recoge entonces, se aprieta, se sume en sí, para que ni ese latido de la sangre que cambia, con un cristal movido solo, la imagen tan sensible de un calidoscopio, le robe al agua la sorprendida forma primera.

— Platero, no sé si entenderás o no lo que te digo: pero ese niño tiene en su mano mi alma.

XLII O MENINO E A ÁGUA

Na secura estéril e abrasada do sol do grande pátio poeirento, que, por mais devagar que se pise, enche-nos até os olhos de seu pó branco e fino, o menino está com a fonte, em grupo livre e risonho, cada um com sua alma. Embora não haja uma só árvore, o coração se enche, ao chegar, de um nome que os olhos repetem escrito no céu azul-da-prússia com grandes letras de luz: Oásis.

A manhã já tem calor de sesta e a cigarra serra sua oliveira no pátio da igreja de São Francisco. O sol bate na cabeça do menino; mas, absorto na água, ele não sente. Deitado no chão, tem a mão debaixo do jorro vivo, e a água lhe põe na palma um trêmulo palácio de frescor e de graça, que seus olhos negros contemplam arrebatados. Fala sozinho, sorve o nariz, coça-se aqui e ali entre seus farrapos, com a outra mão. O palácio, sempre igual e renovado a cada instante, às vezes vacila. E o menino então se encolhe, se comprime, se retrai, para que nem esse latejar do sangue, que altera, com o movimento de um só cristal, a imagem tão sensível de um caleidoscópio, roube da água a primeira forma surpreendida.

– Platero, não sei se entenderás ou não o que vou dizer: mas esse menino tem na mão a minha alma.

XLIII AMISTAD

Nos entendemos bien. Yo lo dejo ir a su antojo, y él me lleva siempre adonde quiero.

Sabe Platero que, al llegar al pino de la Corona, me gusta acercarme a su tronco y acariciárselo, y mirar el cielo al través de su enorme y clara copa; sabe que me deleita la veredilla que va, entre céspedes, a la Fuente vieja; que es para mí una fiesta ver el río desde la colina de los pinos, evocadora, con su bosquecillo alto, de parajes clásicos. Como me adormile, seguro, sobre él, mi despertar se abre siempre a uno de tales amables espectáculos.

Yo trato a Platero cual si fuese un niño. Si el camino se torna fragoso y le pesa un poco; me bajo para aliviarlo. Lo beso, lo engaño, lo hago rabiar… Él comprende bien que lo quiero, y no me guarda rencor. Es tan igual a mí, tan diferente a los demás, que he llegado a creer que suena mis propios sueños.

Platero se me ha rendido como una adolescente apasionada. De nada protesta. Sé que soy su felicidad. Hasta huye de los burros y de los hombres…

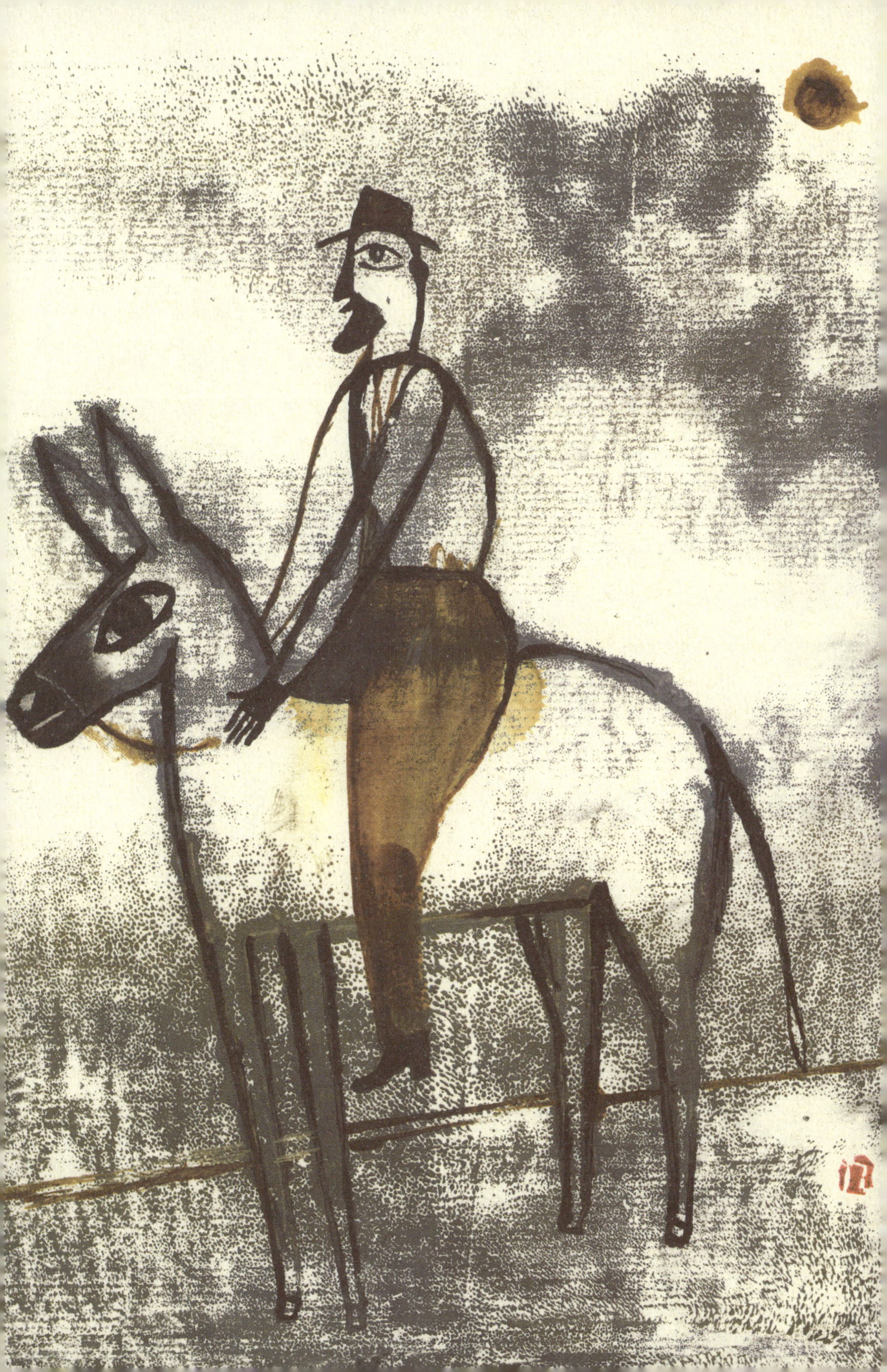

XLIII AMIZADE

Nós nos entendemos bem. Eu o deixo andar à vontade, e ele sempre me leva aonde quero.

Platero sabe que, ao chegar ao pinheiro do Alto da Montanha, gosto de me aproximar de seu tronco e acariciá-lo, e de contemplar o céu através de sua copa enorme e clara; sabe que me delicia o pequeno caminho que vai, entre gramados, à Fonte velha; que para mim é uma festa ver o rio da colina dos pinheirais, que, com seu bosquezinho alto, evoca paragens clássicas. Quando adormeço montado nele, seguro, meu despertar sempre se abre para um desses amáveis espetáculos.

Trato Platero como se fosse uma criança. Se o caminho se torna escarpado e o peso é muito para ele, desço para aliviá-lo. Beijo-o, provoco-o, ele se irrita... Mas entende bem que gosto dele, não me guarda rancor. É tão igual a mim, tão diferente dos outros, que cheguei a acreditar que sonha meus sonhos.

Platero entregou-se a mim como uma adolescente apaixonada. Não reclama de nada. Sei que sou sua felicidade. Até foge dos burros e dos homens...

XLIV   LA ARRULLADORA

La chiquilla del carbonero, bonita y sucia cual una moneda, bruñidos los negros ojos y reventando sangre los labios prietos entre la tizne, está a la puerta de la choza, sentada en una teja, durmiendo al hermanito.

Vibra la hora de mayo, ardiente y clara como un sol por dentro. En la paz brillante, se oye el hervor de la olla que cuece en el campo, la brama de la dehesa de los Caballos, la alegría del viento del mar en la maraña de los eucaliptos.

Sentida y dulce, la carbonera canta:

    Mi niiiño se va a dormiii
    en graaasia de la Pajtoraaa…

Pausa. El viento en las copas…

    … y pooor dormirse mi niñooo,
    se duermece la arruyadoraaa…

El viento… Platero, que anda, manso, entre los pinos quemados, se llega, poco a poco… Luego se echa en la tierra fosca y, a la larga copla de madre, se adormila, igual que un niño.

XLIV A ARRULHADORA

A filhinha do carvoeiro, linda e suja como uma moeda, olhos negros lustrosos e os lábios pretos jorrando sangue entre a fuligem, está à porta da choupana, sentada numa telha, acalentando o irmãozinho.

Vibra a hora de maio, ardente e quente como um sol por dentro. Na paz brilhante, ouve-se o ferver da panela que coze no campo, o relinchar da invernada dos cavalos, a alegria do vento do mar nas folhas dos eucaliptos.

Comovida e doce, a carvoeira canta:

> Meu menino vai dormiiir
> Por graaaça à Pastoraaaa…

Pausa. O vento nas copas…

> … e porque adormece meu meninooo,
> adormece a arrulhadoraaa…

O vento… Platero, que anda manso entre os pinheiros queimados, se aproxima, pouco a pouco… Depois deita na terra escura e, no amplo colo de mãe, adormece, como um menino.

XLV EL ÁRBOL DEL CORRAL

Este árbol, Platero, esta acacia que yo mismo sembré, verde llama que fue creciendo, primavera tras primavera, y que ahora mismo nos cubre con su abundante y franca hoja pasada de sol poniente, era, mientras viví en esta casa, hoy cerrada, el mejor sostén de mi poesía. Cualquier rama suya, engalanada de esmeralda por abril o de oro por octubre, refrescaba, sólo con mirarla un punto, mi frente, como la mano más pura de una musa. ¡Qué fina, qué grácil, qué bonita era!

Hoy Platero es dueña casi de todo el corral. ¡Qué basta se ha puesto! No sé si se acordará de mí. A mí me parece otra. En todo este tiempo en que la tenía olvidada, igual que si no existiese, la primavera la ha ido formando, año tras año, a su capricho, fuera del agrado de mi sentimiento.

Nada me dice hoy, a pesar de ser árbol, y árbol puesto por mí. Un árbol cualquiera que por primera vez acariciamos, nos llena, Platero, de sentido el corazón. Un árbol que hemos amado tanto, que tanto hemos conocido, no nos dice nada vuelto a ver, Platero. Es triste; mas es inútil decir más. No, no puedo mirar ya en esta fusión de la acacia y el ocaso, mi lira colgada. La rama graciosa no me trae el verso, ni la iluminación interna de la copa el pensamiento. Y aquí, a donde tantas veces vine de la vida, con una ilusión de soledad musical, fresca y olorosa, estoy mal, y tengo frío, y quiero irme, como entonces del casino, de la botica o del teatro, Platero.

XLV A ÁRVORE DO CURRAL

    Esta árvore, Platero, esta acácia que eu mesmo semeei, verde chama que foi crescendo, primavera após primavera, e que agora nos cobre com sua copa abundante e ampla atravessada pelo sol poente, era, enquanto vivi nesta casa, hoje fechada, o melhor arrimo de minha poesia. Qualquer galho seu, engalanado de esmeralda em abril ou de ouro em outubro, só de olhá-lo, refrescava-me a fronte como a mão mais pura de uma musa. Como era esbelta, graciosa, linda!

    Hoje, Platero, ela é dona de quase todo o curral! Como se tornou copiosa! Não sei se ainda se lembra de mim. Para mim, parece outra. Em todo este tempo que me ficou esquecida, como se não existisse, a primavera a foi formando, ano após ano, a seu bel-prazer, à parte do que agradasse ao meu sentimento.

    Hoje não me diz nada, apesar de ser árvore, e árvore plantada por mim. Uma árvore qualquer, que acariciamos pela primeira vez, Platero, enche-nos o coração de sentido. Uma árvore que outrora tanto amamos, tanto conhecemos, nada nos diz quando a revemos, Platero. É triste: mas é inútil dizer mais. Não, já não vejo minha lira enleada nesta fusão da acácia com o ocaso. O ramo gracioso não me traz o verso, nem a iluminação interior da copa o pensamento. E aqui, aonde tantas vezes vim na vida, com uma ilusão de solidão musical, fresca e cheirosa, estou mal, e tenho frio, e quero ir embora, como então do cassino, da botica ou do teatro, Platero.

XLVI LA TÍSICA

Estaba derecha en una triste silla, blanca la cara y mate, cual un nardo ajado, en medio de la encalada y fría alcoba. Le había mandado el médico salir al campo, a que le diera el sol de aquel mayo helado; pero la pobre no podía.

– Cuando yego ar puente – me dijo –, ¡ya v'usté, zeñorito, ahí ar lado que ejtá!, m'ahogo…

La voz pueril, delgada y rota, se le caía, cansada, como se cae, a veces, la brisa en el estío.

Yo le ofrecí a Platero para que diese un paseíto. Subida en él, ¡qué risa la de su aguda cara de muerta, toda ojos negros y dientes blancos!

… Se asomaban las mujeres a las puertas a vernos pasar. Iba Platero despacio, como sabiendo que llevaba encima un frágil lirio de cristal fino. La niña, con su hábito cándido de la Virgen de Montemayor, lazado de grana, transfigurada por la fiebre y la esperanza, parecía un ángel que cruzaba el pueblo, camino del cielo del sur.

XLVI A TÍSICA

Estava ereta numa cadeira triste, o rosto branco e opaco, como um nardo deteriorado, no meio da alcova caiada e fria. O médico a mandara sair ao campo, para tomar o sol daquele maio gelado; mas a pobre não conseguia.

– Quando chego à ponte – disse-me –, veja só, senhorzinho, fica aí ao lado, já me sufoco…

A voz pueril, fina e rota caía, cansada, como cai às vezes a brisa no estio.

Ofereci-lhe Platero, para que desse um passeiozinho. Ao montar nele, que sorriso o de seu rosto afilado de morta, todo olhos negros e dentes brancos!

… Saíam as mulheres às portas para nos ver passar. Platero ia devagar, como que sabendo que levava nas costas um frágil lírio de cristal fino. A menina, com sua túnica cândida da Virgem de Montemayor, com laço grená, transfigurada pela febre e pela esperança, parecia um anjo atravessando a aldeia, a caminho do céu do sul.

XLVII EL ROCÍO

Platero – le dije –; vamos a esperar las Carretas. Traen el rumor del lejano bosque de Doñana, el misterio del pinar de las Ánimas, la frescura de las Madres y de los dos Frenos, el olor de la Rocina…

Me lo llevé, guapo y lujoso, a que piropeara a las muchachas por la calle de la Fuente, en cuyos bajos aleros de cal se moría, en una vaga cinta rosa, el vacilante sol de la tarde. Luego nos pusimos en el vallado de los Hornos, desde donde se ve todo el camino de los Llanos.

Venían ya, cuesta arriba, las Carretas. La suave llovizna de los Rocíos caía sobre las viñas verdes, de una pasajera nube malva. Pero la gente no levantaba siquiera los ojos al agua.

Pasaron, primero, en burros, mulas y caballos ataviados a la moruna y la crin trenzada, las alegres parejas de novios, ellos alegres, valientes ellas. El rico y vivo tropel iba, volvía, se alcanzaba incesantemente en una locura sin sentido. Seguía luego el carro de los borrachos, estrepitoso, agrio y trastornado. Detrás, las carretas, como lechos, colgadas de blanco con las muchachas, morenas, duras y floridas, sentadas bajo el dosel, repicando panderetas y chillando sevillanas. Más caballos, más burros… Y el mayordomo – ¡Viva la Virgen del Rocíoooo! ¡Vivaaaaa! – calvo, seco y rojo, el sombrero ancho a la espalda y la vara de oro descansada en el estribo. Al fin, mansamente tirado por dos grandes bueyes píos, que parecían obispos con sus frontales de colorines y espejos, en los que chispeaba el trastorno del sol mojado, cabeceando con la desigual tirada de la yunta, el Sin Pecado, amatista y de plata en su carro blanco, todo en flor, como un cargado jardín mustio.

Se oía ya la música, ahogada entre el campaneo y los cohetes negros y el duro herir de los cascos herrados en las piedras…

Platero, entonces, dobló sus manos, y, como una mujer, se arrodilló – ¡una habilidad suya! –, blando, humilde y consentido.

XLVII ROCÍO

Platero – eu disse –, vamos esperar as carretas. Elas trazem o rumor do longínquo bosque de Doñana, o mistério do pinheiral de Ánimas, o frescor das Madres e dos Frenos, o cheiro da Rocina...

Levei-o, bonito e enfeitado, para galantear as moças na rua da Fonte, em cujos baixos beirais caiados morria, numa fluida faixa cor-de-rosa, o vacilante sol da tarde. Depois nos postamos no valado dos Fornos, de onde se vê todo o caminho das Planícies.

Já vinham as carretas, encosta acima. O suave chuvisco dos Rocíos caía sobre os vinhedos verdes, de uma nuvem malva passageira. Mas as pessoas nem levantavam os olhos para a água.

Passaram primeiro, em burros, mulas e cavalos adornados à maneira mourisca e de crina trançada, os alegres casais de namorados, eles alegres, elas valentes. O belo e vivo tropel ia, voltava, encontrando-se incessantemente numa loucura sem sentido. Vinha depois o carro dos bêbados, estrepitoso, agreste e desordenado. Atrás, as carretas, como leitos, paramentadas de branco, com as moças, morenas, rijas e floridas, sentadas sob o dossel, repicando pandeiretas e estridulando sevilhanas. Mais cavalos, mais burros... E o mordomo – Viva a Virgem do Rocíoooo! Vivaaaaaa! – calvo, rijo e vermelho, o chapéu largo às costas e o bastão de ouro pousado no estribo. Por fim, mansamente puxado por dois bois pintados, que pareciam bispos com seus frontais de cores vivas e espelhos em que faiscava a alteração do sol molhado, cabeceando com a passada desigual da junta, o Sem Pecado, ametista e prata em seu carro branco, todo em flor, como um jardim carregado e murcho.

Já se ouvia a música, sufocada entre o repique dos sinos e dos foguetes e o duro malhar dos cascos ferrados nas pedras...

Platero então dobrou as mãos e, como uma mulher, ajoelhou-se – uma habilidade sua! –, brando, humilde e resignado.

XLVIII RONSARD

Libre ya Platero del cabestro, y paciendo entre las castas margaritas del pradecillo, me he echado yo bajo un pino, he sacado de la alforja moruna un breve libro, y, abriéndolo por una señal, me he puesto a leer en alta voz:

> *Comme on voit sur la branche au mois de mai la rose*
> *En sa belle jeunesse, en sa première fleur,*
> *Rendre le ciel jaloux de…*

Arriba, por las ramas últimas, salta y pía un leve pajarillo, que el sol hace, cual toda la verde cima suspirante, de oro. Entre vuelo y gorjeo, se oye el partirse de las semillas que el pájaro se está almorzando.

> *… jaloux de sa vive couleur…*

Una cosa enorme y tibia avanza, de pronto, como una proa viva, sobre mi hombro… Es Platero, que, sugestionado, sin duda, por la lira de Orfeo, viene a leer conmigo. Leemos:

> *… vive couleur,*
> *Quand l'aube de ses pleurs au point du jour l'a…*

Pero el pajarillo, que debe digerir aprisa, tapa la palabra con una nota falsa.
Ronsard, olvidado un instante de su soneto *"Quand en songeant ma follatre j'accolle"*…, se debe haber reído en el infierno…

XLVIII RONSARD

Platero já livre do cabresto e pastando entre as castas margaridas do campo, deitei-me debaixo de um pinheiro, tirei do alforje mourisco um pequeno livro e, abrindo-o numa marca, comecei a ler em voz alta:

> *Comme on voit sur la branche au mois de mai la rose*
> *En sa belle jeunesse, en sa première fleur,*
> *Rendre le ciel jaloux de...*

No alto, nos últimos galhos, salta e pia um leve passarinho, que o sol torna, como toda a verde copa suspirante, de ouro. Entre voo e gorjeio, ouve-se o romper das sementes que o pássaro está almoçando.

> *... jaloux de sa vive couleur...*

Uma coisa enorme e forte avança, de repente, como uma proa viva, sobre meu ombro... É Platero, que, sem dúvida sugestionado pela lira de Orfeu, vem ler comigo. Lemos:

> *... vive couleur,*
> *Quand l'aube de ses pleurs au point du jour l'a...**

Mas o passarinho, que deve digerir depressa, cobre a palavra com uma nota falsa. Ronsard, esquecido por um instante de seu soneto *Quand en songeant ma follatre j'accolle...***, deve ter dado risada no inferno...

---

* Tradução livre: *Como se vê no galho no mês de maio a rosa / Em sua bela juventude, em sua primeira flor, / Tomar o céu cioso de... / ... cioso de sua viva cor... / ... viva cor, / Quando a aurora com suas lágrimas ao despontar do dia...*
** Tradução livre: *Quando sonhando minha louquinha abraço...*

XLIX EL TÍO DE LAS VISTAS

De pronto, sin matices, rompe el silencio de la calle el seco redoble de un tamborcillo. Luego, una voz cascada tiembla un pregón jadeoso y largo. Se oyen carreras, calle abajo… Los chiquillos gritan: ¡El tío de las vistas! ¡Las vistas! ¡Las vistas!

En la esquina, una pequeña caja verde con cuatro banderitas rosas, espera sobre su catrecillo, la lente al sol. El viejo toca y toca el tambor. Un grupo de chiquillos sin dinero, las manos en el bolsillo o a la espalda, rodean, mudos, la cajita. A poco, llega otro corriendo, con su perra en la palma de la mano. Se adelanta, pone sus ojos en la lente…

— ¡Ahooora se verá… al general Prim… en su caballo blancoooo…! – dice el viejo forastero con fastidio, y toca el tambor.

— ¡El puerto… de Barcelonaaaa…! – y más redoble.

Otros niños van llegando con su perra lista, y la adelantan al punto al viejo, mirándolo absortos, dispuestos a comprar su fantasía. El viejo dice:

_ ¡Ahooora se verá… el castillo de la Habanaaaa! – y toca el tambor…

Platero, que se ha ido con la niña y el perro de enfrente a ver las vistas, mete su cabezota por entre las de los niños, por jugar. El viejo, con un súbito buen humor, le dice: ¡Venga tu perra!

Y los niños sin dinero se ríen todos sin ganas, mirando al viejo con una humilde solicitud aduladora…

XLIX O HOMEM DAS FIGURAS

De repente, sem nuanças, o seco rufar de um tamborzinho rompe o silêncio da rua. Depois, uma voz rascante tremula um pregão ofegante e longo. Ouvem-se correrias, rua abaixo... As crianças gritam: O homem das figuras! As figuras! As figuras!

Na esquina, uma pequena caixa verde com quatro bandeirinhas cor-de-rosa, espera sobre seu suporte, a lente ao sol. O velho toca que toca o tambor. Um grupo de garotos sem dinheiro, mãos no bolso ou nas costas, rodeia a caixinha, em silêncio. Logo chega outro, correndo, com sua moeda na palma da mão. Avança, põe os olhos na lente...

– Agooora vai aparecer... o general Prim... no seu cavalo brancooo...! – diz enfastiado o velho forasteiro, e toca o tambor.

– O porto... de Barcelonaaaaa...! – e mais toque de tambor.

Outras crianças vão chegando com suas moedas preparadas e a entregam na mesma hora ao velho, olhando-o absortas, dispostas a comprar sua fantasia. O velho diz:

– Agora vai aparecer... o castelo de Havanaaaa! – e toca o tambor.

Platero, que foi com a menina e o cão da frente ver as figuras, enfia a cabeça por entre as das crianças, para brincar. O velho, com súbito bom humor, diz: Dá tua moeda!

E as crianças sem dinheiro, com um riso forçado, olham para o velho com solicitude humilde e aduladora...

L LA FLOR DEL CAMINO

¡Qué pura, Platero, y qué bella esta flor del camino! Pasan a su lado todos los tropeles – los toros, las cabras, los potros, los hombres –, y ella, tan tierna y tan débil, sigue enhiesta, malva y fina, en su vallado solo, sin contaminarse de impureza alguna.

Cada día, cuando, al empezar la cuesta, tomamos el atajo, tú la has visto en su puesto verde. Ya tiene a su lado un pajarillo, que se levanta – ¿por qué? – al acercarnos; o está llena, cual una breve copa, del agua clara de una nube de verano; ya consiente el robo de una abeja o el voluble adorno de una mariposa.

Esta flor vivirá pocos días, Platero, aunque su recuerdo podrá ser eterno. Será su vivir como un día de tu primavera, como una primavera de mi vida… ¿Qué le diera yo al otoño, Platero, a cambio de esta flor divina, para que ella fuese, diariamente, el ejemplo sencillo y sin término de la nuestra?

L   A FLOR DO CAMINHO

    Como é pura e bela, Platero, esta flor do caminho! Passam a seu lado todos os tropéis – os touros, as cabras, os potros, os homens –, e ela, tão terna e tão débil, continua ereta, malva e esbelta, em seu valado solitário, sem se contaminar com impureza alguma.

    Todos os dias, quando, ao começar a encosta, tomamos o atalho, tu a vês em seu lugar verde. Já tem a seu lado um passarinho, que se levanta – por quê? – ao nos aproximarmos; ou, como uma leve copa, está cheia da água clara de uma nuvem de verão; já consente o saque de uma abelha ou o volúvel adorno de uma borboleta.

    Esta flor viverá poucos dias, Platero, embora sua lembrança possa ser eterna. Seu viver será como um dia de tua primavera, como uma primavera de minha vida... Que daria eu ao outono, Platero, em troca desta flor divina, para que ela fosse diariamente o exemplo simples e sem fim da nossa?

LI   *LORD*

No sé si tú, Platero, sabrás ver una fotografía. Yo se las he enseñado a algunos hombres del campo y no veían nada en ellas. Pues éste es *Lord*, Platero, el perrillo *fox-terrier* de que a veces te he hablado. Míralo. Está ¿lo ves? en un cojín de los del patio de mármol, tomando, entre las macetas de geranios, el sol de invierno.

¡Pobre *Lord*! Vino de Sevilla cuando yo estaba allí pintando. Era blanco, casi incoloro de tanta luz, pleno como un muslo de dama, redondo e impetuoso como el agua en la boca de un caño. Aquí y allá, mariposas posadas, unos toques negros. Sus ojos brillantes eran dos breves inmensidades de sentimientos de nobleza. Tenía vena de loco. A veces, sin razón, se ponía a dar vueltas vertiginosas entre las azucenas del patio de mármol, que en mayo lo adornan todo, rojas, azules, amarillas de los cristales traspasados del sol de la montera, como los palomos que pinta don Camilo... Otras se subía a los tejados y promovía un alboroto piador en los nidos de los aviones... La Macaria lo enjabonaba cada mañana y estaba tan radiante siempre como las almenas de la azotea sobre el cielo azul, Platero.

Cuando se murió mi padre, pasó toda la noche velándolo junto a la caja. Una vez que mi madre se puso mala, se echó a los pies de su cama y allí se pasó un mes sin comer ni beber... Vinieron a decir un día a mi casa que un perro rabioso lo había mordido... Hubo que llevarlo a la bodega del Castillo y atarlo allí al naranjo, fuera de la gente.

La mirada que dejó atrás por la callejilla cuando se lo llevaban sigue agujereando mi corazón como entonces, Platero, igual que la luz de una estrella muerta, viva siempre, sobrepasando su nada con la exaltada intensidad de su doloroso sentimiento... Cada vez que un sufrimiento material me punza el corazón, surge ante mí, larga como la vereda de la vida a la eternidad, digo, del arroyo al pino de la Corona, la mirada que *Lord* dejó en él para siempre cual una huella macerada.

LI *LORD*

Não sei, Platero, se sabes ver uma fotografia. Mostrei-as a alguns homens do campo e nada viram nelas. Pois este é *Lord,* Platero, o cãozinho *fox-terrier* de que te falei algumas vezes. Olha para ele. Vês? Está num coxim daqueles do pátio de mármore, tomando o sol de inverno, entre os vasos de gerânios.

Pobre *Lord*! Veio de Sevilha quando eu estava ali, pintando. Era branco, quase incolor de tanta luz, cheio como uma coxa de mulher, puro e impetuoso como a água na boca de um cano. Aqui e ali, borboletas pousadas, uns toques pretos. Seus olhos brilhantes eram duas breves imensidões de sentimentos de nobreza. Tinha temperamento inconstante. Às vezes, sem razão, punha-se a dar voltas entre as açucenas do pátio de mármore, que em maio o enfeitam inteiro, vermelhas, azuis, amarelas dos vidros da varanda atravessados pelo sol, como os pombos que *don* Camilo pinta... Outras vezes, subia nos telhados e provocava um alvoroço de pios nos ninhos dos gaviões... A Macaria o ensaboava todas as manhãs, e ele sempre ficava brilhante como as ameias do terraço contra o céu azul, Platero.

Quando meu pai morreu, ele passou a noite toda velando junto do caixão. Uma vez, quando minha mãe ficou doente, deitou-se aos pés da cama dela e lá passou um mês sem comer nem beber... Um dia vieram à minha casa dizer que um cão raivoso o tinha mordido... Foi preciso levá-lo à adega do Castelo e amarrá-lo à laranjeira, longe das pessoas.

O olhar que lançou para trás quando o levavam pela ruela continua perfurando meu coração da mesma maneira, Platero, como a luz de uma estrela morta, viva ainda, ultrapassando seu nada com a exaltada intensidade de seu sentimento doloroso... Cada vez que um sofrimento material me espicaça o coração, surge diante de mim, ampla como o caminho que leva da vida à eternidade, quero dizer, do arroio ao pinheiro do Alto da Montanha, o olhar que *Lord* deixou nele para sempre como uma pegada macerada.

LII EL POZO

¡El pozo!... Platero, ¡qué palabra tan honda, tan verdinegra, tan fresca, tan sonora! Parece que es la palabra la que taladra, girando, la tierra oscura, hasta llegar al agua fría.

Mira; la higuera adorna y desbarata el brocal. Dentro, al alcance de la mano, ha abierto, entre los ladrillos con verdín, una flor azul de olor penetrante. Una golondrina tiene, más abajo, el nido. Luego, tras un pórtico de sombra yerta, hay un palacio de esmeralda, y un lago, que, al arrojarle una piedra a su quietud, se enfada y gruñe. Y el cielo, al fin.

(La noche entra, y la luna se inflama allá en el fondo, adornada de volubles estrellas. ¡Silencio! Por los caminos se ha ido la vida a lo lejos. Por el pozo se escapa el alma a lo hondo. Se ve por él como el otro lado del crepúsculo. Y parece que va a salir de su boca el gigante de la noche, dueño de todos los secretos del mundo. ¡Oh laberinto quieto y mágico, parque umbrío y fragante, magnético salón encantado!)

– Platero, si algún día me echo a este pozo, no será por matarme, créelo, sino por coger más pronto las estrellas.

Platero rebuzna, sediento y anhelante. Del pozo sale, asustada, revuelta y silenciosa, una golondrina.

LII O POÇO

O poço!... Platero, que palavra mais funda, verde-escura, fresca, sonora! Parece que é a palavra que perfura a terra escura, girando, até chegar à água fria.

Olha; a figueira adorna e obstrui o bocal. Dentro, ao alcance da mão, entre os tijolos com limo, abriu-se uma flor azul de cheiro penetrante. Mais embaixo, uma andorinha tem seu ninho. Depois, atrás de um pórtico de sombra imóvel, há um palácio de esmeralda, e um lago, que, quando se joga uma pedra em sua quietude, se zanga e grunhe. E, no fim, o céu.

(A noite chega e a lua se inflama, lá no fundo, adornada de estrelas volúveis. Silêncio! Pelos caminhos se foi a vida para longe. Pelo poço, a alma escapa às profundezas. Por ele vê-se como que o outro lado do crepúsculo. E parece que de sua boca vai sair o gigante da noite, dono de todos os segredos do mundo. Ó labirinto quieto e mágico, parque sombrio e fragrante, magnético salão encantado!)

– Platero, se um dia eu me jogar nesse poço, não será para me matar, acredite, mas para pegar as estrelas mais depressa.

Platero zurra, sedento e ofegante. Do poço, assustada, agitada e silenciosa, sai uma andorinha.

LIII   ALBÉRCHIGOS

Por el callejón de la Sal, que retuerce su breve estrechez, violeta de cal con sol y cielo azul, hasta la torre, tapa de su fin, negra y desconchada de esta parte del sur por el constante golpe del viento de la mar; lentos, vienen niño y burro. El niño, hombrecito enanillo y recortado, más chico que su caído sombrero ancho, se mete en su fantástico corazón serrano que le da coplas y coplas bajas:

>... con grandej fatiguiiiyaaa
>yo je lo pedíaaa...

Suelto, el burro mordisquea la escasa yerba sucia del callejón, levemente abatido por la carguilla de albérchigos. De vez en cuando, el chiquillo, como si tornara un punto a la calle verdadera, se para en seco, abre y aprieta sus desnudas piernecillas terrosas, como para cogerle fuerza, en la tierra, y, ahuecando la voz con la mano, canta duramente, con una voz en la que torna a ser niño en la *e*:
– ¡Albéeerchigooo!...
Luego, cual si la venta le importase un bledo – como dice el padre Díaz –, torna a su ensimismado canturreo gitano:

>... yo a ti no te cuurpooo,
>ni te curparíaaa...

Y le da varazos a las piedras, sin saberlo...
Huele a pan calentito y a pino quemado. Una brisa tarda conmueve levemente la calleja. Canta la súbita campanada gorda que corona las tres, con su adornillo de la campana chica. Luego un repique, nuncio de fiesta, ahoga en su torrente el rumor de la corneta y los cascabeles del coche de la estación, que parte, pueblo arriba, el silencio, que se había dormido. Y el aire trae sobre los tejados un mar ilusorio en su olorosa, movida y refulgente cristalidad, un mar sin nadie también, aburrido de sus olas iguales en su solitario esplendor.
El chiquillo torna a su parada, a su despertar y a su grito:
– ¡Albéeerchigooo!...
Platero no quiere andar. Mira y mira al niño y husmea y topa a su burro. Y ambos rucios se entienden en no sé qué movimiento gemelo de cabezas, que recuerda, un punto, el de los osos blancos...
– Bueno, Platero; yo le digo al niño que me dé su burro, y tú te irás con él y serás un vendedor de albérchigos..., ¡ea!

LIII ABRICÓS

Pela ruela do Sal, que, roxa de cal com sol e céu azul, serpenteia sua breve estreiteza até a torre, fecho de seu final, escura e descascada nesse lado sul por causa do vento constante que bate do mar; lentos, vêm o menino e o burro. O menino, homenzinho anão e minguado, menor que seu amplo chapéu caído, mergulha em seu fantástico coração serrano que lhe fornece coplas e coplas baixas:

> … com grande esforço
> Eu te pediaaaa…

Solto, o burro mordisca o capim escasso e sujo da ruela, levemente arriado pela pequena carga de abricós. De vez em quando, o menino, como se por um instante voltasse à realidade da rua, para bruscamente, abre e firma as perninhas nuas e terrosas, como que para extrair forças da terra, e, aprofundando a voz com a mão, canta asperamente, com uma voz na qual volta a ser menino no *i*:
– Abriiicóóó!…
Depois, como se vender não lhe importasse nem um pouco – como diz o padre Díaz –, volta à sua ensimesmada cantilena cigana:

> … eu a ti não culpooo,
> Nem te culpariaaa…

E dá varadas nas pedras, sem se dar conta…
Cheira a pão quentinho e a pinheiro queimado. Uma brisa lenta abala ligeiramente a ruela. Bate subitamente o sino grave das três horas, com a pequena modulação do sino menor. Depois um repique, anúncio de festa, afoga em sua torrente o rumor da corneta e os guizos do coche da estação, que rompe, aldeia acima, o silêncio adormecido. E o ar traz por sobre os telhados um mar ilusório em sua cheirosa, vibrante e refulgente transparência, também mar sem ninguém, enfastiado com suas ondas iguais em seu solitário esplendor.
O menino volta a parar, a despertar e a gritar:
– Abriiicóóó!…
Platero não quer andar. Olha, olha o menino, fareja e esbarra em seu burro. E os dois ruços se entendem num certo movimento gêmeo de cabeças, que lembra, por um instante, o dos ursos brancos…
– Está bem, Platero; vou dizer ao menino que me dê seu burro, e tu irás com ele e serás um vendedor de abricós…, eia!

LIV LA COZ

Íbamos, cortijo de Montemayor, al herradero de los novillos. El patio empedrado, ombrío bajo el inmenso y ardiente cielo azul de la tardecita, vibraba sonoro del relinchar de los alegres caballos pujantes, del reír fresco de las mujeres, de los afilados ladridos inquietos de los perros. Platero, en un rincón, se impacientaba.

– Pero, hombre – le dije –, si tú no puedes venir con nosotros; si eres muy chico…

Se ponía tan loco, que le pedí al Tonto que se subiera en él y lo llevara con nosotros.

… Por el campo claro, ¡qué alegre cabalgar! Estaban las marismas risueñas, ceñidas de oro, con el sol en sus espejos rotos, que doblaban los molinos cerrados. Entre el redondo trote duro de los caballos, Platero alzaba su raudo trotecillo agudo, que necesitaba multiplicar insistentemente, como el tren de Riotinto su rodar menudo, para no quedarse solo con el Tonto en el camino. De pronto, sonó como un tiro de pistola. Platero le había rozado la grupa a un fino potro tordo con su boca, y el potro le había respondido con una rápida coz. Nadie hizo caso, pero yo le vi a Platero una mano corrida de sangre. Eché pie a tierra y, con una espina y una crin, le prendí la vena rota. Luego le dije al Tonto que se lo llevara a casa.

Se fueron los dos, lentos y tristes, por el arroyo seco que baja del pueblo, tornando la cabeza al brillante huir de nuestro tropel…

Cuando, de vuelta del cortijo, fui a ver a Platero, me lo encontré mustio y doloroso.

– ¿Ves – le suspiré – que tú no puedes ir a ninguna parte con los hombres?

LIV   O COICE

Íamos ao sítio de Montemayor, à ferragem dos novilhos. O pátio de pedra, sombrio sob o imenso e ardente céu azul do fim da tarde, vibrava ecoando o relinchar dos cavalos alegres e pujantes, do riso vivo das mulheres, dos latidos agudos e inquietos dos cães. Num canto, Platero se impacientava.

– Mas, homem – eu disse –, não podes vir conosco, és muito pequeno...

Estava tão agitado, que pedi ao Tonto que montasse nele e o levasse conosco.

... Pelo campo claro, que alegre cavalgar! Os mangues estavam risonhos, cingidos de dourado, com o sol em seus espelhos quebrados, que duplicavam os moinhos fechados. Entre o trote regular e duro dos cavalos, Platero destacava seu trotezinho veloz e agudo, que ele precisava multiplicar insistentemente, como o trem de Riotinto seu rodar miúdo, para não ficar sozinho com Tonto no caminho. De repente, soou como que um tiro de pistola. Platero havia roçado com a boca a garupa de um esbelto potro tordo, e o potro lhe respondera com um coice rápido. Ninguém fez caso, mas eu vi uma das mãos de Platero sangrando. Saltei para o chão e, com um espinho e uma crina, prendi a veia rompida. Depois disse a Tonto que o levasse para casa.

Foram-se os dois, lentos e tristes, pelo arroio seco que desce da aldeia, voltando a cabeça para a fuga brilhante do nosso tropel...

Quando de volta do sítio fui ver Platero, encontrei-o murcho e dolorido.

– Vês – suspirei – como não podes ir a lugar nenhum com os homens?

LV ASNOGRAFÍA

Leo en un Diccionario: *Asnografía: s. f.: se dice, irónicamente, por descripción del asno.*

¡Pobre asno! ¡Tan bueno, tan noble, tan agudo como eres! Irónicamente... ¿Por qué? ¿Ni una descripción seria mereces, tú, cuya descripción cierta sería un cuento de primavera? ¡Si al hombre que es bueno debieran decirle asno! ¡Si al asno que es malo debieran decirle hombre! Irónicamente... De ti, tan intelectual, amigo del viejo y del niño, del arroyo y de la mariposa, del sol y del perro, de la flor y de la luna, paciente y reflexivo, melancólico y amable, Marco Aurelio de los prados...

Platero, que sin duda comprende, me mira fijamente con sus ojazos lucientes, de una blanda dureza, en los que el sol brilla, pequeñito y chispeante en un breve y convexo firmamento verdinegro. ¡Ay! ¡Si su peluda cabezota idílica supiera que yo le hago justicia, que yo soy mejor que esos hombres que escriben Diccionarios, casi tan bueno como él!

Y he puesto al margen del libro: *Asnografía: s. f: se debe decir, con ironía, ¡claro está!, por descripción del hombre imbécil que escribe Diccionarios.*

LV   ASNOGRAFIA

Leio em um Dicionário: *Asnografia: s. f.: diz-se, ironicamente, da descrição do asno.*

Pobre asno! Tão bom, tão nobre, tão perspicaz como és! Ironicamente... Por quê? Nem uma descrição séria mereces, tu, cuja descrição correta seria um conto de primavera? Se o homem bom fosse chamado de asno! Se o asno mau fosse chamado de homem! Ironicamente... De ti, tão intelectual, amigo do velho e da criança, do arroio e da borboleta, do sol e do cão, da flor e da lua, paciente e reflexivo, melancólico e amável, Marco Aurélio dos prados...

Platero, que sem dúvida entende, olha-me fixo com seus grandes olhos reluzentes, de branda dureza, nos quais o sol brilha pequenino e cintilante em um breve e convexo firmamento verde-escuro. Ai! Se sua idílica cabeçorra peluda soubesse que lhe faço justiça, que sou melhor do que esses homens que escrevem Dicionários, quase tão bom quanto ele!

E escrevi na margem do livro: *Asnografia: s. f.: deve-se dizer, com ironia, é claro, da descrição do homem imbecil que escreve Dicionários.*

LVI CORPUS

Entrando por la calle de la Fuente, de vuelta del huerto, las campanas, que ya habíamos oído tres veces desde los Arroyos, conmueven, con su pregonera coronación de bronce, el blanco pueblo. Su repique voltea y voltea entre el chispeante y estruendoso subir de los cohetes, negros en el día, y la chillona metalería de la música.

La calle, recién encalada y ribeteada de almagra, verdea toda, vestida de chopos y juncias. Lucen las ventanas colchas de damasco granate, de percal amarillo, de celeste raso, y, donde hay luto, de lana cándida, con cintas negras. Por las últimas casas, en la vuelta del Porche, aparece, tarda, la Cruz de los espejos, que, entre los destellos del poniente, recoge ya la luz de los cirios rojos que lo gotean todo de rosa. Lentamente, pasa la procesión. La bandera carmín, y San Roque, Patrón de los panaderos, cargado de tiernas roscas; la bandera glauca, y San Telmo, Patrón de los marineros, con su navío de plata en las manos; la bandera gualda, y San Isidro, Patrón de los labradores, con su yuntita de bueyes; y más banderas de más colores, y más Santos, y luego, Santa Ana, dando lección a la Virgen niña, y San José, pardo, y la Inmaculada, azul... Al fin, entre la guardia civil, la Custodia, ornada de espigas granadas y de esmeraldinas uvas agraces su calada platería, despaciosa en su nube celeste de incienso.

En la tarde que cae, se alza, limpio, el latín andaluz de los salmos. El sol, ya rosa, quiebra su rayo bajo, que viene por la calle del Río, en la cargazón de oro viejo de las dalmáticas y las capas pluviales. Arriba, en derredor de la torre escarlata, sobre el ópalo terso de la hora serena de junio, las palomas tejen sus altas guirnaldas de nieve encendida...

Platero, en aquel hueco de silencio, rebuzna. Y su mansedumbre se asocia, con la campana, con el cohete, con el latín y con la música de Modesto, que tornan al punto, al claro misterio del día, y el rebuzno se le endulza, altivo, y, rastrero, se le diviniza...

LVI *CORPUS*

Entrando pela rua da Fonte, de volta do horto, os sinos, que já tínhamos ouvido três vezes desde os arroios, com sua pregoeira coroação de bronze comovem a aldeia branca. Seu repique volteia, volteia, entre a subida fulgurante e estrondosa dos foguetes, negros à luz do dia, e os estridentes metais da música.

A rua, recém-caiada e debruada de almagre, verdeja toda, vestida de choupos e juncas. As janelas ostentam colchas de damasco grená, de percal amarelo, de cetim azul-celeste, e, onde há luto, de lã branca com faixas pretas. Nas últimas casas, na curva do Pórtico, por fim aparece a Cruz dos espelhos, que, entre os clarões do poente, já recolhe a luz dos círios vermelhos que salpicam tudo de rosa. Lentamente, passa a procissão. A bandeira carmim e são Roque, padroeiro dos padeiros, carregando roscas macias; a bandeira verde-clara e são Telmo, padroeiro dos marinheiros, com seu navio de prata nas mãos; a bandeira amarelo-ouro e são Isidoro, padroeiro dos lavradores, com sua juntinha de bois; e mais bandeiras de mais cores, e mais santos, e depois santa Ana, ensinando a Virgem menina. E são José, pardo, e a Imaculada, azul... Por fim, em meio à guarda civil, a Custódia, sua prataria entalhada ornada de espigas maduras e de uvas agrazes esmeraldinas, vagarosa em sua nuvem celeste de incenso.

Na tarde que cai, ergue-se nítido o latim andaluz dos salmos. O sol, já cor-de-rosa, rompe seu raio mais baixo, que vem pela rua do Rio, na abundância de ouro velho das dalmáticas e das capas pluviais. No alto, ao redor da torre escarlate, sobre a pura opala da hora serena de junho, as pombas tecem suas altas guirlandas de neve ardente...

Platero, naquele intervalo de silêncio, zurra. E sua mansidão se associa, com o sino, o foguete, o latim e a música de Modesto que tornam prontamente, ao claro mistério do dia; e o zurro, altivo, se abranda e, humilde, se diviniza...

LVII **PASEO**

Por los hondos caminos del estío, colgados de tiernas madreselvas, ¡cuán dulcemente vamos! Yo leo, o canto, o digo versos al cielo. Platero mordisquea la hierba escasa de los vallados en sombra, la flor empolvada de las malvas, las vinagreras amarillas. Está parado más tiempo que andando. Yo lo dejo…

El cielo azul, azul, azul, asaeteado de mis ojos en arrobamiento, se levanta, sobre los almendros cargados, a sus últimas glorias. Todo el campo, silencioso y ardiente, brilla. En el río, una velita blanca se eterniza, sin viento. Hacia los montes la compacta humareda de un incendio hincha sus redondas nubes negras.

Pero nuestro caminar es bien corto. Es como un día suave e indefenso, en medio de la vida múltiple. ¡Ni la apoteosis del cielo, ni el ultramar a que va el río, ni siquiera la tragedia de las llamas!

Cuando, entre un olor a naranjas, se oye el hierro alegre y fresco de la noria, Platero rebuzna y retoza alegremente. ¡Qué sencillo placer diario! Ya en la alberca, yo lleno mi vaso y bebo aquella nieve líquida. Platero sume en el agua umbría su boca, y bebotea, aquí y allá, en lo más limpio, avaramente…

LVII PASSEIO

Pelos profundos caminhos do estio, cobertos de ternas madressilvas, com que doçura avançamos! Leio, ou canto, ou digo versos ao céu. Platero mordisca o capim escasso dos valados à sombra, a flor empoeirada das malvas, as vinagreiras amarelas. Passa mais tempo parado do que andando. Eu o deixo...

O céu azul, azul, azul, crivado por meus olhos arrebatados, eleva-se, sobre as amendoeiras carregadas, à sua extrema glória. Todo o campo brilha, silencioso e ardente. No rio, uma pequena vela branca se eterniza, sem vento. Para o lado das montanhas, a fumaça compacta de um incêndio infla suas redondas nuvens negras.

Mas nosso caminhar é bem curto. É como um dia suave e sem defesas, no decurso da vida múltipla. Nem a apoteose do céu, nem o além-mar ao qual vai o rio, nem sequer a tragédia das chamas!

Quando, em meio a um cheiro de laranjas, ouve-se o ferro alegre e vivo da nora, Platero zurra e salta alegremente. Que simples prazer diário! Já na alverca, encho meu copo e bebo aquela neve líquida. Platero afunda a boca na água escura e beberica, aqui e ali, no mais limpo, avaramente...

LVIII LOS GALLOS

No sé a qué comparar el malestar aquél, Platero… Una agudeza grana y oro que no tenía el encanto de la bandera de nuestra patria sobre el mar o sobre el cielo azul… Sí. Tal vez una bandera española sobre el cielo azul de una plaza de toros… mudéjar…, como las estaciones de Huelva a Sevilla. Rojo y amarillo de disgusto, como en los libros de Galdós, en las muestras de los estancos, en los cuadros malos de la otra guerra de África… Un malestar como el que me dieron siempre las barajas de naipes finos con los hierros de los ganaderos en los oros, los cromos de las cajas de tabacos y de las cajas de pasas, las etiquetas de las botellas de vino, los premios del colegio del Puerto, las estampitas del chocolate…

¿A qué iba yo allí o quién me llevaba? Me parecía el mediodía de invierno caliente, como un cornetín de la banda de Modesto… Olía a vino nuevo, a chorizo en regüeldo, a tabaco… Estaba el diputado, con el alcalde y el Litri, ese torero gordo y lustroso de Huelva… La plaza del reñidero era pequeña y verde; y la limitaban, desbordando sobre el aro de madera, caras congestionadas, como vísceras de vaca en carro o de cerdo en matanza, cuyos ojos sacaba el calor, el vino y el empuje de la carnaza del corazón chocarrero. Los gritos salían de los ojos… Hacía calor y todo – ¡tan pequeño: un mundo de gallos! – estaba cerrado.

Y en el rayo ancho del alto sol, que atravesaban sin cesar, dibujándolo como un cristal turbio, nubaradas de lentos humos azules, los pobres gallos ingleses, dos monstruosas y agrias flores carmines, se despedazaban, cogiéndose los ojos, clavándose, en saltos iguales, los odios de los hombres, rajándose del todo con los espolones con limón… o con veneno. No hacían ruido alguno, ni veían, ni estaban allí siquiera…

Pero y yo, ¿por qué estaba allí y tan mal? No sé… De vez en cuando, miraba con infinita nostalgia, por una lona rota que, trémula en el aire, me parecía la vela de un bote de la Ribera, un naranjo sano que en el sol puro de fuera aromaba el aire con su carga blanca de azahar… ¡Qué bien – perfumaba mi alma – ser naranjo en flor, ser viento puro, ser sol alto!

… Y, sin embargo, no me iba…

LVIII OS GALOS

Não sei a que comparar aquele mal-estar, Platero... Uma aspereza grená e ouro que não tinha o encanto da bandeira da nossa pátria sobre o mar e o céu azul... Sim. Talvez uma bandeira espanhola sobre o céu azul de uma praça de touros... mourisca..., como as estações de Huelva a Sevilha. Vermelho e amarelo de desgosto, como nos livros de pêsames, como nos livros de Galdós, nas vitrines das tabacarias, nos feios quadros da outra guerra da África... Um mal-estar que sempre me provocaram os baralhos refinados com as marcas dos donos de gado no naipe de ouros, as estampas das caixas de charutos e de passas, os rótulos das garrafas de vinho, os prêmios do colégio de Puerto de Santa María, as figurinhas do chocolate...

Por que eu estava ali ou quem me havia levado? O meio-dia de inverno parecia-me irritante como um cornetim da banda de Modesto... Cheirava a vinho novo, a arroto de chouriço, a fumo... Lá estava o deputado, com o alcaide e Litri, aquele toureiro gordo e lustroso de Huelva... A rinha era pequena e verde; e a limitavam, transbordando sobre o aro de madeira, rostos congestionados, como vísceras de vaca na carreta ou de porco na matança, com os olhos saltados pelo calor, pelo vinho e pela exaltação da carnaça do coração chocarreiro. Os gritos saíam dos olhos... Fazia calor e tudo – tão pequeno: um mundo de galos – estava fechado.

E no amplo raio do sol alto, atravessado incessantemente por nuvens de fumaça azuis, desenhando-o como um vidro turvo, os pobres galos ingleses, duas monstruosas e acres flores carmins, se despedaçavam, arrancando-se os olhos, cravando um no outro, em saltos iguais, os ódios dos homens, rachando-se inteiros com os esporões embebidos de limão... ou de veneno. Não faziam nenhum ruído, nem enxergavam, nem sequer estavam ali...

Mas e eu, por que estava ali, e tão mal? Não sei... De vez em quando, olhava com infinita nostalgia, por uma lona rasgada que, tremulando no ar, parecia-me a vela de um barco da Ribeira, uma laranjeira sadia que no sol puro lá de fora perfumava o ar com sua florada branca... Que bom! – perfumava minha alma – ser laranjeira em flor, ser vento puro, ser sol alto!

... E, no entanto, eu não ia embora...

LIX ANOCHECER

En el recogimiento pacífico y rendido de los crepúsculos del pueblo, ¡qué poesía cobra la adivinación de lo lejano, el confuso recuerdo de lo apenas conocido! Es un encanto contagioso que retiene todo el pueblo como enclavado en la cruz de un triste y largo pensamiento.

Hay un olor al nutrido grano limpio que, bajo las frescas estrellas, amontona en las eras sus vagas colinas – ¡oh Salomón! – tiernas y amarillentas. Los trabajadores canturrean por lo bajo, en un soñoliento cansancio. Sentadas en los zaguanes, las viudas piensan en los muertos, que duermen tan cerca, detrás de los corrales. Los niños corren, de una sombra a otra, como vuelan de un árbol a otro los pájaros…

Acaso, entre la luz ombría que perdura en las fachadas de cal de las casas humildes, que ya empiezan a enrojecer las farolas de petróleo, pasan vagas siluetas terrosas, calladas, dolientes – un mendigo nuevo, un portugués que va hacia las rozas, un ladrón acaso –, que contrastan, en su oscura apariencia medrosa, con la mansedumbre que el crepúsculo malva, lento y místico, pone en las cosas conocidas… Los chiquillos se alejan, y en el misterio de las puertas sin luz, se habla de unos hombres que "sacan el unto a los niños para curar a la hija del rey, que está hética"…

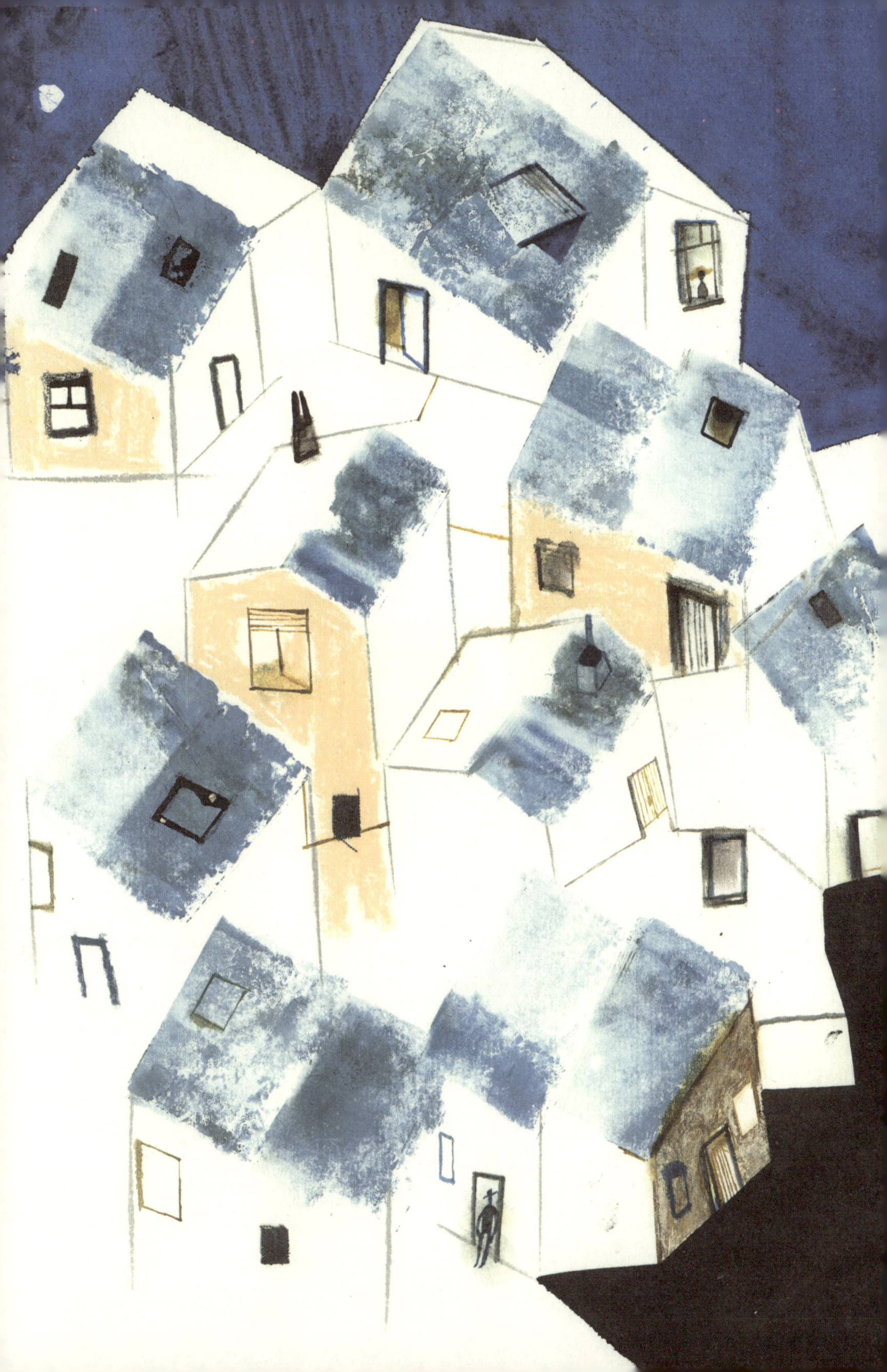

LIX ANOITECER

No recolhimento pacífico e manso dos crepúsculos da aldeia, que poesia adquire a adivinhação do longínquo, a confusa lembrança do apenas conhecido! É um encanto contagioso que mantém toda a aldeia como que encravada na cruz de um triste e longo pensamento.

Há um cheiro de grão cheio e limpo que, sob as estrelas viçosas, alça nas eiras suas fluidas colinas – ó, Salomão – tenras e amareladas. Os trabalhadores cantarolam em voz baixa, num cansaço sonolento. Sentadas nos pórticos, as viúvas pensam nos mortos, que dormem tão perto, atrás dos currais. As crianças correm, de uma sombra a outra, como voam os pássaros de uma árvore a outra...

Casualmente, por entre o lusco-fusco que perdura nas fachadas caiadas das casas humildes, que já começam a avermelhar os candeeiros de petróleo, passam vagas silhuetas terrosas, caladas, dolentes – um mendigo recém-chegado, um português que caminha para os roçados, talvez um ladrão – que contrastam, em sua obscura aparência medrosa, com a mansidão que o crepúsculo malva, lento e místico confere às coisas conhecidas... Os pequenos se afastam, e, no mistério das portas sem luz, fala-se de uns homens que "tiram a banha das crianças para curar a filha do rei, que está tísica"...

LX EL SELLO

Aquél tenía la forma de un reloj, Platero. Se abría la cajita de plata y aparecía, apretado contra el paño de tinta morada, como un pájaro en su nido. ¡Qué ilusión cuando, después de oprimirlo un momento contra la palma blanca, fina y malva de mi mano, aparecía en ella la estampilla:

> Francisco Ruiz
> Moguer.

¡Cuánto soñé yo con aquel sello de mi amigo del colegio de don Carlos! Con una imprentilla que me encontré arriba, en el escritorio viejo de mi casa, intenté formar uno con mi nombre. Pero no quedaba bien, y sobre todo, era difícil la impresión. No era como el otro, que con tal facilidad dejaba, aquí y allá, en un libro, en la pared, en la carne, su letrero:

> Francisco Ruiz
> Moguer.

Un día vino a mi casa, con Arias, el platero de Sevilla, un viajante de escritorio. ¡Qué embeleso de reglas, de compases, de tintas de colores, de sellos! Los había de todas las formas y tamaños. Yo rompí mi alcancía, y con un duro que me encontré, encargué un sello con mi nombre y pueblo. ¡Qué larga semana aquélla! ¡Qué latirme el corazón cuando llegaba el coche del correo! ¡Qué sudor triste cuando se alejaban, en la lluvia, los pasos del cartero! Al fin, una noche, me lo trajo. Era un breve aparato complicado, con lápiz, pluma, iniciales para lacre... ¡qué sé yo! Y dando a un resorte, aparecía la estampilla, nuevecita, flamante.

¿Quedó algo por sellar en mi casa? ¿Qué no era mío? Si otro me pedía el sello – ¡cuidado, que se va a gastar! –, ¡qué angustia! Al día siguiente, con qué prisa alegre llevé al colegio todo, libros, blusa, sombrero, botas, manos, con el letrero:

> Juan Ramón Jiménez
> Moguer.

LX O SINETE

    Aquele tinha a forma de um relógio, Platero. Abria-se a caixinha de prata e aparecia, incrustado no pano de cor roxa, como um pássaro no ninho. Que maravilha quando, depois de apertá-lo por um momento na palma branca, fina e malva da minha mão, nela aparecia a estampilha:

Francisco Ruiz
Moguer.

    Como sonhei com aquele selo de meu amigo do colégio de *don* Carlos! Com uma pequena prensa que encontrei lá em cima, no velho escritório da minha casa, tentei fazer um com meu nome. Mas não ficava bom e, principalmente, a impressão era difícil. Não era como o outro, que deixava as letras com tanta facilidade, aqui e ali, num livro, na parede, na pele.

Francisco Ruiz
Moguer.

    Um dia chegou à minha casa, com Arias, o prateiro de Sevilha, um caixeiro-viajante. Que beleza de réguas, compassos, tintas de cor, sinetes! Havia-os de todas as formas e tamanhos. Quebrei meu cofrinho e, com uma moeda que encontrei, encomendei um sinete com meu nome e aldeia. Que semana longa aquela! Como batia meu coração quando chegava o coche do correio! Que suor triste quando se afastavam, sob a chuva, os passos do carteiro! Uma noite, finalmente, ele o trouxe. Era um pequeno aparelho complicado, com lápis, caneta, iniciais para lacre... o que sei eu! E, apertando uma mola, aparecia a estampilha, novinha, flamejante.

    Ficou algo por carimbar na minha casa? Que não fosse meu? Se outra pessoa me pedia o sinete – cuidado que vai gastar! –, que angústia! No dia seguinte, com que pressa alegre levei tudo para a escola, livros, blusa, chapéu, botas, mãos, com o carimbo:

Juan Ramón Jiménez
Moguer.

LXI   LA PERRA PARIDA

La perra de que te hablo, Platero, es la de Lobato, el tirador. Tú la conoces bien, porque la hemos encontrado muchas veces por el camino de los Llanos... ¿Te acuerdas? Aquella dorada y blanca, como un poniente anubarrado de mayo... Parió cuatro perritos, y Salud, la lechera, se los llevó a su choza de las Madres porque se le estaba muriendo un niño y don Luis le había dicho que le diera caldo de perritos. Tú sabes bien lo que hay de la casa de Lobato al puente de las Madres, por la pasada de las Tablas...

Platero, dicen que la perra anduvo como loca todo aquel día, entrando y saliendo, asomándose a los caminos, encaramándose en los vallados, oliendo a la gente... Todavía a la oración la vieron, junto a la casilla del celador, en los Hornos, aullando tristemente sobre unos sacos de carbón, contra el ocaso.

Tú sabes bien lo que hay de la calle de Enmedio a la pasada de las Tablas... Cuatro veces fue y vino la perra durante la noche, y cada una se trajo a un perrito en la boca, Platero. Y al amanecer, cuando Lobato abrió su puerta, estaba la perra en el umbral mirando dulcemente a su amo, con todos los perritos agarrados, en torpe temblor, a sus tetillas rosadas y llenas...

LXI A CADELA PARIDA

A cadela de que estou falando, Platero, é a do Lobato, o atirador. Tu a conheces bem, pois a encontramos muitas vezes no caminho das Planícies... Lembras? Aquela dourada e branca, como um poente enevoado de maio... Pariu quatro cachorrinhos, e Salud, a leiteira, levou-os para sua choupana das Madres porque um filho seu estava morrendo e *don* Luis tinha dito que lhe desse caldo de cachorrinhos. Bem sabes a distância da casa de Lobato até a ponte das Madres, pela passagem das Tábuas...

Platero, dizem que a cadela ficou aquele dia todo como louca, entrando e saindo, aparecendo pelos caminhos, enfiando-se pelos valados, farejando as pessoas... Até na reza ela foi vista, perto da casinha do vigia, nos Fornos, uivando triste sobre uns sacos de carvão, contra o crepúsculo.

Bem sabes a distância entre a rua do Meio e a passagem das Tábuas... A cadela foi e voltou quatro vezes durante a noite, e a cada vez trouxe um cachorrinho na boca, Platero. Ao amanhecer, quando Lobato abriu sua porta, a cadela estava no umbral olhando docemente para o dono, com todos os cachorrinhos, trêmulos e desajeitados, agarrados a suas tetas rosadas e cheias...

LXII ELLA Y NOSOTROS

Platero; acaso ella se iba – ¿adónde? – en aquel tren negro y soleado que, por la vía alta, cortándose sobre los nubarrones blancos, huía hacia el norte.

Yo estaba abajo, contigo, en el trigo amarillo y ondeante, goteado todo de sangre de amapolas a las que ya julio ponía la coronita de ceniza. Y las nubecillas de vapor celeste – ¿te acuerdas? – entristecían un momento el sol y las flores, rodando vanamente hacia la nada…

¡Breve cabeza rubia, velada de negro!… Era como el retrato de la ilusión en el marco fugaz de la ventanilla.

Tal vez ella pensara: – ¿Quiénes serán ese hombre enlutado y ese burrillo de plata?

¡Quiénes habíamos de ser! Nosotros.., ¿verdad, Platero?

LXII ELA E NÓS

Platero; por acaso ela ia – para onde? – naquele trem escuro e ensolarado que, pela estrada do alto, rompendo as grandes nuvens brancas, fugia para o norte.

Eu estava embaixo, contigo, no trigo amarelo e ondulante, todo respingado com o sangue das papoulas nas quais julho já punha a coroazinha de cinza. E as nuvenzinhas de vapor celeste – lembras? – entristeciam por um momento o sol e as flores, rodando inutilmente para o nada...

Breve cabeça loura, com véu negro!... Era como o retrato da ilusão na moldura fugaz da janela.

Talvez ela pensasse: – Quem serão aquele homem de luto e aquele burrinho de prata?

Quem haveríamos de ser! Nós..., não é mesmo, Platero?

LXIII GORRIONES

La mañana de Santiago está nublada de blanco y gris, como guardada en algodón. Todos se han ido a misa. Nos hemos quedado en el jardín los gorriones, Platero y yo.

¡Los gorriones! Bajo las redondas nubes, que, a veces, llueven unas gotas finas, ¡cómo entran y salen en la enredadera, cómo chillan, cómo se cogen de los picos! Éste cae sobre una rama, se va y la deja temblando; el otro se bebe un poquito de cielo en un charquillo del brocal del pozo; aquél ha saltado al tejadillo del alpende, lleno de flores casi secas, que el día pardo aviva.

¡Benditos pájaros, sin fiesta fija! Con la libre monotonía de lo nativo, de lo verdadero, nada, a no ser una dicha vaga, les dicen a ellos las campanas. Contentos, sin fatales obligaciones, sin esos olimpos ni esos avernos que extasían o que amedrentan a los pobres hombres esclavos, sin más moral que la suya, ni más Dios que lo azul, son mis hermanos, mis dulces hermanos.

Viajan sin dinero y sin maletas; mudan de casa cuando se les antoja, presumen un arroyo, presienten una fronda, y sólo tienen que abrir sus alas para conseguir la felicidad; no saben de lunes ni de sábados; se bañan en todas partes, a cada momento; aman el amor sin nombre, la amada universal.

Y cuando las gentes, ¡las pobres gentes!, se van a misa los domingos, cerrando las puertas, ellos, en – un alegre ejemplo de amor sin rito, se vienen de pronto, con su algarabía fresca y jovial, al jardín de las casas cerradas, en las que algún poeta, que ya conocen bien, y algún burrillo tierno – ¿te juntas conmigo? – los contemplan fraternales.

LXIII PARDAIS

A manhã de Santiago está nublada de branco e cinza, como que protegida em algodão. Todos foram à missa. Ficamos no jardim dos pardais, Platero e eu.

Os pardais! Sob as nuvens redondas, que às vezes chovem gotas finas, como entram e saem na trepadeira, como piam, como se bicam! Um cai sobre um ramo, vai-se embora e o deixa trêmulo; outro bebe um pouquinho de céu numa pocinha do bocal do poço; aquele saltou no telhado do alpendre, cheio de flores quase secas, que o dia pardo reaviva.

Benditos pássaros, sem feriado fixo! Com a livre monotonia do que é nativo, do que é verdadeiro, nada lhes dizem os sinos, a não ser uma vaga felicidade. Contentes, sem obrigações fatais, sem os olimpos nem os avernos que extasiam ou que amedrontam os pobres homens escravos, sem moral que não a sua, sem Deus que não o azul, são meus irmãos, meus doces irmãos.

Viajam sem dinheiro e sem malas; mudam de casa quando lhes dá vontade; adivinham um arroio, pressentem uma copa, e basta-lhes abrir as asas para conseguir a felicidade; não sabem de segundas-feiras nem de sábados; banham-se em todos os lugares, a todo momento; amam o amor sem nome, a amada universal.

E quando as pessoas, pobres pessoas!, vão à missa aos domingos, trancando as portas, eles, num alegre exemplo de amor sem rito, logo vêm, com sua algaravia pura e jovial, ao jardim das casas fechadas, nas quais um poeta, que já conhecem bem, e um burrinho terno – te juntas comigo? – os contemplam fraternais.

LXIV FRASCO VÉLEZ

Hoy no se puede salir, Platero. Acabo de leer en la plazoleta de los Escribanos el bando del alcalde:

"Todo Can que transite por los andantes de esta Noble Ciudad de Moguer, sin su correspondiente *Sálamo* o bozal, será pasado por las armas por los Agentes de mi Autoridad."

Eso quiere decir, Platero, que hay perros rabiosos en el pueblo. Ya ayer noche, he estado oyendo tiros y más tiros de la "Guardia municipal nocturna consumera volante", creación también de Frasco Vélez, por el Monturrio, por el Castillo, por los Trasmuros.

Lolilla, la tonta, dice alto por las puertas y ventanas, que no hay tales perros rabiosos, y que nuestro alcalde actual, así como el otro, Vasco, vestía al Tonto de fantasma, busca la soledad que dejan sus tiros, para pasar su aguardiente de pita y de higo. Pero, ¿y si fuera verdad y te mordiera un perro rabioso? ¡No quiero pensarlo, Platero!

LXIV FRASCO VÉLEZ

Hoje não se pode sair, Platero. Acabo de ler na pracinha dos Escrivães o decreto do alcaide:
"Todo cão que transitar pelas vias desta Nobre Cidade de Moguer sem sua devida mordaça ou focinheira será passado pelas armas pelos agentes de minha autoridade."

Isso quer dizer, Platero, que há cães raivosos na aldeia. Já ontem à noite ouvi tiros e mais tiros da Guarda Municipal Noturna Volante de perseguição ao contrabando, também criação de Frasco Vélez, dos lados de Monturrio, do Castelo e do Trasmuro.

Lolilla, a boba, clama pelas portas e janelas que esses cães raivosos não existem e que nosso atual alcaide, assim como o outro, Vasco, vestia o Tonto de fantasma, busca a deserção das ruas provocada pelos tiros para passar sua aguardente de pita e de figo. Mas e se fosse verdade e um cão raivoso te mordesse? Não quero nem pensar, Platero!

LXV EL VERANO

Platero va chorreando sangre, una sangre espesa y morada, de las picaduras de los tábanos. La chicharra sierra un pino, que nunca llega… Al abrir los ojos, después de un inmenso sueño instantáneo, el paisaje de arena se me torna blanco, frío en su ardor, espectral.

Están los jarales bajos constelados de sus grandes flores vagas, rosas de humo, de gasa, de papel de seda, con las cuatro lágrimas de carmín; y una calina que asfixia, enyesa los pinos chatos. Un pájaro nunca visto, amarillo con lunares negros, se eterniza, mudo, en una rama.

Los guardas de los huertos suenan el latón para asustar a los rabúos, que vienen, en grandes bandos celestes, por naranjas… Cuando llegamos a la sombra del nogal grande, rajo dos sandías, que abren su escarcha grana y rosa en un largo crujido fresco. Yo me como la mía lentamente, oyendo, a lo lejos, las vísperas del pueblo. Platero se bebe la carne de azúcar de la suya, como si fuese agua.

LXV O VERÃO

Platero vai jorrando sangue, um sangue espesso e roxo, das picadas das mutucas. A cigarra serra um pinheiro, que nunca chega… Quando abro os olhos, depois de um imenso sono instantâneo, a paisagem de areia torna-se branca, fria em seu ardor, espectral.

Os estevais baixos estão constelados de suas grandes flores diáfanas, rosas de fumaça, de gaze, de papel de seda, com as quatro lágrimas de carmim; e uma névoa asfixiante engessa os pinheiros chatos. Uma pássaro nunca visto, amarelo com manchas pretas, eterniza-se, mudo, num galho.

Os guardas dos pomares fazem soar os latões para assustar os rabudos, que vêm em grandes bandos azul-celeste, em busca de laranjas… Quando chegamos à sombra da nogueira grande, racho duas melancias, que abrem seu orvalho grená e rosado num estalo rápido e fresco. Como a minha lentamente, ouvindo, ao longe, as vésperas da aldeia. Platero bebe da sua a carne de açúcar, como se fosse água.

LXVI FUEGO EN LOS MONTES

¡La campana gorda!... Tres... cuatro toques... – ¡Fuego!

Hemos dejado la cena, y, encogido el corazón por la negra angostura de la escalerilla de madera, hemos subido, en alborotado silencio afanoso, a la azotea.

... ¡En el campo de Lucena! – grita Anilla, que ya estaba arriba, escalera abajo, antes de salir nosotros a la noche... – ¡Tan, tan, tan, tan! Al llegar afuera – ¡qué respiro! – la campana limpia su duro golpe sonoro y nos amartilla los oídos y nos aprieta el corazón.

– Es grande, es grande... Es un buen fuego...

Sí. En el negro horizonte de pinos, la llama distante parece quieta en su recortada limpidez. Es como un esmalte negro y bermellón, igual a aquella "Caza" de Piero di Cosimo, en donde el fuego está pintado sólo con negro, rojo y blanco puros. A veces brilla con mayor brío; otras lo rojo se hace casi rosa, del color de la luna naciente... La noche de agosto es alta y parada, y se diría que el fuego está ya en ella para siempre, como un elemento eterno... Una estrella fugaz corre medio cielo y se sume en el azul, sobre las Monjas... Estoy conmigo...

Un rebuzno de Platero, allá abajo, en el corral, me trae a la realidad... Todos han bajado... Y en un escalofrío, con que la blandura de la noche, que ya va a la vendimia, me hiere, siento como si acabara de pasar junto a mí aquel hombre que yo creía en mi niñez que quemaba los montes, una especie de Pepe el Pollo – Oscar Wilde, moguereño –, ya un poco viejo, moreno y con rizos canos, vestida su afeminada redondez con una chupa negra y un pantalón de grandes cuadros en blanco y marrón, cuyos bolsillos reventaban de largas cerillas de Gibraltar...

LXVI FOGO NAS MONTANHAS

O sino grande!... Três... quatro badaladas... – Fogo!
Largamos o jantar e, com o coração oprimido pela escura estreiteza da escadinha de madeira, subimos ao terraço, em alvoroçado e penoso silêncio.
... No campo de Lucena! – já lá em cima, Anilla grita escada abaixo, antes de sairmos para a noite... – Tan, tan, tan, tan! Ao chegar lá fora – respira-se enfim! – o sino aclara seu duro golpe sonoro e nos martela os ouvidos, nos aperta o coração.
– É grande, é grande... É um bom fogo...
Sim. No escuro horizonte de pinheiros, a chama distante parece quieta em sua nítida limpidez. É como um esmalte preto e vermelhão, igual à *Caçada* de Piero di Cosimo, onde o fogo é pintado só com preto, vermelho e branco puros. Às vezes brilha com maior intensidade; outras, o vermelho se faz quase rosa, da cor da lua nascente... A noite de agosto é alta e parada, e é como se o fogo já estivesse nela para sempre, como um elemento eterno... Uma estrela cadente corre no meio do céu e some no azul, sobre as Monjas... Estou comigo...
Um zurro de Platero, lá embaixo, no curral, me traz à realidade... Todos desceram... E num calafrio, com que me fere a brandura da noite que já se volta para a vindima, sinto como se acabasse de passar a meu lado aquele homem que, na minha infância, eu acreditava que queimava as montanhas, uma espécie de Pepe el Pollo – Oscar Wilde de Moguer –, já um pouco velho, moreno e de cabelos crespos grisalhos, a afeminada redondeza vestida de bolero preto e calça de grande xadrez branco e marrom, de cujos bolsos transbordavam grandes fósforos de Gibraltar...

LXVII EL ARROYO

Este arroyo, Platero, seco ahora, por el que vamos a la dehesa de los Caballos, está en mis viejos libros amarillos, unas veces como es, al lado del pozo ciego de su prado, con sus amapolas pasadas de sol y sus damascos caídos; otras, en superposiciones y cambios alegóricos, mudado, en mi sentimiento, a lugares remotos, no existentes o sólo sospechados...

Por él, Platero, mi fantasía de niño brilló sonriendo, como un vilano al sol, con el encanto de los primeros hallazgos, cuando supe que él, el arroyo de los Llanos, era el mismo arroyo que parte el camino de San Antonio por su bosquecillo de álamos cantores; que andando por él, seco, en verano, se llegaba aquí; que, echando un barquito de corcho allí, en los álamos, en invierno, venía hasta estos granados, por debajo del puente de las Angustias, refugio mío cuando pasaban toros...

¡Qué encanto éste de las imaginaciones de la niñez, Platero, que yo no sé si tú tienes o has tenido! Todo va y viene, en trueques deleitosos; se mira todo y no se ve, más que como estampa momentánea de la fantasía... Y anda uno semiciego, mirando tanto adentro como afuera, volcando, a veces, en la sombra del alma la carga de imágenes de la vida, o abriendo al sol, como una flor cierta y poniéndola en una orilla verdadera, la poesía, que luego nunca más se encuentra, del alma iluminada.

LXVII O ARROIO

Este arroio agora seco, Platero, pelo qual vamos à invernada dos cavalos, está em meus velhos livros amarelos, algumas vezes como é, ao lado do poço cego de seu prado, com suas papoulas ressecadas pelo sol e seus damascos caídos; outras, em sobreposições e mutações alegóricas, transposto, em meu sentimento, para lugares remotos, inexistentes ou apenas suspeitados...

Por ele, Platero, minha fantasia de menino brilhou sorrindo, como um milhafre ao sol, com o encanto dos primeiros achados, quando soube que ele, o arroio das Planícies, era o mesmo arroio que corta o caminho de Santo Antônio com seu bosquezinho de álamos cantores; que andando por ele, seco, no verão, chegava-se aqui; que, soltando um barquinho de cortiça ali, nos álamos, no inverno, ele vinha até estas romãzeiras, por baixo da ponte das Angústias, meu refúgio quando passavam touros...

Que encanto o das imaginações da infância, Platero, que não sei se tens ou se tiveste! Tudo vai e vem, em transformações deliciosas; olhamos tudo e vemos apenas como imagem momentânea da fantasia... E andamos meio cegos, olhando tanto para dentro como para fora, às vezes despejando na sombra da alma a carga de imagens da vida, ou abrindo ao sol, como flor verdadeira e colocando-a em fronteira real, a poesia, que depois nunca mais se encontra, da alma iluminada.

LXVIII DOMINGO

La pregonera vocinglería de la esquila de vuelta, cercana ya, ya distante, resuena en el cielo de la mañana de fiesta como si todo el azul fuera de cristal. Y el campo, un poco enfermo ya, parece que se dora de las notas caídas del alegre revuelo florido.

Todos, hasta el guarda, se han ido al pueblo para ver la procesión. Nos hemos quedado solos Platero y yo. ¡Qué paz! ¡Qué pureza! ¡Qué bienestar! Dejo a Platero en el prado alto, y yo me echo, bajo un pino lleno de pájaros que no se van, a leer. Omar Khayyám...

En el silencio que queda entre dos repiques, el hervidero interno de la mañana de setiembre cobra presencia y sonido. Las avispas orinegras vuelan en torno de la parra cargada de sanos racimos moscateles, y las mariposas, que andan confundidas con las flores, parece que se renuevan, en una metamorfosis de colorines, al revolar. Es la soledad como un gran pensamiento de luz.

De vez en cuando, Platero deja de comer, y me mira... Yo, de vez en cuando, dejo de leer, y miro a Platero...

LXVIII DOMINGO

O alarido pregoeiro da sineta ecoa, ora próximo, ora distante, no céu da manhã de festa, como se todo o azul fosse de cristal. E o campo, já um pouco enfermo, parece dourar com as notas caídas da alegre revoada florida.

Todos, até o guarda, foram à aldeia para ver a procissão. Platero e eu ficamos sozinhos. Que paz! Que pureza! Que bem-estar! Deixo Platero no campo de cima, deito-me sob um pinheiro cheio de pássaros que não se vão, e ponho-me a ler. Omar Khayyam...

No silêncio entre dois repiques, o fervedouro interno da manhã de setembro adquire presença e som. As vespas aurinegras voam em torno da parreira carregada de sadios cachos de uva moscatel, e as borboletas, que se confundem com as flores, parecem renovar-se ao revoar, em uma metamorfose de cores. A solidão é como um grande pensamento de luz.

De vez em quando, Platero para de comer e olha para mim... Eu, de vez em quando, paro de ler e olho para Platero...

LXIX EL CANTO DEL GRILLO

Platero y yo conocemos bien, de nuestras correrías nocturnas, el canto del grillo.
El primer canto del grillo, en el crepúsculo, es vacilante, bajo y áspero. Muda de tono, aprende de sí mismo y, poco a poco, va subiendo, va poniéndose en su sitio, como si fuera buscando la armonía del lugar y de la hora. De pronto, ya las estrellas en el cielo verde y trasparente, cobra el canto un dulzor melodioso de cascabel libre.

Las frescas brisas moradas van y vienen; se abren del todo las flores de la noche y vaga por el llano una esencia pura y divina, de confundidos prados azules, celestes y terrestres. Y el canto del grillo se exalta, llena todo el campo, es cual la voz de la sombra. No vacila ya, ni se calla. Como surtiendo de sí propio, cada nota es gemela de la otra, en una hermandad de oscuros cristales.

Pasan, serenas, las horas. No hay guerra en el mundo y duerme bien el labrador, viendo el cielo en el fondo alto de su sueño. Tal vez el amor, entre las enredaderas de una tapia, anda extasiado, los ojos en los ojos. Los habares mandan al pueblo mensajes de fragancia tierna, cual en una libre adolescencia candorosa y desnuda. Y los trigos ondean, verdes de luna, suspirando al viento de las dos, de las tres, de las cuatro... El canto del grillo, de tanto sonar, se ha perdido...

¡Aquí está! ¡Oh canto del grillo por la madrugada, cuando, corridos de escalofríos, Platero y yo nos vamos a la cama por las sendas blancas de relente! La luna se cae, rojiza y soñolienta. Ya el canto está borracho de luna, embriagado de estrellas, romántico, misterioso, profuso. Es cuando unas grandes nubes luctuosas, bordeadas de un malva azul y triste, sacan el día de la mar, lentamente...

LXIX O CANTO DO GRILO

Platero e eu conhecemos bem, de nossas andanças noturnas, o canto do grilo.

O primeiro canto do grilo, no crepúsculo, é vacilante, baixo e áspero. Muda de tom, aprende consigo mesmo e, pouco a pouco, vai subindo, vai se postando, como se fosse buscando a harmonia do lugar e da hora. De repente, as estrelas já no céu verde e transparente, o canto adquire uma doçura melodiosa de guizo em liberdade.

As frescas brisas arroxeadas vão e vêm; abrem-se completamente as flores noturnas e pela planície vagueia uma essência pura e divina, de mesclados prados azuis, celestes e terrestres. E o canto do grilo se exalta, enche todo o campo, é como a voz da sombra. Já não vacila nem se cala. Como que brotando de si mesmo, cada nota é gêmea da outra, numa irmandade de escuros cristais.

As horas passam serenas. Não há guerra no mundo e dorme bem o lavrador, vendo o céu no alto fundo de seu sono. Talvez o amor, entre as trepadeiras de uma cerca, esteja extasiado, olhos nos olhos. Os favais mandam à aldeia mensagens de suave fragrância, como em uma livre adolescência cândida e nua. E os trigos ondulam, verdes de luar, suspirando ao vento das duas, das três, das quatro... O canto do grilo, de tanto soar, se perdeu...

Está aqui! Oh, canto do grilo na madrugada, quando, percorridos por calafrios, Platero e eu vamos para a cama pelos caminhos brancos de relento! A lua se põe, avermelhada e sonolenta. O canto já está bêbado de luar, embriagado de estrelas, romântico, misterioso, profuso. É quando grandes nuvens lutuosas, orladas de malva azulado e triste, tiram o dia do mar, lentamente...

LXX LOS TOROS

¿A que no sabes, Platero, a qué venían esos niños? A ver si yo les dejaba que te llevasen para pedir contigo la llave en los toros de esta tarde. Pero no te apures tú. Ya les he dicho que no lo piensen siquiera...

¡Venían locos, Platero! Todo el pueblo está conmovido con la corrida. La banda toca desde el alba, rota ya y desentonada, ante las tabernas; van y vienen coches y caballos calle Nueva arriba, calle Nueva abajo. Ahí detrás, en la calleja, están preparando el Canario, ese coche amarillo que les gusta tanto a los niños, para la cuadrilla. Los patios se quedan sin flores, para las presidentas. Da pena ver a los muchachos andando torpemente por las calles con sus sombreros anchos, sus blusas, su puro, oliendo a cuadra y a aguardiente...

A eso de las dos, Platero, en ese instante de soledad con sol, en ese hueco claro del día, mientras diestros y presidentas se están vistiendo, tú y yo saldremos por la puerta falsa y nos iremos por la calleja al campo, como el año pasado...

¡Qué hermoso el campo en estos días de fiesta en que todos lo abandonan! Apenas si en un majuelo, en una huerta, un viejecito se inclina sobre la cepa agria, sobre el regato puro... A lo lejos sube sobre el pueblo, como una corona chocarrera, el redondo vocerío, las palmas, la música de la plaza de toros, que se pierden a medida que uno se va, sereno, hacia la mar... Y el alma, Platero, se siente reina verdadera de lo que posee por virtud de su sentimiento, del cuerpo grande y sano de la naturaleza que, respetado, da a quien lo merece el espectáculo sumiso de su hermosura resplandeciente y eterna.

LXX OS TOUROS

Não sabes, Platero, o que queriam aqueles meninos? Ver se eu deixava que te levassem para pedir contigo entrada para os touros desta tarde. Mas não te preocupes. Já lhes disse que nem pensem nisso...

Vinham loucos, Platero! Toda a aldeia está comovida com a tourada. A banda está tocando desde o amanhecer, já quebrada e desafinada, diante das tabernas; carros e cavalos vão e vêm, rua Nova acima, rua Nova abaixo. Lá atrás, na ruela, estão preparando o Canário, o carro amarelo de que as crianças tanto gostam, para a quadrilha. Os pátios estão sem flores, para as *presidentas*. Dá pena ver os rapazes andando torpemente pelas ruas com seus chapéus largos, suas blusas, seus charutos, cheirando a estábulo e aguardente...

Por volta das duas, Platero, naquele instante de solidão com sol, naquele vazio claro do dia, enquanto *diestros* e *presidentas* estão se vestindo, tu e eu sairemos pela porta falsa e iremos pela ruela até o campo, como no ano passado...

Que lindo o campo nesses dias de festa em que todos o abandonam! Quando muito num vinhedo novo, numa horta, um velhinho se debruça sobre a cepa ácida, sobre o regato puro... Ao longe sobe sobre a aldeia, como uma coroa galhofeira, o claro vozerio, as palmas, a música da praça de touros, que se perdem à medida que nos afastamos, serenamente, rumo ao mar... e a alma, Platero, sente-se rainha verdadeira do que possui em virtude de seu sentimento, do corpo grande e sadio da natureza que, respeitado, dá a quem o merece o espetáculo submisso de sua beleza resplandecente e eterna.

LXXI TORMENTA

Miedo. Aliento contenido. Sudor frío. El terrible cielo bajo ahoga el amanecer. (No hay por dónde escapar.) Silencio... El amor se para. Tiembla la culpa. El remordimiento cierra los ojos. Más silencio...

El trueno, sordo, retumbante, interminable, como un bostezo que no acaba del todo, como una enorme carga de piedra que cayera del cenit al pueblo, recorre, largamente, la mañana desierta. (No hay por dónde huir.) Todo lo débil – flores, pájaros – desaparece de la vida.

Tímido, el espanto mira, por la ventana entreabierta, a Dios, que se alumbra trágicamente. Allá en oriente, entre desgarrones de nubes, se ven malvas y rosas tristes, sucios, fríos, que no pueden vencer la negrura. El coche de las seis, que parecen las cuatro, se siente por la esquina, en un diluvio, cantando el cochero por espantar el miedo. Luego, un carro de la vendimia, vacío, de prisa...

¡Angelus! Un Angelus duro y abandonado, solloza entre el tronido. ¿El último Angelus del mundo? Y se quiere que la campana acabe pronto, o que suene más, mucho más, que ahogue la tormenta. Y se va de un lado a otro, y se llora, y no se sabe lo que se quiere...

(No hay por dónde escapar.) Los corazones están yertos. Los niños llaman desde todas partes...

– ¿Qué será de Platero, tan solo en la indefensa cuadra del corral?

LXXI TEMPESTADE

Medo. Respiração contida. Suor frio. O terrível céu baixo sufoca o amanhecer. (Não há por onde escapar.) Silêncio. O amor se interrompe. Estremece a culpa. O remorso fecha os olhos. Mais silêncio...

O trovão, surdo, retumbante, interminável, como um bocejo que não acaba completamente, como uma enorme carga de pedra que caísse do zênite na aldeia, percorre longamente a manhã deserta. (Não há por onde fugir.) Tudo o que é frágil – flores, pássaros – desaparece da vida.

Tímido, pela janela entreaberta o espanto olha Deus, que se ilumina tragicamente. Lá no oriente, entre farrapos de nuvens, veem-se malvas e cores-de-rosa tristes, sujas, frias, que não conseguem vencer o negror. Percebe-se na esquina o coche das seis, que parecem as quatro, num dilúvio, o cocheiro cantando para espantar o medo. Depois, um carro da vindima, vazio, apressado...

Ângelus! Um Ângelus duro e abandonado soluça em meio ao trovão. O último Ângelus do mundo? E deseja-se que o sino acabe logo, ou que toque mais, muito mais, que sufoque a tempestade. E vai-se de um lado para outro, chorando, sem saber o que desejar...

(Não há por onde escapar.) Os corações estão hirtos. As crianças chamam de todos os lados...

– O que será de Platero, tão sozinho no indefeso estábulo do curral?

LXXII VENDIMIA

Este año, Platero, ¡qué pocos burros han venido con uva! Es en balde que los carteles digan con grandes letras: A SEIS REALES. ¿Dónde están aquellos burros de Lucena, de Almonte, de Palos, cargados de oro líquido, prieto, chorreante, como tú, conmigo, de sangre; aquellas recuas que esperaban horas y horas mientras se desocupaban los lagares? Corría el mosto por las calles, y las mujeres y los niños llenaban cántaros, orzas, tinajas...

¡Qué alegres en aquel tiempo las bodegas, Platero, la bodega del Diezmo! Bajo el gran nogal que cayó el tejado, los bodegueros lavaban, cantando, las botas con un fresco, sonoro y pesado cadeneo; pasaban los trasegadores, desnuda la pierna, con las jarras de mosto o de sangre de toro, vivas y espumeantes; y allá en el fondo, bajo el alpende, los toneleros daban redondos golpes huecos, metidos en la limpia viruta olorosa... Yo entraba en Almirante por una puerta y salía por la otra – las dos alegres puertas correspondidas, cada una de las cuales le daba a la otra su estampa de vida y de luz –, entre el cariño de los bodegueros...

Veinte lagares pisaban día y noche. ¡Qué locura, qué vértigo, qué ardoroso optimismo! Este año, Platero, todos están con las ventanas tabicadas y basta y sobra con el del corral y con dos o tres lagareros.

Y ahora, Platero, hay que hacer algo, que siempre no vas a estar de holgazán.

... Los otros burros han estado mirando, cargados, a Platero, libre y vago; y para que no lo quieran mal ni piensen mal de él, me llego con él a la era vecina, lo cargo de uva y lo paso al lagar, bien despacio, por entre ellos... Luego me lo llevo de allí disimuladamente...

LXXII VINDIMA

Este ano, Platero, como vieram poucos burros com uva! É inútil os cartazes dizerem: A SEIS REAIS. Onde estão aqueles burros de Lucena, de Almonte, de Palos, carregados de ouro líquido, preto, jorrando sangue, como tu comigo; aquelas récuas que esperavam horas e horas enquanto se desocupavam os lagares? O mosto escorria pelas ruas, e as mulheres e as crianças enchiam cântaros, talhas, tinalhas…

Como eram alegres as tabernas naquele tempo, Platero, a taberna do Diezmo! Debaixo da grande nogueira que derrubou o telhado, os taberneiros lavavam, cantando, os tonéis com um límpido, sonoro e pesado barulho de correntes; passavam os trasfegadores, de pernas nuas, com as jarras de mosto ou de sangue de touro, vivas e espumantes; e lá no fundo, sob o alpendre, os toneleiros davam certeiros golpes ocos, metidos na maravalha limpa e cheirosa. Eu entrava em Almirante por uma porta e saía pela outra – as duas portas correlatas, cada uma dava à outra sua imagem de vida e de luz –, entre o carinho dos taberneiros…

Vinte lagares pisavam dia e noite. Que loucura, que vertigem, que ardoroso otimismo! Este ano, Platero, todos estão com as janelas vedadas, e dá e sobra o do curral e mais dois ou três lagareiros.

E agora, Platero, é preciso fazer alguma coisa, pois não vais estar sempre folgado.

… Os outros burros, carregados, ficaram olhando Platero, livre e vago; e, para que não o queiram mal nem pensem mal dele, chego com ele à eira vizinha, carrego-o de uva e faço-o passar pelo lagar, bem devagar, entre eles… Depois levo-o dali, dissimuladamente…

LXXIII NOCTURNO

Del pueblo en fiesta, rojamente iluminado hacia el cielo, vienen agrios valses nostálgicos en el viento suave. La torre se ve, cerrada, lívida, muda y dura, en un errante limbo violeta, azulado, pajizo... Y allá, tras las bodegas oscuras del arrabal, la luna caída, amarilla y soñolienta, se pone, solitaria, sobre el río.

El campo está solo con sus árboles y con la sombra de sus árboles. Hay un canto roto de grillo, una conversación sonámbula de aguas ocultas, una blandura húmeda, como si se deshiciesen las estrellas... Platero, desde la tibieza de su cuadra, rebuzna tristemente.

La cabra andará despierta, y su campanilla insiste agitada, dulce luego. Al fin, se calla... A lo lejos, hacia Montemayor, rebuzna otro asno... Otro, luego, por el Vallejuelo... Ladra un perro...

Es la noche tan clara, que las flores del jardín se ven de su color, como en el día. Por la última casa de la calle de la Fuente, bajo una roja y vacilante farola, tuerce la esquina un hombre solitario... ¿yo? No, yo, en la fragante penumbra celeste, móvil y dorada, que hacen la luna, las lilas, la brisa y la sombra, escucho mi hondo corazón sin par...

La esfera gira, sudorosa y blanda...

LXXIII NOTURNO

    Da aldeia em festa, iluminada de vermelho até o céu, chegam acres valsas nostálgicas no vento suave. Vê-se a torre, fechada, lívida, muda e rígida, num vago limbo violeta, azulado, palhiço... E lá, atrás das tabernas escuras do arrabalde, a lua caída, amarela e sonolenta, se põe solitária sobre o rio.
    O campo está só com suas árvores e com a sombra de suas árvores. Há um canto roto de grilo, uma conversa sonâmbula de águas ocultas, uma brandura úmida, como se as estrelas se desmanchassem... Platero, da tibieza de seu estábulo, zurra tristemente.
    A cabra deve estar acordada, e seu chocalho insiste agitado, depois suave. Finalmente se cala... Ao longe, para os lados de Montemayor, outro asno zurra... Outro, depois, dos lados de Vallejuelo... Um cão ladra...
    A noite é tão clara que se veem as flores do jardim com sua cor, como de dia. Pela última casa da rua da Fonte, sob uma luz vermelha e vacilante, um homem solitário vira a esquina... eu? Não, eu, na perfumada penumbra celeste, móvel e dourada, obra da lua, dos lilás, da brisa e da sombra, escuto meu profundo coração sem par...
    A esfera gira, suarenta e branda...

LXXIV SARITO

Para la vendimia, estando yo una tarde grana en la viña del arroyo, las mujeres me dijeron que un negrito preguntaba por mí.

Iba yo hacia la era, cuando él venia ya vereda abajo:

– ¡Sarito!

Era Sarito, el criado de Rosalina, mi novia portorriqueña. Se había escapado de Sevilla para torear por los pueblos, y venía de Niebla, andando, el capote, dos veces colorado, al hombro, con hambre y sin dinero.

Los vendimiadores lo acechaban de reojo, en un mal disimulado desprecio; las mujeres, más por los hombres que por ellas, lo evitaban. Antes, al pasar por el lagar, se había peleado ya con un muchacho que le había partido una oreja de un mordisco.

Yo le sonreía y le hablaba afable. Sarito, no atreviéndose a acariciarme a mí mismo, acariciaba a Platero, que andaba por allí comiendo uva; y me miraba, en tanto, noblemente...

LXXIV **SARITO**

Numa tarde grená, eu estava na vinha do arroio, para a vindima, quando as mulheres me disseram que um negrinho perguntava por mim.
Eu ia para a eira quando ele já chegava descendo a vereda.
– Sarito!
Era Sarito, o criado de Rosalina, minha namorada porto-riquenha. Tinha escapado de Sevilha para tourear pelos povoados, e vinha de Niebla, a pé, ao ombro o capote duplamente vermelho, com fome e sem dinheiro.
Os vindimadores o espreitavam de soslaio, com desprezo mal dissimulado; as mulheres, mais pelos homens do que por elas, o evitavam. Antes, ao passar pelo lagar, já brigara com um rapaz que lhe havia ferido a orelha com uma mordida.
Eu lhe sorria e lhe falava afavelmente. Sarito, não se atrevendo a me acariciar, acariciava Platero, que estava por ali comendo uva; e, ao mesmo tempo, me olhava nobremente...

LXXV ÚLTIMA SIESTA

¡Qué triste belleza, amarilla y descolorida, la del sol de la tarde, cuando me despierto bajo la higuera!

Una brisa seca, embalsamada de derretida jara, me acaricia el sudoroso despertar. Las grandes hojas, levemente movidas, del blando árbol viejo, me enlutan o me deslumbran. Parece que me mecieran suavemente en una cuna que fuese del sol a la sombra, de la sombra al sol.

Lejos, en el pueblo desierto, las campanas de las tres suenan las vísperas, tras el oleaje de cristal del aire. Oyéndolas, Platero, que me ha robado una gran sandía de dulce escarcha grana, de pie, inmóvil, me mira con sus enormes ojos vacilantes, en los que le anda una pegajosa mosca verde.

Frente a sus ojos cansados, mis ojos se me cansan otra vez... Torna la brisa, cual una mariposa que quisiera volar y a la que, de pronto, se le doblaron las alas... las alas... mis párpados flojos, que, de pronto, se cerraran...

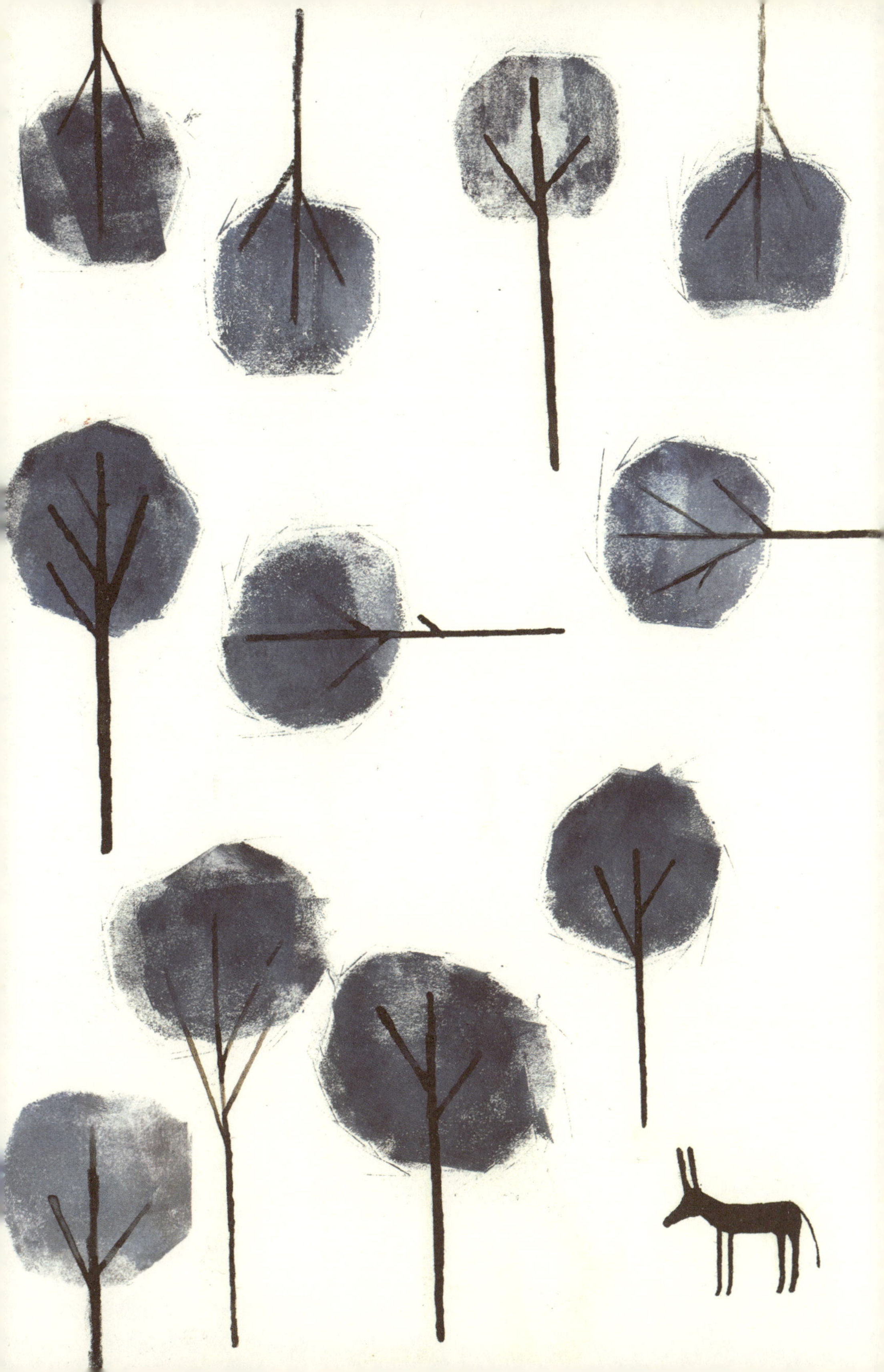

LXXV ÚLTIMA SESTA

Que triste beleza, amarela e descorada, a do sol da tarde, quando desperto sob a figueira!

Uma brisa seca, com perfume de esteva murcha, acaricia meu despertar suarento. As grandes folhas da velha e branda árvore, levemente agitadas, me entristecem ou me deslumbram. É como se me embalassem suavemente num berço, que fosse do sol à sombra, da sombra ao sol.

Longe, na aldeia deserta, os sinos das três batem as vésperas, por trás do murmúrio de cristal do ar. Ao ouvi-los, Platero, que me roubou uma grande melancia de doce orvalho grená, de pé, imóvel, olha-me com seus enormes olhos vacilantes, assediados por uma pegajosa mosca verde.

Diante de seus olhos cansados, os meus se cansam de novo... Volta a brisa, como uma borboleta que quisesse voar e cujas asas de repente se dobrassem... as asas... minhas pálpebras frouxas, que, de repente, se fechassem...

LXXVI LOS FUEGOS

Para septiembre, en las noches de velada, nos poníamos en el cabezo que hay detrás de la casa del huerto, a sentir el pueblo en fiesta desde aquella paz fragante que emanaban los nardos de la alberca. Pioza, el viejo guarda de viñas, borracho en el suelo de la era, tocaba cara a la luna, hora tras hora, su caracol.

Ya tarde, quemaban los fuegos. Primero eran sordos estampidos enanos; luego, cohetes sin cola, que se abrían arriba, en un suspiro, cual un ojo estrellado que viese, un instante, rojo, morado, azul, el campo; y otros cuyo esplendor caía como una doncellez desnuda que se doblara de espaldas, como un sauce de sangre que gotease flores de luz. ¡Oh, qué pavos reales encendidos, qué macizos aéreos de claras rosas, qué faisanes de fuego por jardines de estrellas!

Platero, cada vez que sonaba un estallido, se estremecía, azul, morado, rojo en el súbito iluminarse del espacio; y en la claridad vacilante, que agrandaba y encogía su sombra sobre el cabezo, yo veía sus grandes ojos negros que me miraban asustados.

Cuando, como remate, entre el lejano vocerío del pueblo, subía al cielo constelado la áurea corona giradora del castillo, poseedora del trueno gordo, que hace cerrar los ojos y taparse los oídos a las mujeres, Platero huía entre las cepas, como alma que lleva el diablo, rebuznando enloquecido hacia los tranquilos pinos en sombra.

LXXVI OS FOGOS

Em setembro, nas noites de vigília, íamos para o outeiro que há atrás da casa do horto, para sentir a aldeia em festa em meio àquela paz perfumada emanada pelos nardos do reservatório. Pioza, o velho guarda de vinhedos, bêbado no chão da eira, tocava seu búzio, de cara para a lua, hora após hora.

Já tarde, queimavam os fogos. Primeiro eram pequenos estampidos surdos; depois, foguetes sem cauda, que no alto se abriam num suspiro, como um olho estrelado que por instante visse o campo, vermelho, roxo, azul; e outros cujo esplendor caía como uma donzela nua voltada de costas, como um salgueiro de sangue que gotejasse flores de luz. Oh, pavões iluminados, canteiros aéreos de rosas claras, faisões de fogo em jardins de estrelas!

Platero, cada vez que soava um estalo, estremecia, azul, roxo, vermelho na súbita iluminação do espaço; e na claridade vacilante, que aumentava e diminuía sua sombra sobre o outeiro, eu via seus grandes olhos negros que me olhavam assustados.

Quando, como arremate, em meio ao longínquo vozerio da aldeia, subia ao céu constelado a áurea coroa giratória do castelo, dona do mais alto estampido, que faz as mulheres fecharem os olhos e taparem os ouvidos, Platero fugia por entre as videiras, como alma que o diabo leva, zurrando enlouquecido rumo aos tranquilos pinheiros sombrosos.

LXXVII EL VERGEL

Como hemos venido a la Capital, he querido que Platero vea El Vergel... Llegamos despacito, verja abajo, en la grata sombra de las acacias y de los plátanos, que están cargados todavía. El paso de Platero resuena en las grandes losas que abrillanta el riego, azules de cielo a trechos y a trechos blancas de flor caída que, con el agua, exhala un vago aroma dulce y fino.

¡Qué frescura y qué olor salen del jardín, que empapa también el agua, por la sucesión de claros de yedra goteante de la verja! Dentro, juegan los niños. Y entre su oleada blanca, pasa, chillón y tintineador, el cochecillo del paseo, con sus banderitas moradas y su toldillo verde; el barco del avellanero, todo engalanado de granate y oro, con las jarcias ensartadas de cacahuetes y su chimenea humeante; la niña de los globos, con su gigantesco racimo votador, azul, verde y rojo; el barquillero, rendido bajo su lata roja... En el cielo, por la masa de verdor tocado ya del mal del otoño, donde el ciprés y la palmera perduran, mejor vistos, la luna amarillenta se va encendiendo, entre nubecillas rosas...

Ya en la puerta, y cuando voy a entrar en el vergel, me dice el hombre azul que lo guarda con su caña amarilla y su gran reloj de plata:

– Er burro no pué'ntrá, zeñó.

– ¿El burro? ¿Qué burro? – le digo yo, mirando más allá de Platero, olvidado, naturalmente, de su forma animal.

– ¡Qué burro ha de zé, zeñó; qué burro ha de zéee...!

Entonces, ya en la realidad, como Platero "no puede entrar" por ser burro, yo, por ser hombre, no quiero entrar, y me voy de nuevo con él, verja arriba, acariciándole y hablándole de otra cosa...

LXXVII   EL VERGEL

Como viemos à capital, quis que Platero visse El Vergel*... Chegamos devagarinho, descendo ao longo do gradil, sob a grata sombra das acácias e dos plátanos, ainda carregados. As passadas de Platero ressoam nas grandes lousas que a rega faz brilhar, em alguns trechos azuis do céu e em outros brancas de flores caídas que, com a água, exalam um vago aroma doce e delicado.

Que frescor e que cheiro saem do jardim, também impregnado pela água, por entre os claros da hera gotejante da grade! Lá dentro, as crianças brincam. E, em meio a seu turbilhão branco, passa, rangendo e tinindo, a charretinha de passeio, com suas bandeirinhas roxas e seu toldo verde; o barco do vendedor de avelãs, todo enfeitado de grená e dourado, com as cordas ensartadas de amendoins e a chaminé fumegante; a menina dos balões, com seu gigantesco cacho de uvas voador, azul, verde e vermelho; o pasteleiro, rendido por seu tabuleiro vermelho... No céu, por entre a massa de verdor já atingido pelo mal do outono, onde perduram mais vistosos o cipreste e a palmeira, a lua amarelada vai se iluminando, entre nuvenzinhas cor-de-rosa...

Já na porta, quando vou entrar no parque, o homem azul que o guarda, com sua bengala amarela e seu grande relógio de prata, me diz:

– O burro não pode entrar, senhor.

– O burro? Que burro? – digo, olhando para além de Platero, esquecendo, naturalmente, sua forma animal.

– Que burro há de ser, senhor; que burro há de ser...!

Então, já na realidade, como Platero "não pode entrar" por ser burro, eu, por ser homem, não quero entrar, e me vou de novo com ele, subindo ao longo do gradil, acariciando-o e falando de outra coisa...

---

* Parque de Huelva, capital da província.

LXXVIII LA LUNA

Platero acababa de beberse dos cubos de agua con estrellas en el pozo del corral, y volvía a la cuadra, lento y distraído, entre los altos girasoles. Yo le aguardaba en la puerta, echado en el quicio de cal y envuelto en la tibia fragancia de los heliotropos.

Sobre el tejadillo, húmedo de las blanduras de setiembre, dormía el campo lejano, que mandaba un fuerte aliento de pinos. Una gran nube negra, como una gigantesca gallina que hubiese puesto un huevo de oro, puso la luna sobre una colina.

Yo le dije a la luna:

… Ma sola
ha questa luna in ciel, che da nessuno
cader fu vista mai se non in sogno.

Platero la miraba fijamente y sacudía, con un duro ruido blando, una oreja. Me miraba absorto y sacudía la otra…

LXXVIII A LUA

Platero acabava de beber dois baldes de água com estrelas no poço do curral e voltava ao estábulo, lento e distraído, entre os altos girassóis. Eu o esperava na porta, encostado ao umbral caiado e envolvido pela tépida fragrância dos heliotrópios.

Por sobre o telhado, umedecido pelos chuviscos de setembro, dormia o campo distante, que exalava um forte olor de pinheiros. Uma grande nuvem negra, como uma galinha gigantesca que tivesse botado um ovo de ouro, pôs a lua sobre uma colina.

Eu disse à lua:

>... *Ma sola*
>*ha questa luna in ciel, che da nessuno*
>*cader fu vista mai sinon in sogno.**

Platero a olhava fixamente e, com um ruído seco e brando, sacudia uma orelha. Olhava-me absorto e sacudia a outra...

---

* Tradução livre: ... *mas sozinha / há esta lua no céu / que ninguém jamais viu cair senão em sonho* (de *Canti*, do poeta italiano Giacomo Leopardi [1789-1837]). Nota extraída de Michael P. Predmore.

LXXIX ALEGRÍA

Platero juega con Diana, la bella perra blanca que se parece a la luna creciente, con la vieja cabra gris, con los niños...

Salta Diana, ágil y elegante, delante del burro, sonando su leve campanilla, y hace como que le muerde los hocicos. Y Platero, poniendo las orejas en punta, cual dos cuernos de pita, la embiste blandamente y la hace rodar sobre la hierba en flor.

La cabra va al lado de Platero, rozándose a sus patas, tirando con los dientes de la punta de las espadañas de la carga. Con una clavellina o con una margarita en la boca, se pone frente a él, le topa en el testuz, y brinca luego, y bala alegremente, mimosa igual que una mujer...

Entre los niños, Platero es de juguete. ¡Con qué paciencia sufre sus locuras! ¡Cómo va despacio, deteniéndose, haciéndose el tonto, para que ellos no se caigan! ¡Cómo los asusta, iniciando, de pronto, un trote falso!

¡Claras tardes del otoño moguereño! Cuando el aire puro de octubre afila los límpidos sonidos, sube del valle un alborozo idílico de balidos, de rebuznos, de risas de niños, de ladreos y de campanillas...

LXXIX ALEGRIA

    Platero brinca com Diana, a bela cadela branca que parece a lua crescente, com a velha cabra cinzenta, com as crianças...

    Diana salta, ágil e elegante, diante do burro, soando seu leve guizo, e finge morder-lhe o focinho. Platero, erguendo as orelhas, como duas pontas de pita, a empurra suavemente e a faz rolar sobre a erva em flor.

    A cabra vai ao lado de Platero, roçando-se nas patas dele, puxando com os dentes a ponta das espadanas de sua carga. Com um cravo ou uma margarida na boca, posta-se diante dele, dá-lhe cabeçadas na testa, e depois brinca e bale alegremente, mimosa como uma mulher...

    Entre as crianças, Platero é de brinquedo. Com que paciência ele aguenta suas loucuras! Como caminha devagarinho, detendo-se, fazendo-se de bobo, para que elas não caiam! Como as assusta, começando de repente um trote falso!

    Claras tardes do outono de Moguer! Quando o ar puro de outubro aguça os sons límpidos, sobe do vale um alvoroço idílico de balidos, zurros, risadas de crianças, latidos e guizos...

LXXX   PASAN LOS PATOS

He ido a darle agua a Platero. En la noche serena, toda de nubes vagas y estrellas, se oye, allá arriba, desde el silencio del corral, un incesante pasar de claros silbidos.

Son los patos. Van tierra adentro, huyendo de la tempestad marina. De vez en cuando, como si nosotros hubiéramos ascendido o como si ellos hubiesen bajado, se escuchan los ruidos más leves de sus alas, de sus picos, como cuando, por el campo, se oye clara la palabra de alguno que va lejos…

Platero, de vez en cuando, deja de beber y levanta la cabeza como yo, como las mujeres de Millet, a las estrellas, con una blanda nostalgia infinita…

LXXX   PASSAM OS PATOS

Fui dar água a Platero. Na noite serena, toda de nuvens vaporosas e estrelas, do silêncio do curral ouve-se, lá em cima, um incessante passar de claros sibilos.

São os patos. Avançam terra adentro, fugindo da tempestade marinha. De vez em quando, como se tivéssemos subido ou eles tivessem descido, escutam-se os ruídos mais leves de suas asas, de seus bicos, como quando, no campo, se ouve com clareza a palavra de alguém que vai longe...

Platero, de vez em quando, para de beber e levanta a cabeça para as estrelas, como eu, como as mulheres de Millet, com uma branda nostalgia infinita...

LXXXI LA NIÑA CHICA

La niña chica era la gloria de Platero. En cuanto la veía venir hacia él, entre las lilas, con su vestidillo blanco y su sombrero de arroz, llamándolo dengosa: – ¡Platero, Plateriiillo! –, el asnucho quería partir la cuerda, y saltaba igual que un niño, y rebuznaba loco.

Ella, en una confianza ciega, pasaba una vez y otra bajo él, y le pegaba paraditas, y le dejaba la mano, nardo cándido, en aquella bocaza rosa, almenada de grandes dientes amarillos; o, cogiéndole las orejas, que él ponía a su alcance, lo llamaba con todas las variaciones mimosas de su nombre: – ¡Platero! ¡Platerón! ¡Platerillo! ¡Platerete! ¡Platerucho!

En los largos días en que la niña navegó en su cuna alba, río abajo, hacia la muerte, nadie se acordaba de Platero. Ella, en su delirio, lo llamaba triste: ¡Plateriiillo!... Desde la casa oscura y llena de suspiros, se oía, a veces, la lejana llamada lastimera del amigo. ¡Oh estío melancólico!

¡Qué lujo puso Dios en ti, tarde del entierro! Setiembre, rosa y oro, como ahora, declinaba. Desde el cementerio ¡cómo resonaba la campana de vuelta en el ocaso abierto, camino de la gloria!... Volví por las tapias, solo y mustio, entré en la casa por la puerta del corral y, huyendo de los hombres, me fui a la cuadra y me senté a pensar, con Platero.

LXXXI A MENININHA

A menininha era a glória de Platero. Quando a via chegar a seu encontro, entre os lilás, com seu vestidinho branco e seu chapéu de arroz, chamando-o, dengosa: – Platero, Plateriiinho! –, o burrinho queria arrebentar a corda, e saltava como um menino, e zurrava como louco.

Ela, em cega confiança, passava uma e outra vez por baixo dele, e lhe dava tapinhas, e punha a mão, nardo cândido, naquela bocarra cor-de-rosa, ameada de dentes amarelos; ou, pegando-lhe as orelhas, que ele punha a seu alcance, chamava-o por todas as variações mimosas de seu nome: – Platero!, Platerão!, Platerinho!, Platerete!, Platerucho!

Nos longos dias em que a menina navegou rio abaixo em seu berço branco, para a morte, ninguém se lembrava de Platero. Em seu delírio, ela o chamava triste: Platerinho!... Vindo da casa escura e cheia de suspiros, ouvia-se, às vezes, o longínquo clamor lastimoso do amigo. Oh, estio tão melancólico!

Que luxo Deus pôs em ti, tarde do enterro! Setembro declinava, rosa e ouro como agora. Do cemitério, como ecoava o sino no ocaso aberto, caminho da glória!... Voltei pelos muros, sozinho e melancólico, entrei na casa pela porta do curral e, fugindo dos homens, fui para o estábulo e me sentei a pensar, com Platero.

LXXXII EL PASTOR

En la colina, que la hora morada va tornando oscura y medrosa, el pastorcillo, negro contra el verde ocaso de cristal, silba en su pito, bajo el templor de Venus. Enredadas en las flores, que huelen más y ya no se ven, cuyo aroma las exalta hasta darles forma en la sombra en que están perdidas, tintinean, paradas, las esquilas claras y dulces del rebaño, disperso un momento, antes de entrar al pueblo, en el paraje conocido.

– Zeñorito, zi eze gurro juera mío...

El chiquillo, más moreno y más idílico en la hora dudosa, recogiendo en los ojos rápidos cualquier brillantez del instante, parece uno de aquellos mendiguillos que pintó Bartolomé Esteban, el buen sevillano.

Yo le daría el burro... Pero ¿qué iba yo a hacer sin ti, Platero?

La luna, que sube, redonda, sobre la ermita de Montemayor, se ha ido derramando suavemente por el prado, donde aún yerran vagas claridades del día; y el suelo florido parece ahora de ensueño, no sé qué encaje primitivo y bello; y las rocas son más grandes, más inminentes y más tristes; y llora más el agua del regato invisible...

Y el pastorcillo grita, codicioso, ya lejos:

– ¡Ayn! Zi eze gurro juera míooo...

LXXXII O PASTOR

Na colina, que a hora roxa vai tornando escura e amedrontadora, o pastorzinho, negro contra o verde ocaso de cristal, sopra seu apito, sob a luz trêmula de Vênus. Enredados nas flores, que mais se adivinham e já não se veem, cujo aroma as exalta até lhes dar forma na sombra em que estão perdidas, retinem, parados, os chocalhos claros e suaves do rebanho, disperso por um momento, antes de entrar na aldeia, paragem conhecida.

– Senhorzinho, se esse burro fosse meu...

O garoto, mais moreno e mais idílico na hora duvidosa, recolhendo nos olhos rápidos qualquer brilho do instante, parece um daqueles pequenos mendigos pintados por Bartolomé Esteban, o bom sevilhano.

Eu lhe daria o burro. Mas o que eu faria sem ti, Platero?

A lua, que sobe redonda sobre a ermida de Montemayor, foi se derramando suavemente pelo prado, onde ainda perambulam vagas claridades do dia; e o chão florido parece agora de sonho, como que renda primitiva e bela; e as rochas são maiores, mais iminentes e mais tristes; e chora mais a água do riacho invisível...

E o pastorzinho grita, cobiçoso, já longe:

– Ai! Se esse burro fosse meu...

LXXXIII EL CANARIO SE MUERE

Mira, Platero; el canario de los niños ha amanecido hoy muerto en su jaula de plata. Es verdad que el pobre estaba ya muy viejo... El invierno último, tú te acuerdas bien, lo pasó silencioso, con la cabeza escondida en el plumón. Y al entrar esta primavera, cuando el sol hacía jardín la estancia abierta y abrían las mejores rosas del patio, él quiso también engalanar la vida nueva, y cantó; pero su voz era quebradiza y asmática, como la voz de una flauta cascada.

El mayor de los niños, que lo cuidaba, viéndolo yerto en el fondo de la jaula, se ha apresurado, lloroso, a decir:

– ¡Puej no l'a faltao ná; ni comida, ni agua!

No. No le ha faltado nada, Platero. Se ha muerto porque sí – diría Campoamor, otro canario viejo...

Platero, ¿habrá un paraíso de los pájaros? ¿Habrá un vergel verde sobre el cielo azul, todo en flor de rosales áureos, con almas de pájaros blancos, rosas, celestes, amarillos?

Oye; a la noche, los niños, tú y yo bajaremos el pájaro muerto al jardín. La luna está ahora llena, y a su pálida plata, el pobre cantor, en la mano cándida de Blanca, parecerá el pétalo mustio de un lirio amarillento. Y lo enterraremos en la tierra del rosal grande.

A la primavera, Platero, hemos de ver al pájaro salir del corazón de una rosa blanca. El aire fragante se pondrá canoro, y habrá por el sol de abril un errar encantado de alas invisibles y un reguero secreto de trinos claros de oro puro.

LXXXIII O CANÁRIO MORRE

Olha, Platero; hoje o canário das crianças amanheceu morto em sua gaiola de prata. É verdade que o coitado já estava muito velho… O último inverno, bem te lembras, ele passou silencioso, com a cabeça escondida sob as penas. E, ao começar esta primavera, quando o sol transformava em jardim a casa aberta e se abriam as melhores rosas do pátio, ele também quis engalanar a vida nova e cantou; mas sua voz era quebradiça e asmática, como a voz de uma flauta rachada.

O menino maior, que cuidava dele, ao vê-lo hirto no fundo da gaiola, apressou-se em dizer, choroso:

– Pois não lhe faltou nada; nem comida nem água!

Não, não lhe faltou nada, Platero. Morreu porque sim – diria Campoamor, outro canário velho…

Platero, haverá um paraíso dos pássaros? Haverá um pomar verde sobre o céu azul, todo em flor de roseiras áureas, com almas de pássaros brancos, cor-de-rosa, azul-celeste, amarelos?

Escuta; de noite, as crianças, tu e eu levaremos o pássaro morto para o jardim. A lua agora está cheia, e, sob seu pálido prateado, o pobre cantor, na mão cândida de Blanca, parecerá a pétala murcha de um lírio amarelado. E o enterraremos na terra da roseira grande.

Na primavera, Platero, veremos o pássaro sair do coração de uma rosa branca. O ar perfumado se tornará canoro, e no sol de abril haverá um vaguear encantado de asas invisíveis e um rasto secreto de trinados claros de puro ouro.

LXXXIV LA COLINA

¿No me has visto nunca, Platero, echado en la colina romántico y clásico a un tiempo?

… Pasan los toros, los perros, los cuervos, y no me muevo, ni siquiera miro. Llega la noche y sólo me voy cuando la sombra me quita. No sé cuándo me vi allí por vez primera y aún dudo si estuve nunca. Ya sabes qué colina digo; la colina roja aquella que se levanta, como un torso de hombre y de mujer, sobre la viña vieja de Cobano.

En ella he leído cuanto he leído y he pensado todos mis pensamientos. En todos los museos vi este cuadro mío, pintado por mí mismo: yo, de negro, echado en la arena, de espaldas a mí, digo a ti, o a quien mirara, con mi idea libre entre mis ojos y el poniente.

Me llaman, a ver si voy ya a comer o a dormir, desde la casa de la Piña. Creo que voy, pero no sé si me quedo allí. Y yo estoy cierto, Platero, de que ahora no estoy aquí, contigo, ni nunca en donde esté, ni en la tumba, ya muerto; sino en la colina roja, clásica a un tiempo y romántica, mirando, con un libro en la mano, ponerse el sol sobre el río…

LXXXIV A COLINA

Nunca me viste, Platero, deitado na colina, romântico e clássico ao mesmo tempo?

... Passam os touros, os cães, os corvos, e não me movo, nem sequer olho. Chega a noite, e só me vou quando a sombra me deixa. Não sei quando estive ali pela primeira vez, e ainda me pergunto se jamais estive. Sabes de que colina estou falando; aquela colina vermelha que se ergue, como um torso de homem e de mulher, sobre o velho vinhedo de Cobano.

Nela eu li tudo o que li e pensei todos os meus pensamentos. Em todos os museus vi este meu quadro, pintado por mim mesmo: eu, de preto, deitado na areia, de costas para mim, quer dizer, para ti, ou para quem olhasse, com minha ideia solta entre meus olhos e o poente.

Da casa da Piña me chamam, para ver se já vou comer ou dormir. Creio que vou, mas não sei se fico ali. E tenho certeza, Platero, de que agora não estou aqui, contigo, nem nunca onde esteja, nem no túmulo, já morto; mas na colina vermelha, ao mesmo tempo clássica e romântica, olhando, com um livro na mão, o sol se pôr sobre o rio...

LXXXV EL OTOÑO

    Ya el sol, Platero, empieza a sentir pereza de salir de sus sábanas, y los labradores madrugan más que él. Es verdad que está desnudo y que hace fresco.
    ¡Cómo sopla el norte! Mira, por el suelo, las ramitas caídas; es el viento tan agudo, tan derecho, que están todas paralelas, apuntadas al sur.
    El arado va, como una tosca arma de guerra, a la labor alegre de la paz, Platero; y en la ancha senda húmeda, los árboles amarillos, seguros de verdecer, alumbran, a un lado y otro, vivamente, como suaves hogueras de oro claro, nuestro rápido caminar.

LXXXV O OUTONO

O sol, Platero, já começa a sentir preguiça de sair de seus lençóis, e os lavradores madrugam mais do que ele. É verdade que está nu e faz frio.

Como sopra o vento norte! Olha, no chão, os galhos caídos; o vento é tão agudo, tão direto, que estão todos paralelos, apontando para o sul.

O arado, como tosca arma de guerra, vai ao alegre trabalho da paz, Platero; e, no largo caminho úmido, as árvores amarelas, certas de que irão verdejar, iluminam intensamente, de um lado e do outro, como suaves fogueiras de ouro claro, nosso rápido caminhar.

LXXXVI EL PERRO ATADO

La entrada del otoño es para mí, Platero, un perro atado, ladrando limpia y largamente, en la soledad de un corral, de un patio o de un jardín, que comienzan con la tarde a ponerse fríos y tristes... Dondequiera que estoy, Platero, oigo siempre, en estos días que van siendo cada vez más amarillos, ese perro atado, que ladra al sol de ocaso...

Su ladrido me trae, como nada, la elegía. Son los instantes en que la vida anda toda en el oro que se va, como el corazón de un avaro en la última onza de su tesoro que se arruina. Y el oro existe apenas, recogido en el alma avaramente y puesto por ella en todas partes, como los niños cogen el sol con un pedacito de espejo y lo llevan a las paredes en sombra, uniendo en una sola las imágenes de la mariposa y de la hoja seca...

Los gorriones, los mirlos, van subiendo de rama en rama en el naranjo o en la acacia, más altos cada vez con el sol. El sol se torna rosa, malva... La belleza hace eterno el momento fugaz y sin latido, como muerto para siempre aún vivo. Y el perro le ladra, agudo y ardiente, sintiéndola tal vez morir, a la belleza...

LXXXVI O CÃO AMARRADO

A chegada do outono, Platero, é para mim um cão amarrado, ladrando limpa e amplamente, na solidão de um curral, de um pátio ou de um jardim, que à tarde começam a se tornar frios e tristes... Onde quer que eu esteja, Platero, sempre ouço, nestes dias que se tornam cada vez mais amarelos, esse cão amarrado, que ladra ao sol do ocaso...

Seu latido me traz, mais do que tudo, a elegia. São os instantes em que a vida está toda no ouro que se vai, como o coração de um avarento na última onça de seu tesouro que vai se arruinando. E o ouro mal existe, recolhido avaramente na alma e colocado por ela em toda parte, como as crianças pegam o sol com um pedacinho de espelho e o levam às paredes sombreadas, unindo em uma única as imagens da borboleta e da folha seca...

Os pardais, os melros, vão subindo de galho em galho na laranjeira ou na acácia, cada vez mais altos, com o sol. O sol se torna rosa, malva... A beleza faz eterno o momento fugaz e sem pulsação, como que morto para sempre embora vivo. E, talvez sentindo-a morrer, o cão ladra, agudo e ardente, para a beleza...

LXXXVII LA TORTUGA GRIEGA

Nos la encontramos mi hermano y yo volviendo, un mediodía, del colegio por la callejilla. Era en agosto – ¡aquel cielo azul Prusia, negro casi, Platero! – y para que no pasáramos tanto calor, nos traían por allí, que era más cerca... Entre la yerba de la pared del granero, casi como tierra, un poco protegida por la sombra del Canario, el viejo familiar amarillo que en aquel rincón se pudría, estaba, indefensa. La cogimos, asustados, con la ayuda de la mandadera y entramos en casa anhelantes, gritando: ¡Una tortuga, una tortuga! Luego la regamos, porque estaba muy sucia, y salieron, como de una calcomanía, unos dibujos en oro y negro...

Don Joaquín de la Oliva, el Pájaro Verde y otros que oyeron a éstos, nos dijeron que era una tortuga griega. Luego, cuando en los Jesuitas estudié yo Historia Natural, la encontré pintada en el libro, igual a ella en un todo, con ese nombre; y la vi embalsamada en la vitrina grande, con un cartelito que rezaba ese nombre también. Así, no cabe duda, Platero, de que es una tortuga griega.

Ahí está, desde entonces. De niños, hicimos con ella algunas perrerías; la columpiábamos en el trapecio; le echábamos a *Lord*; la teníamos días enteros boca arriba... Una vez, el Sordito le dio un tiro para que viéramos lo dura que era. Rebotaron los plomos y uno fue a matar a un pobre palomo blanco, que estaba bebiendo bajo el peral.

Pasan meses y meses sin que se la vea. Un día, de pronto, aparece en el carbón, fija, como muerta. Otro en el caño... A veces, un nido de huevos hueros son señal de su estancia en algún sitio; come con las gallinas, con los palomos, con los gorriones, y lo que más le gusta es el tomate. A veces, en primavera, se enseñorea del corral, y parece que ha echado de su seca vejez eterna y sola, una rama nueva; que se ha dado a luz a sí misma para otro siglo...

LXXXVII A TARTARUGA GREGA

Nós a encontramos, meu irmão e eu, voltando da escola pela ruela, num meio-dia. Era agosto – aquele céu azul da prússia, quase preto, Platero! –, e para que não passássemos tanto calor nos traziam por ali, que era mais perto... Por entre as ervas da parede do celeiro, quase como terra, um pouco protegida pela sombra do Canário, o velho coche amarelo que apodrecia naquele canto, estava ela, indefesa. Nós a pegamos, assustados, com ajuda da empregada, e entramos em casa ansiosos, gritando: Uma tartaruga, uma tartaruga! Depois a regamos, porque estava muito suja, e, como de uma decalcomania, surgiram uns desenhos em dourado e preto...

Don Joaquín de la Oliva, o Pássaro Verde e outros que os ouviram, disseram-nos que era uma tartaruga grega. Depois, quando estudei História Natural nos Jesuítas, encontrei-a pintada num livro, em tudo igual a ela, com esse nome; e a vi embalsamada na vitrine grande, com um cartãozinho que também registrava esse nome. Portanto, não há dúvida, Platero, de que é uma tartaruga grega.

Aí está ela, desde então. Quando crianças, fizemos com ela algumas maldades: nós a colocávamos no balanço; a jogávamos para o *Lord*; a deixávamos dias inteiros de boca para cima... Uma vez, o Sordito lhe deu um tiro para vermos como era dura. Os chumbinhos ricochetearam, e um acabou matando um pobre pombo branco que estava bebendo água debaixo da pereira.

Passamos meses e meses sem vê-la. Um dia, de repente aparece no meio do carvão, imóvel, como morta. Outro, no cano... Às vezes, um ninho de ovos ocos é sinal de sua estada em algum lugar; come com as galinhas, com os pombos, com os pardais, e é de tomate que ela mais gosta. Às vezes, na primavera, se apossa do curral, e parece que fez brotar de sua seca velhice eterna e solitária um novo ramo, que deu a luz a si mesma para mais um século...

LXXXVIII TARDE DE OCTUBRE

Han pasado las vacaciones y, con las primeras hojas amarillas, los niños han vuelto al colegio. Soledad. El sol de la casa, también con hojas caídas, parece vacío. En la ilusión suenan gritos lejanos y remotas risas...

Sobre los rosales, aún con flor, cae la tarde, lentamente. Las lumbres del ocaso prenden las últimas rosas, y el jardín, alzando como una llama de fragancia hacia el incendio del poniente, huele todo a rosas quemadas. Silencio.

Platero, aburrido como yo, no sabe qué hacer. Poco a poco se viene a mi, duda un punto, y, al fin, confiado, pisando seco y duro en los ladrillos, se entra conmigo por la casa...

LXXXVIII TARDE DE OUTUBRO

Passaram-se as férias e, com as primeiras folhas amarelas, as crianças voltaram à escola. Solidão. O sol da casa, também com folhas caídas, parece vazio. Na ilusão soam gritos longínquos e risadas remotas...

Sobre as roseiras, ainda em flor, a tarde cai lentamente. O fogo do ocaso atinge as últimas rosas, e o jardim, erguendo como uma chama de fragrância para o incêndio do poente, cheira todo a rosas queimadas. Silêncio.

Platero, entediado como eu, não sabe o que fazer. Pouco a pouco se achega a mim, hesita um instante e, por fim, confiante, pisando seco e duro nos tijolos, entra comigo em casa...

LXXXIX   ANTONIA

El arroyo traía tanta agua, que los lirios amarillos, firme gala de oro de sus márgenes en el estío, se ahogaban en aislada dispersión, donando a la corriente fugitiva, pétalo a pétalo, su belleza...

¿Por dónde iba a pasarlo Antoñilla con aquel traje dominguero? Las piedras que pusimos se hundieron en el fango. La muchacha siguió, orilla arriba, hasta el vallado de los chopos, a ver si por allí podía... No podía... Entonces yo le ofrecí a Platero, galante.

Al hablarle yo, Antoñilla se encendió toda, quemando su arrebol las pecas que picaban de ingenuidad el contorno de su mirada gris. Luego se echó a reír, súbitamente, contra un árbol... Al fin se decidió. Tiró a la hierba el pañuelo rosa del estambre, corrió un punto y, ágil como una galga, se escarranchó sobre Platero, dejando colgadas a un lado y otro sus duras piernas que redondeaban, en no sospechada madurez, los círculos rojos y blancos de las medias bastas.

Platero lo pensó un momento, y, dando un salto seguro, se clavó en la otra orilla. Luego, como Antoñilla, entre cuyo rubor y yo estaba ya el arroyo, le taconeara en la barriga, salió trotando por el llano, entre el reír de oro y plata de la muchacha morena sacudida.

... Olía a lirio, a agua, a amor. Cual una corona de rosas con espinas, el verso que Shakespeare hizo decir a Cleopatra, me ceñía, redondo, el pensamiento:

O happy horse, to bear the weight of Antony!

—¡Platero! —le grité, al fin, iracundo, violento y desentonado...

LXXXIX ANTONIA

O arroio trazia tanta água, que os lírios amarelos, firme gala de ouro de suas margens no estio, afogavam-se, em isolada dispersão, doando sua beleza à corrente fugaz, pétala por pétala...

Por onde ia atravessá-lo Antoñilla, com aquele traje domingueiro? As pedras que pusemos afundaram-se na lama. A moça seguiu, margem acima, até o valado dos choupos, para ver se por ali podia... Não podia... Então lhe ofereci Platero, galante.

Quando lhe falei, Antoñilla se acendeu toda, seu rubor queimando as sardas que salpicavam de ingenuidade o contorno de seu olhar cinzento. Depois se pôs a rir, de repente, encostada a uma árvore... Por fim decidiu. Jogou na grama o lenço de lã cor-de-rosa, correu um pouco e, ágil como uma galga, escarranchou-se em Platero, deixando penduradas de um lado e do outro suas pernas duras que arredondavam, em insuspeita maturidade, os círculos vermelhos e brancos de suas meias grosseiras.

Platero pensou por um instante e, com um salto certeiro, foi parar na outra margem. Depois, como Antoñilla, entre cujo rubor e mim já estava o arroio, lhe batesse com os saltos na barriga, ele saiu trotando pela planície, em meio ao riso de ouro e prata da morena indócil.

... Cheirava a lírio, a água, a amor. Como uma coroa de rosas com espinhos, o verso que Shakespeare fez Cleópatra dizer me cingia, inteiro, o pensamento:

*O happy horse, to bear the weight of Antony!**

– Platero! – gritei-lhe por fim, irado, violento e desentoado...

---

* Tradução livre: *Oh cavalo feliz, por carregar o peso de Antônio!*

XC EL RACIMO OLVIDADO

Después de las largas lluvias de octubre, en el oro celeste del día abierto, nos fuimos todos a las viñas. Platero llevaba la merienda y los sombreros de las niñas en un cobujón del seroncillo, y en el otro, de contrapeso, tierna, blanca y rosa, como una flor de albérchigo, a Blanca.

¡Qué encanto el del campo renovado! Iban los arroyos rebosantes, estaban blandamente aradas las tierras, y en los chopos marginales, festoneados todavía de amarillo, se veían ya los pájaros, negros.

De pronto, las niñas, una tras otra, corrieron, gritando:

– ¡Un raciiimo!, ¡un raciiimo!

En una cepa vieja, cuyos largos sarmientos enredados mostraban aún algunas renegridas y carmines hojas secas, encendía el picante sol un claro y sano racimo de ámbar, brilloso como la mujer en su otoño. ¡Todas lo querían! Victoria, que lo cogió, lo defendía a su espalda. Entonces yo se lo pedí, y ella, con esa dulce obediencia voluntaria que presta al hombre la niña que va para mujer, me lo cedió de buen grado.

Tenía el racimo cinco grandes uvas. Le di una a Victoria, una a Blanca, una a Lola, una a Pepa – ¡los niños! –, y la última, entre risas y palmas unánimes, a Platero, que la cogió, brusco, con sus dientes enormes.

XC O CACHO DE UVA ESQUECIDO

Depois das longas chuvas de outubro, no ouro celeste do dia aberto, fomos todos aos vinhedos. Platero levava a merenda e os chapéus das meninas numa das seiras, e na outra, como contrapeso, suave, branca e rosa, como uma flor de abricó, ia Branca.

Que encanto o do campo renovado! Os arroios estavam transbordantes, as terras brandamente aradas, e nos choupos das margens, ainda bordados de amarelo, já se viam os pássaros, pretos.

De repente as meninas, uma atrás da outra, saíram correndo, gritando:

— Um caaacho, um caaacho!

Numa cepa velha, cujos longos sarmentos enredados ainda mostravam algumas folhas secas enegrecidas e avermelhadas, o sol ardente iluminava um cacho de âmbar claro e sadio, brilhante como a mulher em seu outono. Todas o queriam! Victoria, que o pegou, defendia-o atrás das costas. Então o pedi, e ela, com a doce obediência voluntária que a menina em vias de se tornar mulher presta ao homem, cedeu-o de bom grado.

O cacho tinha cinco uvas grandes. Dei uma a Victoria, uma a Branca, uma a Lola, uma a Pepa — as crianças! —, e a última, entre risos e palmas unânimes, a Platero, que a pegou, brusco, com seus dentes enormes.

XCI ALMIRANTE

Tú no lo conociste. Se lo llevaron antes de que tú vinieras. De él aprendí la nobleza. Como ves, la tabla con su nombre sigue sobre el pesebre que fue suyo, en el que están su silla, su bocado y su cabestro.

¡Qué ilusión cuando entró en el corral por vez primera, Platero! Era marismeño y con él venía a mí un cúmulo de fuerza, de vivacidad, de alegría. ¡Qué bonito era! Todas las mañanas, muy temprano, me iba con él ribera abajo y galopaba por las marismas levantando las bandadas de grajos que merodeaban por los molinos cerrados. Luego, subía por la carretera y entraba, en un duro y cerrado trote corto, por la calle Nueva.

Una tarde de invierno vino a mi casa monsieur Dupont, el de las bodegas de San Juan, su fusta en la mano. Dejó sobre el velador de la salita unos billetes y se fue con Lauro hacia el corral. Después, ya anocheciendo, como en un sueño, vi pasar por la ventana a monsieur Dupont con Almirante enganchado en su *charret*, calle Nueva arriba, entre la lluvia.

No sé cuántos días tuve el corazón encogido. Hubo que llamar al médico y me dieron bromuro y éter y no sé qué más, hasta que el tiempo, que todo lo borra, me lo quitó del pensamiento, como me quitó a *Lord* y a la niña también, Platero.

Sí, Platero. ¡Qué buenos amigos hubierais sido Almirante y tú!

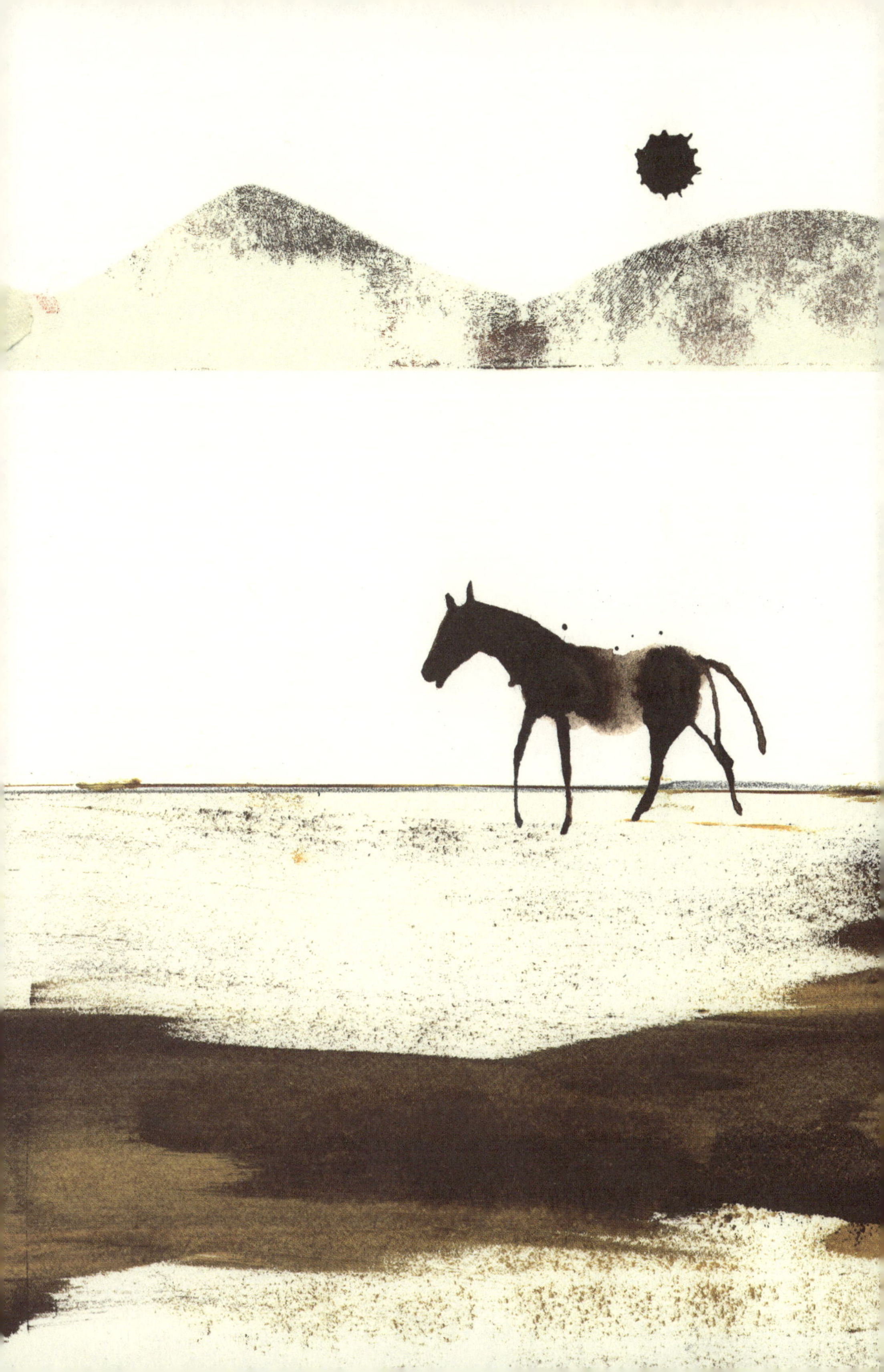

XCI ALMIRANTE

Não o conheceste. Levaram-no antes que tu chegasses. Com ele aprendi a nobreza. Como vês, a placa com seu nome continua sobre a manjedoura que foi dele, na qual estão sua sela, seu bocal e seu cabresto.

Que fantástico quando ele entrou no curral pela primeira vez, Platero! Era do mangue, e com ele me vinha um cúmulo de força, de vivacidade, de alegria. Como era bonito! Todas as manhãs, muito cedo, ia com ele ribeira abaixo e galopava pelos manguezais levantando os bandos de gralhas que assediavam os moinhos fechados. Depois, subia pela estrada e entrava, num trote duro e cerrado, pela rua Nova.

Uma tarde de inverno veio à minha casa *monsieur* Dupont, o das tabernas de São João, com o chicote na mão. Deixou umas notas sobre o velador da saleta e foi com Lauro para o curral. Depois, já anoitecendo, como num sonho, vi passar pela janela *monsieur* Dupont com Almirante atrelado a sua charrete, subindo a rua Nova no meio da chuva.

Não sei por quantos dias fiquei com o coração apertado. Foi preciso chamar o médico e me deram bromuro, éter e não sei o que mais, até que o tempo, que apaga tudo, tirou-o do meu pensamento, como tirou *Lord* e também a menina, Platero.

Sim, Platero. Que bons amigos teriam sido Almirante e tu!

XCII VIÑETA

Platero; en los húmedos y blandos surcos paralelos de la oscura haza recién arada, por los que corre ya otra vez un ligero brote de verdor de las semillas removidas, el sol, cuya carrera es ya tan corta, siembra, al ponerse, largos regueros de oro sensitivo. Los pájaros frioleros se van, en grandes y altos bandos, al Moro. La más leve ráfaga de viento desnuda ramas enteras de sus últimas hojas amarillas.

La estación convida a mirarnos el alma, Platero. Ahora tendremos otro amigo: el libro nuevo, escogido y noble. Y el campo todo se nos mostrará abierto, ante el libro abierto, propicio en su desnudez al infinito y sostenido pensamiento solitario.

Mira, Platero, este árbol que, verde y susurrante, cobijó, no hace un mes aún, nuestra siesta. Solo, pequeño y seco, se recorta, con un pájaro negro entre las hojas que le quedan, sobre la triste vehemencia amarilla del rápido poniente.

XCII VINHETA

Platero; nos úmidos e macios sulcos paralelos da terra de semeadura recém-arada, pelos quais já volta a correr um ligeiro germe de verdor das sementes transplantadas, o sol, cujo trajeto já é tão curto, semeia, ao se pôr, longos rastros de ouro sensitivo. Os pássaros friorentos se vão, em bandos grandes e altos, para o Mouro. A mais leve lufada de vento desnuda galhos inteiros de suas últimas folhas amarelas.

A estação convida a olharmos para nossa alma, Platero. Agora teremos outro amigo: o livro novo, seleto e nobre. E o campo todo se mostrará aberto, diante do livro aberto, propício em sua nudez ao infinito e renitente pensamento solitário.

Olha esta árvore, Platero, que verde e sussurrante abrigou nossa sesta, não faz ainda um mês. Sozinha, pequena e seca, ela se recorta, com um pássaro preto entre as folhas que lhe restam, sobre a triste veemência amarela do rápido poente.

XCIII LA ESCAMA

Desde la calle de la Aceña, Platero, Moguer es otro pueblo. Allí empieza el barrio de los marineros. La gente habla de otro modo, con términos marinos, con imágenes libres y vistosas. Visten mejor los hombres, tienen cadenas pesadas y fuman buenos cigarros y pipas largas. ¡Qué diferencia entre un hombre sobrio, seco y sencillo de la Carretería, por ejemplo, Raposo, y un hombre alegre, moreno y rubio, Picón, tú lo conoces, de la calle de la Ribera!

Granadilla, la hija del sacristán de San Francisco, es de la calle del Coral. Cuando viene algún día a casa, deja la cocina vibrando de su viva charla gráfica. Las criadas, que son una de la Friseta, otra del Monturrio, otra de los Hornos, la oyen embobadas. Cuenta de Cádiz, de Tarifa y de la Isla; habla de tabaco de contrabando, de telas de Inglaterra, de medias de seda, de plata, de oro... Luego sale taconeando y contoneándose, ceñida su figulina ligera y rizada en el fino pañuelo negro de espuma...

Las criadas se quedan comentando sus palabras de colores. Veo a Montemayor mirando una escama de pescado contra el sol, tapado el ojo izquierdo con la mano... Cuando le pregunto qué hace, me responde que es la Virgen del Carmen, que se ve, bajo el arco iris, con su manto abierto y bordado, en la escama, la Virgen del Carmen, la Patrona de los marineros; que es verdad, que se lo ha dicho Granadilla...

XCIII A ESCAMA

A partir da rua do Moinho, Platero, Moguer é outra aldeia. Lá começa o bairro dos marinheiros. As pessoas falam de outro modo, com termos marinhos, com imagens soltas e vistosas. Os homens se vestem melhor, têm correntes pesadas, fumam bons cigarros e cachimbos compridos. Que diferença entre um homem sóbrio, rude e simples da Cocheira, por exemplo o Raposo, e um homem alegre, bronzeado e loiro, o Picón, tu o conheces, da rua da Ribeira.

Granadilla, filha do sacristão de São Francisco, é da rua do Coral. Quando às vezes vem aqui em casa, deixa a cozinha vibrando com sua viva conversa figurada. As criadas, que são uma da Friseta, outra do Monturrio, outra dos Fornos, ficam bobas ao ouvi-la. Ela conta de Cádiz, de Tarifa e da Ilha; fala de tabaco contrabandeado, de tecidos da Inglaterra, de meias de seda, de prata, de ouro... Depois sai batendo os saltos e requebrando, com a figurinha ágil e ondulante cingida pelo fino lenço preto de espuma...

As criadas ficam comentando suas palavras coloridas. Vejo Montemayor olhando uma escama de peixe contra o sol, tampando o olho esquerdo com a mão... Quando lhe pergunto o que está fazendo, responde que na escama se vê a Virgem do Carmo, sob o arco-íris, com seu manto aberto e bordado, a Virgem do Carmo, padroeira dos marinheiros; que é verdade, que foi Granadilla quem disse...

XCIV PINITO

¡Eese!... ¡Eese!... ¡Eese!... ¡... maj tonto que Pinitooo!...

Casi se me había ya olvidado quién era Pinito. Ahora, Platero, en este sol suave del otoño, que hace de los vallados de arena roja un incendio mas colorado que caliente, la voz de ese chiquillo me hace, de pronto, ver venir a nosotros, subiendo la cuesta con una carga de sarmientos renegridos, al pobre Pinito.

Aparece en mi memoria y se borra otra vez. Apenas puedo recordarlo. Lo veo, un punto, seco, moreno, ágil, con un resto de belleza en su sucia fealdad; mas, al querer fijar mejor su imagen, se me escapa todo, como un sueño con la mañana, y ya no sé tampoco si lo que pensaba era de él... Quizás iba corriendo casi en cueros por la calle Nueva, en una mañana de agua, apedreado por los chiquillos; o, en un crepúsculo invernal, tornaba, cabizbajo y dando tumbos, por las tapias del cementerio viejo, al Molino de viento, a su cueva sin alquiler, cerca de los perros muertos, de los montones de basura y con los mendigos forasteros.

– ¡... maj tonto que Pinitooo!... ¡Eese!...

¡Qué daría yo, Platero, por haber hablado una vez sola con Pinito! El pobre murió, según dice la Macaria, de una borrachera, en casa de las Colillas, en la gavia del Castillo, hace ya mucho tiempo, cuando era yo niño aún, como tú ahora, Platero. Pero ¿sería tonto? ¿Cómo, cómo sería?

Platero, muerto él sin saber yo cómo era, ya sabes que, según ese chiquillo, hijo de una madre que lo conoció sin duda, yo soy más tonto que Pinito.

XCIV PINITO

Esse aíí!... Esse aíí!... Esse aíí!... mais bobo que o Pinitooo!
Quase já tinha esquecido quem era o Pinito. Agora, Platero, neste sol suave do outono, que torna os valados de areia vermelha um incêndio mais colorido do que quente, a voz daquele menino me faz, de repente, ver chegar até nós, subindo a encosta com uma carga de sarmentos enegrecidos, o pobre Pinito.
Aparece em minha memória e volta a se apagar. Mal consigo me lembrar dele. Vejo-o, por um instante, rude, moreno, ágil, com um resto de beleza em sua suja feiura; mas, ao querer fixar melhor sua imagem, tudo me escapa, como um sonho com a manhã, e já nem sei se o que eu pensava era dele... Ia correndo, talvez, quase nu pela rua Nova, numa manhã de chuva, apedrejado pelos meninos; ou, num crepúsculo invernal, voltava, cabisbaixo e aos tropeções, pelos muros do cemitério velho, ao moinho de vento, sua toca sem aluguel, perto dos cães mortos, dos montes de lixo e com os mendigos forasteiros.
– ... mais bobo que o Pinitooo!... Esse aí!
O que eu daria, Platero, para ter falado uma só vez com Pinito! Segundo diz a Macaria, o coitado morreu de uma bebedeira, na casa das Colillas, na gávea do Castelo, já há muito tempo, quando eu ainda era criança, como tu agora, Platero. Mas seria bobo? Como, como ele seria?
Platero, como ele morreu sem eu saber como era, já sabes que, segundo esse menino, filho de uma mãe que sem dúvida o conheceu, sou mais bobo que Pinito.

xcv EL RÍO

Mira, Platero, cómo han puesto el río entre las minas, el mal corazón y el padrastreo. Apenas si su agua roja recoge aquí y allá, esta tarde, entre el fango violeta y amarillo, el sol poniente; y por su cauce casi sólo pueden ir barcas de juguete. ¡Qué pobreza!

Antes, los barcos grandes de los vinateros, laúdes, bergantines, faluchos – El Lobo, La Joven Eloísa, el San Cayetano, que era de mi padre y que mandaba el pobre Quintero, La Estrella, de mi tío, que mandaba Picón –, ponían sobre el cielo de San Juan la confusión alegre de sus mástiles – ¡sus palos mayores, asombro de los niños! –; o iban a Málaga, a Cádiz, a Gibraltar, hundidos de tanta carga de vino… Entre ellos, las lanchas complicaban el oleaje con sus ojos, sus santos y sus nombres pintados de verde, de azul, de blanco, de amarillo, de carmín… Y los pescadores subían al pueblo sardinas, ostiones, anguilas, lenguados, cangrejos… El cobre de Ríotinto lo ha envenenado todo. Y menos mal, Platero, que con el asco de los ricos, comen los pobres la pesca miserable de hoy… Pero el falucho, el bergantín, el laúd, todos se perdieron.

¡Qué miseria! ¡Ya el Cristo no ve el aguaje alto en las mareas! Sólo queda, leve hilo de sangre de un muerto, mendigo harapiento y seco, la exangüe corriente del río, color de hierro igual que este ocaso rojo sobre el que La Estrella, desarmada, negra y podrida, al cielo la quilla mellada, recorta como una espina de pescado su quemada mole, en donde juegan, cual en mi pobre corazón las ansias, los niños de los carabineros.

XCV O RIO

Olha, Platero, como o mau coração e a perversidade puseram o rio entre as minas. Esta tarde, sua água vermelha, por entre o lodo violeta e amarelado, mal recolhe, aqui e ali, o sol poente; e por seu curso quase só podem ir barcos de brinquedo. Que pobreza!

Antes, os barcos grandes dos vinhateiros, laúdes, bergantins, faluchos – El Lobo, La Jóven Eloísa, o San Cayetano, do meu pai e comandado pelo pobre Quintero, La Estrella, do meu tio e comandado por Picón – punham no céu de São João a confusão alegre de seus mastros – seus mastros principais, assombro das crianças –; ou iam a Málaga, Cádiz, Gibraltar, afundados de tão carregados de vinho... Entre eles, as lanchas complicavam a marulhagem com suas escotilhas, seus santos e seus nomes pintados de verde, de azul, de branco, de amarelo, de carmim... E os pescadores subiam para a aldeia sardinhas, ostras, enguias, linguados, caranguejos... O cobre de Riotinto envenenou tudo. E ainda bem, Platero, que com o asco dos ricos os pobres comem a pesca miserável de hoje... Mas o falucho, o bergantim, o laúde, todos se perderam.

Que miséria! O Cristo já não vê a aguagem alta das marés! Só resta, leve fio de sangue de um morto, mendigo esfarrapado e seco, a corrente exangue do rio, cor de ferro como esse ocaso vermelho no qual La Estrella, desarmada, negra e apodrecida, com a quilha corroída voltada para o céu, recorta como uma espinha de peixe seu corpanzil destruído, onde os filhos dos carabineiros brincam, como as angústias em meu pobre coração.

XCVI LA GRANADA

¡Qué hermosa esta granada, Platero! Me la ha mandado Aguedilla, escogida de lo mejor de su arroyo de las Monjas. Ninguna fruta me hace pensar, como ésta, en la frescura del agua que la nutre. Estalla de salud fresca y fuerte. ¿Vamos a comérnosla?

¡Platero, qué grato gusto amargo y seco el de la difícil piel, dura y agarrada como una raíz a la tierra! Ahora, el primer dulzor, aurora hecha breve rubí, de los granos que se vienen pegados a la piel. Ahora, Platero, el núcleo apretado, sano, completo, con sus velos finos, el exquisito tesoro de amatistas comestibles, jugosas y fuertes, como el corazón de no sé qué reina joven. ¡Qué llena está, Platero! Ten, come. ¡Qué rica! ¡Con qué fruición se pierden los dientes en la abundante sazón alegre y roja! Espera, que no puedo hablar. Da al gusto una sensación como la del ojo perdido en el laberinto de colores inquietos de un calidoscopio. ¡Se acabó!

Ya yo no tengo granados, Platero. Tú no viste los del corralón de la bodega de la calle de las Flores. Íbamos por las tardes… Por las tapias caídas se veían los corrales de las casas de la calle del Coral, cada uno con su encanto, y el campo, y el río. Se oía el toque de las cornetas de los carabineros y la fragua de Sierra… Era el descubrimiento de una parte nueva del pueblo que no era la mía, en su plena poesía diaria. Caía el sol y los granados se incendiaban como ricos tesoros, junto al pozo en sombra que desbarataba la higuera llena de salamanquesas…

¡Granada, fruta de Moguer, gala de su escudo! ¡Granadas abiertas al sol grana del ocaso! ¡Granadas del huerto de las Monjas, de la cañada del Peral, de Sabariego, en los reposados valles hondos con arroyos donde se queda el cielo rosa, como en mi pensamiento, hasta bien entrada la noche!

XCVI   A ROMÃ

Que bonita esta romã, Platero! Foi Aguedilla que a mandou, escolhida entre o que há de melhor em seu arroio das Monjas. Nenhuma fruta me faz pensar como esta no frescor da água que a nutre. Estala de saúde, viva e forte! Vamos comê-la?

Platero, que agradável gosto amargo e seco o da casca difícil, dura e agarrada como uma raiz à terra! Agora, a primeira doçura, aurora feita breve rubi, das sementes que vêm grudadas à casca. Agora, Platero, o núcleo compacto, sadio, completo, com seus velos finos, o primoroso tesouro de ametistas comestíveis, suculentas e fortes, como o coração de não sei que rainha jovem. Como está cheia, Platero! Toma, come. Que delícia! Com que gozo os dentes se perdem no abundante sabor alegre e vermelho! Espera, não consigo falar. Dá ao paladar uma sensação como a do olhar perdido no labirinto de cores inquietas de um caleidoscópio. Acabou-se!

Já não tenho romãzeiras, Platero! Não viste as do quintal da taberna da rua das Flores. Íamos à tarde... Pelos muros caídos viam-se os quintais das casas da rua do Coral, cada um com seu encanto, e o campo, e o rio. Ouvia-se o toque das cornetas dos carabineiros e a forja de Sierra... Era a descoberta de uma parte nova da aldeia, que não era a minha, em sua plena poesia cotidiana. O sol se punha e as romãzeiras se incendiavam como preciosos tesouros, junto ao poço sombreado, que a figueira cheia de salamandras obstruía...

Romã, fruta de Moguer, gala de seu brasão! Romãs abertas ao sol grená do ocaso! Romãs do horto das Monjas, da baixada do Peral, de Sabariego, nos tranquilos vales fundos com arroios, em que o céu permanece rosado, como em meu pensamento, até noite bem avançada!

XCVII   EL CEMENTERIO VIEJO

Yo quería, Platero, que tú entraras aquí conmigo; por eso te he metido, entre los burros del ladrillero, sin que te vea el enterrador. Ya estamos en el silencio… Anda…

Mira; este es el patio de San José. Ese rincón umbrío y verde, con la verja caída, es el cementerio de los curas… Este patinillo encalado que se funde, sobre el poniente, en el sol vibrante de las tres, es el patio de los niños… Anda… El Almirante… Doña Benita… La zanja de los pobres, Platero…

¡Cómo entran y salen los gorriones de los cipreses! ¡Míralos qué alegres! Esa abubilla que ves ahí, en la salvia, tiene el nido en un nicho… Los niños del enterrador. Mira con qué gusto se comen su pan con manteca colorada… Platero, mira esas dos mariposas blancas…

El patio nuevo… Espera… ¿Oyes? Los cascabeles… Es el coche de las tres, que va por la carretera a la estación… Esos pinos son los del Molino de viento… Doña Lutgarda… El capitán… Alfredito Ramos, que traje yo, en su cajita blanca, de niño, una tarde de primavera, con mi hermano, con Pepe Sáenz y con Antonio Rivero… ¡Calla…! El tren de Ríotinto que pasa por el puente… Sigue… La pobre Carmen, la tísica, tan bonita, Platero… Mira esa rosa con sol… Aquí está la niña, aquel nardo que no pudo con sus ojos negros… Y aquí, Platero, está mi padre…

Platero…

XCVII O CEMITÉRIO VELHO

Eu queria, Platero, que entrasses aqui comigo; por isso te introduzi, entre os burros do tijoleiro, sem que o coveiro te visse. Agora estamos no silêncio... Vem...

Olha; este é o pátio de São José. Este canto sombrio e verde, com a grade caída, é o cemitério dos padres... Este patiozinho caiado que se funde, no poente, com o sol vibrante das três é o pátio das crianças... Vem... O Almirante, *doña* Benita... A vala dos pobres, Platero...

Como os pardais entram e saem dos ciprestes! Olha que alegres! Aquela poupa que vês ali, na sálvia, tem o ninho em um nicho... Os filhos do coveiro. Olha com que gosto comem seu pão com manteiga corada... Platero, olha aquelas duas borboletas brancas...

O pátio novo... Espera... Estás ouvindo? Os guizos... É o coche das três que vai pela estrada à estação... Aqueles pinheiros são os do moinho de vento... *Doña* Lutgarda... O capitão... Alfredito Ramos, que eu trouxe em seu caixãozinho branco de criança, uma tarde de primavera, com meu irmão, com Pepe Saenz e com Antonio Rivero... Quieto...! O trem de Riotinto passando pela ponte... Vai em frente... A pobre Carmen, a tísica, tão bonita, Platero... Olha aquela rosa com sol... Aqui está a menina, aquele nardo que não pôde com seus olhos negros... E aqui, Platero, está meu pai...

Platero...

XCVIII LIPIANI

Échate a un lado, Platero, y deja pasar a los niños de la escuela.

Es jueves, como sabes, y han venido al campo. Unos días los lleva Lipiani a lo del padre Castellano, otros al puente de las Angustias, otros a la Pila. Hoy se conoce que Lipiani está de humor, y, como ves, los ha traído hasta la Ermita.

Algunas veces he pensado que Lipiani te deshombrara – ya sabes lo que es desasnar a un niño, según palabra de nuestro alcalde –, pero me temo que te murieras de hambre. Porque el pobre Lipiani, con el pretexto de la hermandad en Dios, y aquello de que los niños se acerquen a mí, que él explica a su modo, hace que cada niño reparta con él su merienda, las tardes de campo, que él menudea, y así se come trece mitades él solo.

¡Mira qué contentos van todos! Los niños, como corazonazos mal vestidos, rojos y palpitantes, traspasados de la ardorosa fuerza de esta alegre y picante tarde de octubre. Lipiani, contoneando su mole blanda en el ceñido traje canela de cuadros, que fue de Boria, sonriente su gran barba entrecana con la promesa de la comilona bajo el pino... Se queda el campo vibrando a su paso como un metal policromo, igual que la campana gorda que ahora, callada ya a sus vísperas, sigue zumbando sobre el pueblo como un gran abejorro verde, en la torre de oro desde donde ella ve la mar.

XCVIII LIPIANI

Fica de lado, Platero, e deixa passar as crianças da escola.

É quinta-feira, como sabes, e elas vieram ao campo. Alguns dias Lipiani as leva ao velho Castellano, outros à ponte das Angústias, outros à Pila. Hoje percebe-se que Lipiani está de bom humor e, como vês, trouxe-as até a ermida.

Algumas vezes pensei que Lipiani poderia te desumanar – sabes o que é desemburrar uma criança, segundo o que diz o nosso alcaide –, mas temo que morrerias de fome. Porque o pobre Lipiani, sob o pretexto da irmandade em Deus, e aquela história de vinde a mim as criancinhas, que ele explica a seu modo, faz cada criança repartir a merenda com ele, nas tardes de campo, que ele amiúda, e assim come sozinho treze metades.

Olha como vão todos contentes! As crianças, como grandes corações malvestidos, vermelhos e palpitantes, atravessados pela ardorosa força desta alegre e incitante tarde de outubro. Lipiani, rebolando sua corpulência mole na apertada roupa xadrez cor-de-canela, que foi de Boria, a barba grisalha sorridente com a promessa da comilança debaixo do pinheiro... O campo vibra à sua passagem como um metal policromo, tal qual o sino grande que agora, já calado depois das vésperas, continua zumbindo sobre a aldeia como um grande besouro verde, da torre de ouro de onde avista o mar.

XCIX EL CASTILLO

¡Qué bello está el cielo esta tarde, Platero, con su metálica luz de otoño, como una ancha espada de oro limpio! Me gusta venir por aquí, porque desde esta cuesta en soledad se ve bien el ponerse del sol y nadie nos estorba, ni nosotros inquietamos a nadie...

Sólo una casa hay, blanca y azul, entre las bodegas y los muros sucios que bordean el jaramago y la ortiga, y se diría que nadie vive en ella. Este es el nocturno campo de amor de la Colilla y de su hija, esas buenas mozas blancas, iguales casi, vestidas siempre de negro. En esta gavia es donde se murió Pinito y donde estuvo dos días sin que lo viera nadie. Aquí pusieron los cañones cuando vinieron los artilleros. A don Ignacio, ya tú lo has visto, confiado, con su contrabando de aguardiente. Además, los toros entran por aquí, de las Angustias, y no hay ni chiquillos siquiera.

... Mira la viña por el arco del puente de la gavia, roja y decadente, con los hornos de ladrillo y el río, violeta al fondo. Mira las marismas, solas. Mira cómo el sol poniente, al manifestarse, grande y grana, como un dios visible, atrae a él el éxtasis de todo y se hunde, en la raya de mar que está detrás de Huelva, en el absoluto silencio que le rinde el mundo, es decir, Moguer, su campo, tú y yo, Platero.

XCIX O CASTELO

Que lindo está o céu esta tarde, Platero, com sua metálica luz de outono, como uma larga espada de ouro límpido! Gosto de andar por aqui, porque desta encosta solitária vê-se bem o pôr do sol e ninguém nos estorva, nem nós atrapalhamos ninguém...

Só há uma casa, branca e azul, entre as adegas e os muros sujos bordejados de saramago e urtiga, e parece que ninguém mora nela. Este é o noturno campo de amor da Colilla e de sua filha, aquelas boas moças brancas, quase iguais, vestidas sempre de preto. Foi nesta vala que Pinito morreu e ficou dois dias sem que ninguém o visse. Aqui puseram os canhões quando vieram os artilheiros. *Don* Ignacio, você já o viu, sossegado, com seu contrabando de aguardente. Também os touros passam por aqui, vindo das Angústias, e nem sequer há crianças.

... Olha a vinha pelo arco da ponte da vala, vermelha e decadente, com os fornos de tijolo e o rio arroxeado ao fundo. Olha as marismas, solitárias. Olha como o sol poente, ao se mostrar grande e grená, como um deus visível, atrai para si o êxtase de tudo e se funde, na faixa de mar que fica por trás de Huelva, no absoluto silêncio que lhe rende o mundo, ou seja, Moguer, seu campo, tu e eu, Platero.

c LA PLAZA VIEJA DE TOROS

Una vez más pasa por mí, Platero, en incogible ráfaga, la visión aquélla de la plaza vieja de toros que se quemó una tarde... de... que se quemó, yo no sé cuándo...

Ni sé tampoco cómo era por dentro... Guardo una idea de haber visto – ¿o fue en una estampa de las que venían en el chocolate que me daba Manolito Flórez? – unos perros chatos, pequeños y grises, como de maciza goma, echados al aire por un toro negro... Y una redonda soledad absoluta, con una alta yerba muy verde... Sólo sé cómo era por fuera, digo, por encima, es decir, lo que no era plaza... Pero no había gente... Yo daba, corriendo, la vuelta por las gradas de pino, con la ilusión de estar en una plaza de toros buena y verdadera, como las de aquellas estampas, más alto cada vez, y, en el anochecer de agua que se venía encima, se me entró, para siempre, en el alma, un paisaje lejano de un rico verdor negro, a la sombra, digo, al frío del nubarrón, con el horizonte de pinares recortado sobre una sola y leve claridad corrida y blanca, allá sobre el mar...

Nada más... ¿Qué tiempo estuve allí? ¿Quién me sacó? ¿Cuándo fue? No lo sé, ni nadie me lo ha dicho, Platero... Pero todos me responden, cuando les hablo de ello:

– Sí; la plaza del Castillo, que se quemó... Entonces sí que venían toreros a Moguer...

C   A VELHA PRAÇA DE TOUROS

Mais uma vez passa por mim, Platero, em intangível lampejo, aquela visão da velha praça de touros que se incendiou numa tarde... de... que se incendiou não sei quando...

Também não sei como era por dentro... Guardo uma ideia de ter visto – ou foi numa figura daquelas que vinham no chocolate que Manolito Flórez me dava? – uns cães atarracados, pequenos e cinzentos, como que de borracha maciça, lançados ao ar por um touro preto... E uma clara solidão absoluta, com um capim alto muito verde... Só sei como era por fora, ou melhor, por cima, quer dizer, o que não era praça... Mas não havia gente... Eu dava a volta, correndo, pelos degraus de pinho, na ilusão de estar numa praça de touros boa e verdadeira, como as daquelas figuras, cada vez mais alto; e, no anoitecer de água que se aproximava, lá em cima, entrou-me para sempre na alma uma paisagem longínqua de um magnífico verdor negro, à sombra, ou melhor, ao frio da nuvem imensa, com o horizonte de pinheiros recortados sobre uma única e leve claridade longa e branca, lá sobre o mar...

Nada mais... Quanto tempo estive ali? Quem me tirou? Quando foi? Não sei, nem ninguém me disse, Platero... Mas todos me respondem, quando falo nisso:

– Sim; a praça do Castelo, que se incendiou... Então, sim, vinham toureiros a Moguer...

CI   EL ECO

El paraje es tan solo, que parece que siempre hay alguien por él. De vuelta de los montes, los cazadores alargan por aquí el paso y se suben por los vallados para ver más lejos. Se dice que, en sus correrías por este término, hacía noche aquí Parrales, el bandido... La roca roja está contra el naciente y, arriba, alguna cabra desviada, se recorta, a veces, contra la luna amarilla del anochecer. En la pradera, una charca que solamente seca agosto, coge pedazos de cielo amarillo, verde, rosa, ciega casi por las piedras que desde lo alto tiran los chiquillos a las ranas, o por levantar el agua en un remolino estrepitoso.

– He parado a Platero en la vuelta del camino, junto al algarrobo que cierra la entrada del prado, negro todo de sus alfanjes secos; y aumentando mi boca con mis manos, he gritado contra la roca: ¡Platero!

La roca, con respuesta seca, endulzada un poco por el contagio del agua próxima, ha dicho: ¡Platero!

Platero ha vuelto, rápido, la cabeza, irguiéndola y fortaleciéndola, y con un impulso de arrancar, se ha estremecido todo.

¡Platero! – he gritado de nuevo a la roca.

La roca de nuevo ha dicho: ¡Platero!

Platero me ha mirado, ha mirado a la roca y, remangado el labio, ha puesto un interminable rebuzno contra el cenit.

La roca ha rebuznado larga y oscuramente con él en un rebuzno paralelo al suyo, con el fin más largo.

Platero ha vuelto a rebuznar.

La roca ha vuelto a rebuznar.

Entonces, Platero, en un rudo alboroto testarudo, se ha cerrado como un día malo, ha empezado a dar vueltas con el testuz o en el suelo, queriendo romper la cabezada, huir, dejarme solo, hasta que me lo he ido trayendo con palabras bajas, y poco a poco su rebuzno se ha ido quedando sólo en su rebuzno, entre las chumberas.

CI O ECO

O lugar é tão solitário que nele parece haver sempre alguém passando. De volta das montanhas, os caçadores aqui alargam o passo e sobem pelos valados para ver mais longe. Diz-se que, em suas correrias por esta região, Parrales, o bandido, passava a noite aqui... A rocha vermelha está contra o nascente e, lá em cima, uma cabra desgarrada se recorta, às vezes, contra a lua amarela do anoitecer. Na pradaria, um açude que só agosto seca colhe pedaços de céu amarelo, verde, rosa, quase obstruído pelas pedras que lá do alto as crianças jogam nas rãs ou para erguer a água num remoinho estrepitoso.

... Parei Platero na curva do caminho, junto da alfarrobeira que fecha a entrada do prado, toda preta com suas alfanjes secas; e, amplificando a boca com as mãos, gritei contra a rocha: Platero!

A rocha, em resposta seca, um pouco suavizada pelo contágio da água próxima, disse: Platero!

Platero virou a cabeça, rápido, erguendo-a e firmando-a, e com um impulso para arrancar estremeceu todo.

– Platero! – gritei de novo para a rocha.

De novo a rocha disse: Platero!

Platero me olhou, olhou para a rocha e, arregaçando o lábio, soltou um zurro interminável em direção ao zênite.

A rocha zurrou longa e sombriamente com ele, num zurro paralelo ao dele, com o final mais longo.

Platero voltou a zurrar.

A rocha voltou a zurrar.

Então, Platero, num rude e casmurro alvoroço, se fechou como um dia feio, começou a revirar o cachaço ou dar voltas no chão, querendo romper a cabeçada, fugir, deixar-me sozinho, até que o fui trazendo para mim, falando baixo, e pouco a pouco seu zurro foi ficando só no seu zurro, entre as figueiras-da-índia.

CII SUSTO

    Era la comida de los niños. Soñaba la lámpara su rosada lumbre tibia sobre el mantel de nieve, y los geranios rojos y las pintadas manzanas coloreaban de una áspera alegría fuerte aquel sencillo idilio de caras inocentes. Las niñas comían como mujeres; los niños discutían como algunos hombres. Al fondo, dando el pecho blanco al pequeñuelo, la madre, joven, rubia y bella, los miraba sonriendo. Por la ventana del jardín, la clara noche de estrellas temblaba, dura y fría.

    De pronto, Blanca huyó, como un débil rayo, a los brazos de la madre. Hubo un súbito silencio, y luego, en un estrépito de sillas caídas, todos corrieron tras de ella, con un raudo alborotar, mirando espantados a la ventana.

    ¡El tonto de Platero! Puesta en el cristal su cabezota blanca, agigantada por la sombra, los cristales y el miedo, contemplaba, quieto y triste, el dulce comedor encendido.

CII SUSTO

Era o jantar das crianças. O lampião sonhava seu lume rosado e tíbio sobre a toalha nevada, e os gerânios vermelhos e as maçãs coloridas tingiam de áspera e forte alegria aquele simples idílio de rostos inocentes. As meninas comiam como mulheres; os meninos discutiam como alguns homens. Ao fundo, dando o peito branco ao pequenino, a mãe, jovem, loira e bela, olhava-os sorrindo. Pela janela do jardim, a clara noite de estrelas tremia, dura e fria.

De repente, como um débil raio, Branca fugiu para os braços da mãe. Houve um súbito silêncio, e depois, num estrépito de cadeiras caídas, todos correram atrás dela, com impetuoso alvoroço, olhando espantados para a janela.

O tonto do Platero! Na vidraça sua cabeçorra branca, agigantada pela sombra, pelos vidros e pelo medo, contemplava, quieto e triste, a doce sala iluminada.

CIII LA FUENTE VIEJA

Blanca siempre sobre el pinar siempre verde; rosa o azul, siendo blanca, en la aurora; de oro o malva en la tarde, siendo blanca; verde o celeste, siendo blanca, en la noche; la fuente vieja, Platero, donde tantas veces me has visto parado tanto tiempo, encierra en sí, como una clave o una tumba, toda la elegía del mundo, es decir, el sentimiento de la vida verdadera.

En ella he visto el Partenón, las Pirámides, las catedrales todas. Cada vez que una fuente, un mausoleo, un pórtico me desvelaron con la insistente permanencia de su belleza, alternaba en mi duermevela su imagen con la imagen de la Fuente vieja.

De ella fui a todo. De todo torné a ella. De tal manera está en su sitio, tal armoniosa sencillez la eterniza, el color y la luz son suyos tan por entero, que casi se podría coger de ella en la mano, como su agua, el caudal completo de la vida. La pintó Böcklin sobre Grecia; Fray Luis la tradujo; Beethoven la inundó de alegre llanto; Miguel Ángel se la dio a Rodin.

Es la cuna y es la boda; es la canción y es el soneto; es la realidad y es la alegría; es la muerte.

Muerta está ahí, Platero, esta noche, como una carne de mármol entre el oscuro y blando verdor rumoroso; muerta, manando de mi alma el agua de mi eternidad.

CIII A FONTE VELHA

Branca sempre sobre o pinheiral sempre verde; rosa ou azul, sendo branca, na aurora; de ouro ou malva na tarde, sendo branca; verde ou celeste, sendo branca, na noite; a fonte velha, Platero, onde tantas vezes me viste parado tanto tempo, encerra em si, como uma chave ou uma tumba, toda a elegia do mundo, quer dizer, o sentimento da vida verdadeira.

Nela vi o Pártenon, as Pirâmides, as catedrais todas. Cada vez que uma fonte, um mausoléu, um pórtico me desvelaram com a insistente permanência de sua beleza, eu alternava em minha sonolência sua imagem com a imagem da Fonte velha.

Dela fui a tudo. De tudo voltei a ela. De tal maneira está em seu lugar, tal harmoniosa simplicidade a eterniza, a cor e a luz são tão inteiramente suas, que quase poderíamos colher dela na mão, como sua água, o caudal completo da vida. Pintou-a Böcklin sobre a Grécia; Frei Luis a traduziu; Beethoven a inundou de alegre pranto; Michelangelo a ofereceu a Rodin.

É o berço e é o casamento; é a canção e é o soneto; é a realidade e é a alegria; é a morte.

Ei-la morta, Platero, esta noite, como uma carne de mármore em meio ao escuro e brando verdor murmurante; morta, jorrando de minha alma a água de minha eternidade.

CIV CAMINO

¡Qué de hojas han caído la noche pasada, Platero! Parece que los árboles han dado una vuelta y tienen la copa en el suelo y en el cielo las raíces, en un anhelo de sembrarse en él. Mira ese chopo: parece Lucía, la muchacha titiritera del circo, cuando, derramada la cabellera de fuego en la alfombra, levanta, unidas, sus finas piernas bellas, que alarga la malla gris.

Ahora, Platero, desde la desnudez de las ramas, los pájaros nos verán entre las hojas de oro, como nosotros los veíamos a ellos entre las hojas verdes, en la primavera. La canción suave que antes cantaron las hojas arriba, ¡en qué seca oración arrastrada se ha tornado abajo!

¿Ves el campo, Platero, todo lleno de hojas secas? Cuando volvamos por aquí, el domingo que viene, no verás una sola. No sé dónde se mueren. Los pájaros, en su amor de la primavera, han debido decirles el secreto de ese morir bello y oculto, que no tendremos tú ni yo, Platero...

CIV   CAMINHO

Quantas folhas caíram a noite passada, Platero! Parece que as árvores se reviraram e estão com a copa no chão e as raízes no céu, num anseio de semear-se nele. Olha esse choupo: parece Lucía, a moça acrobata do circo, quando, a cabeleira de fogo derramada no tapete, levanta, juntas, suas finas belas pernas, alongadas pela malha cinzenta.

Agora, Platero, da nudez dos ramos, os pássaros nos verão entre as folhas de ouro, como nós os víamos entre as folhas verdes, na primavera. A canção suave que antes cantaram as folhas lá no alto, que seca oração arrastada tornou-se embaixo!

Vês o campo, Platero, todo cheio de folhas secas? Quando voltarmos aqui, domingo que vem, não verás nenhuma. Não sei onde elas morrem. Os pássaros, em seu amor pela primavera, devem lhes ter dito o segredo desse morrer belo e oculto, que não temos nem tu nem eu, Platero...

cv PIÑONES

Ahí viene, por el sol de la calle Nueva, la chiquilla de los piñones. Los trae crudos y tostados. Voy a comprarle, para ti y para mí, una perra gorda de piñones tostados, Platero.

Noviembre superpone invierno y verano en días dorados y azules. Pica el sol, y las venas se hinchan como sanguijuelas, redondas y azules... Por las blancas calles tranquilas y limpias pasa el liencero de La Mancha con su fardo gris al hombro; el quincallero de Lucena, todo cargado de luz amarilla, sonando su tintan que recoge en cada sonido el sol... Y, lenta, pegada a la pared, pintando con cisco, en larga raya, la cal, doblada con su espuerta, la niña de la Arena, que pregona larga y sentidamente: ¡A loj tojtaiiitoooj piñoneee...!

Los novios los comen juntos en las puertas, trocando, entre sonrisas de llama, meollos escogidos. Los niños que van al colegio, van partiéndolos en los umbrales con una piedra... Me acuerdo que, siendo yo niño, íbamos al naranjal de Mariano, en los Arroyos, las tardes de invierno. Llevábamos un pañuelo de piñones tostados, y toda mi ilusión era llevar la navaja con que los partíamos, una navaja de cabo de nácar, labrada en forma de pez, con dos ojitos correspondidos de rubí, al través de los cuales se veía la Torre Eiffel...

¡Qué gusto tan bueno dejan en la boca los piñones tostados, Platero! ¡Dan un brío, un optimismo! Se siente uno con ellos seguro en el sol de la estación fría, como hecho ya monumento inmortal, y se anda con ruido, y se lleva sin peso la ropa de invierno, y hasta echaría uno un pulso con León, Platero, o con el Manquito, el mozo de los coches...

cv PINHÕES

Aí vem, pelo sol da rua Nova, a menina dos pinhões. Vou comprar, para ti e para mim, dez centavos de pinhões torrados, Platero.

Novembro sobrepõe inverno e verão em dias dourados e azuis. O sol arde e as veias se incham como sanguessugas, redondas e azuis... Pelas brancas ruas tranquilas e limpas passa o vendedor de panos da Mancha com seu fardo cinza ao ombro; o quinquilheiro de Lucena, todo carregado de luz amarela, soando seu tin-tan que em cada som recolhe o sol... E lenta, grudada à parede, pintando a cal com cisco, em longa listra, vergada sob sua cesta, a menina da Arena, com seu pregão longo e sentido: Pinhões torradiiinhooos...!

Os namorados os comem juntos nas portas, trocando, entre sorrisos de chama, polpas selecionadas. As crianças que vão à escola os abrem nos umbrais, com uma pedra... Lembro que, quando eu era criança, íamos ao laranjal de Mariano, nos Arroios, nas tardes de inverno. Levávamos um lenço cheio de pinhões torrados, e todo o meu júbilo era levar o canivete com que os abríamos, um canivete de cabo de nácar, lavrado em forma de peixe, com dois olhinhos de rubi, um de cada lado, através dos quais via-se a Torre Eiffel...

Que gosto bom deixam na boca os pinhões torrados, Platero! Dão um ânimo, um otimismo! Com eles, a gente se sente seguro no sol da estação fria, como que já feito monumento imortal, e anda ruidosamente, vestindo sem peso a roupa de inverno, e até disposto a disputar uma queda de braço com Léon, Platero, ou com o Manquito, o moço dos coches...

CVI EL TORO HUIDO

Cuando llego yo, con Platero, al naranjal, todavía la sombra está en la cañada, blanca de la uña de león con escarcha. El sol aún no da oro al cielo incoloro y fúlgido, sobre el que la colina de chaparros dibuja sus más finas aulagas… De vez en cuando, un blando rumor, ancho y prolongado, me hace alzar los ojos. Son los estorninos que vuelven a los olivares, en largos bandos, cambiando en evoluciones ideales…

Toco las palmas… El eco… ¡Manuel!… Nadie… De pronto, un rápido rumor grande y redondo… El corazón late con un presentimiento de todo su tamaño. Me escondo, con Platero, en la higuera vieja…

Sí, ahí va. Un toro colorado pasa, dueño de la mañana, olfateando, mugiendo, destrozando por capricho lo que encuentra. Se para un momento en la colina y llena el valle, hasta el cielo, de un lamento corto y terrible. Los estorninos, sin miedo, siguen pasando con un rumor que el latido de mi corazón ahoga, sobre el cielo rosa.

En una polvareda, que el sol que asoma ya, toca de cobre, el toro baja, entre las pitas, al pozo. Bebe un momento, y luego, soberbio, campeador, mayor que el campo, se va, cuesta arriba, los cuernos colgados de despojos de vid, hacia el monte, y se pierde, al fin, entre los ojos ávidos y la deslumbrante aurora, ya de oro puro.

CVI O TOURO FUJÃO

    Quando chegou com Platero ao laranjal, a sombra ainda está na baixada, branca da unha-de-gato orvalhada. O sol ainda não dá ouro ao céu incolor e fúlgido, sobre o qual a colina de chaparreiros desenha seus mais finos tojos… De vez em quando, um suave rumor, amplo e prolongado, me faz levantar os olhos. São os estorninhos que voltam aos olivais, em grandes bandos, movendo-se em evoluções ideais…
    Bato palmas… O eco… Manuel!… Ninguém… De repente, um rápido rumor alto e claro… O coração bate com um pressentimento de todo o seu tamanho. Escondo-me, com Platero, na figueira velha…
    Sim, lá vai. Um touro vermelho passa, dono da manhã, farejando, mugindo, destroçando por capricho o que encontra. Para por um momento na colina e enche o vale, até o céu, com um lamento curto e terrível. Os estorninhos, sem medo, continuam passando sobre o céu rosa, com um rumor que as batidas de meu coração afogam.
    Na poeirada, que o sol que já aparece tinge de cobre, o touro desce entre as pitas até o poço. Bebe por um momento, e depois, soberbo, campeador, maior que o campo, vai-se encosta acima rumo ao monte, com restos de videiras pendurados nos chifres, e se perde, por fim, entre os olhos ávidos e a deslumbrante aurora, já de ouro puro.

CVII IDILIO DE NOVIEMBRE

Cuando, anochecido, vuelve Platero del campo con su blanda carga de ramas de pino para el horno, casi desaparece bajo la amplia verdura rendida. Su paso es menudo, unido, como el de la señorita del circo en el alambre, fino, juguetón… Parece que no anda. En punta las orejas, se diría un caracol debajo de su casa.

Las ramas verdes, ramas que, erguidas, tuvieron en ellas el sol, los chamarices, el viento, la luna, los cuervos – ¡qué horror! ¡ahí han estado, Platero! –, se caen, pobres, hasta el polvo blanco de las sendas secas del crepúsculo.

Una fría dulzura malva lo nimba todo. Y en el campo, que va ya a diciembre, la tierna humildad del burro cargado empieza, como el año pasado, a parecer divina…

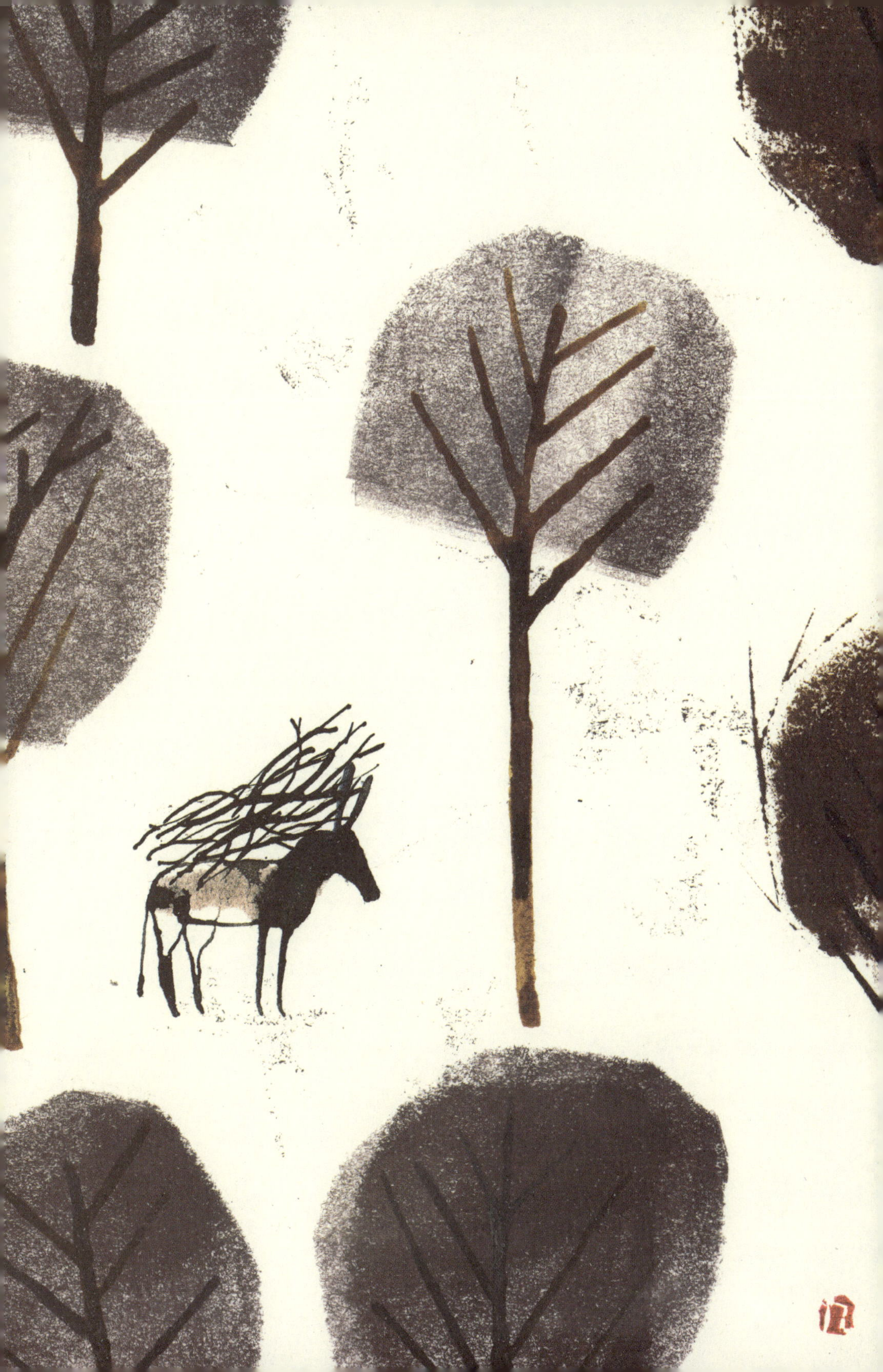

CVII   IDÍLIO DE NOVEMBRO

Quando, ao cair a noite, Platero volta do campo com sua leve carga de ramos de pinheiro para o forno, ele quase desaparece sob o amplo verdor inerte. Seu passo é miúdo, apertado, como o da mocinha do circo no arame, fino, brincalhão... Parece não andar. As orelhas em ponta, é como um caracol debaixo de sua casa.

Os ramos verdes, ramos que, erguidos, tiveram neles o sol, os tentilhões, o vento, a lua, os corvos – que horror! Estiveram aí, Platero! –, caem, coitados, até o pó branco dos caminhos secos do crepúsculo.

Uma fria doçura malva nimba tudo. E no campo, que já caminha para dezembro, a tenra humildade do burro carregado começa, como no ano passado, a parecer divina...

CVIII   LA YEGUA BLANCA

Vengo triste, Platero… Mira; pasando por la calle de las Flores, ya en la Portada, en el mismo sitio en que el rayo mató a los dos niños gemelos, estaba muerta la yegua blanca del Sordo. Unas chiquillas casi desnudas la rodeaban silenciosas.

Purita, la costurera, que pasaba, me ha dicho que el Sordo llevó esta mañana la yegua al moridero, harto ya de darle de comer. Ya sabes que la pobre era tan vieja como don Julián y tan torpe. No veía, ni oía, y apenas podía andar… A eso del mediodía la yegua estaba otra vez en el portal de su amo. Él, irritado, cogió un rodrigón y la quería echar a palos. No se iba. Entonces le pinchó con la hoz. Acudió la gente y, entre maldiciones y bromas, la yegua salió, calle arriba, cojeando, tropezándose. Los chiquillos la seguían con piedras y gritos… Al fin, cayó al suelo y allí la remataron. Algún sentimiento compasivo revoló sobre ella. – ¡Dejadla morir en paz! –, como si tú o yo hubiésemos estado allí, Platero, pero fue como una mariposa en el centro de un vendaval.

Todavía, cuando la he visto, las piedras yacían a su lado, fría ya ella como ellas. Tenía un ojo abierto del todo que, ciego en su vida, ahora que estaba muerta parecía como si mirara. Su blancura era lo que iba quedando de luz en la calle oscura, sobre la que el cielo del anochecer, muy alto con el frío, se aborregaba todo de levísimas nubecillas de rosa…

CVIII   A ÉGUA BRANCA

Estou triste, Platero... Olha; passando pela rua das Flores, já no Portal, no mesmo lugar em que o raio matou os meninos gêmeos, estava morta a égua branca do Surdo. Umas meninas quase nuas a rodeavam silenciosas.

Purita, a costureira, que ia passando, disse que o Surdo levou a égua esta manhã ao morredouro, já farto de lhe dar de comer. Como sabes, a coitada era tão velha como *don* Julián, e tão torpe. Não enxergava, não ouvia e mal podia andar... Por volta do meio-dia a égua estava outra vez no portão de seu amo. Ele, irritado, pegou uma estaca e quis afastá-la a pauladas. Ela não ia embora. Então a espetou com a foice. As pessoas acudiram e, entre imprecações e gracejos, a égua se foi, rua acima, mancando, tropeçando. As crianças a seguiam com pedras e gritos... Por fim, caiu ao chão e lá lhe deram fim. Um sentimento de compaixão esvoaçou sobre ela. – Deixem-na morrer em paz! –, como se tu e eu estivéssemos ali, Platero, mas foi como uma borboleta no meio de um vendaval.

Ainda, quando a vi, as pedras jaziam a seu lado, ela já fria como elas. Tinha um olho bem aberto, que, cego em vida, agora que estava morta parecia olhar. Sua brancura era o que ia ficando de luz na rua escura, sobre a qual o céu do anoitecer, muito alto com o frio, se encapelava todo de levíssimas nuvenzinhas cor-de-rosa...

CIX **CENCERRADA**

Verdaderamente, Platero, que estaban bien. Doña Camila iba vestida de blanco y rosa, dando lección, con el cartel y el puntero, a un cochinito. Él, Satanás, tenía un pellejo vacío de mosto en una mano y con la otra le sacaba a ella de la faltriquera una bolsa de dinero. Creo que hicieron las figuras Pepe el Pollo y Concha la Mandadera que se llevó no sé qué ropas viejas de mi casa. Delante iba Pepito el Retratado, vestido de cura, en un burro negro, con un pendón. Detrás, todos los chiquillos de la calle de Enmedio, de la calle de la Fuente, de la Carretería, de la plazoleta de los Escribanos, del callejón de tío Pedro Tello, tocando latas, cencerros, peroles, almireces, gangarros, calderos, en rítmica armonía, en la luna llena de las calles.

Ya sabes que doña Camila es tres veces viuda y que tiene sesenta años, y que Satanás, viudo también, aunque una sola vez, ha tenido tiempo de consumir el mosto de setenta vendimias. ¡Habrá que oírlo esta noche detrás de los cristales de la casa cerrada, viendo y oyendo su historia y la de su nueva esposa, en efigie y en romance!

Tres días, Platero, durará la cencerrada. Luego, cada vecina se irá llevando del altar de la plazoleta, ante el que, alumbradas las imágenes, bailan los borrachos, lo que es suyo. Luego seguirá unas noches más el ruido de los chiquillos. Al fin, sólo quedarán la luna llena y el romance…

CIX **CINCERRADA**

Realmente, Platero, eles estavam bem. *Doña* Camila estava vestida de branco e rosa, dando aula, com o cartaz e o bastão, a um porquinho. Ele, Satanás, segurava em uma das mãos um odre de mosto vazio e, com a outra, tirava da algibeira dela uma bolsa de dinheiro. Creio que quem fez as figuras foram Pepe el Pollo e Concha la Mandadera, que levou não sei que roupas velhas da minha casa. À frente ia Pepito el Retratado, vestido de padre, num burro, com uma bandeira. Atrás, todas as crianças da rua do Meio, da rua da Fonte, da Carretería, da pracinha dos Escrivães, da ruela de Pedro Tello, batendo latas, cincerros, tachos, chocalhos, caldeirões, em ritmada harmonia, sob a lua cheia das ruas.

Sabes que *doña* Camila é três vezes viúva e tem sessenta anos, e que Satanás, viúvo também, embora só uma vez, teve tempo de consumir o mosto de setenta vindimas. Seria de ouvi-lo esta noite, por trás das vidraças da casa fechada, vendo e ouvindo sua história e a da nova esposa, em efígie e em romance!

Três dias, Platero, irá durar a cincerrada. Depois, cada aldeã levará o que é seu do altar da pracinha, diante do qual, com as imagens iluminadas, dançam os bêbados. Depois o barulho das crianças seguirá por mais algumas noites. Por fim, só ficarão a lua cheia e o romance...

CX LOS GITANOS

Mírala, Platero. Ahí viene, calle abajo, en el sol de cobre, derecha, enhiesta, a cuerpo, sin mirar a nadie… ¡Qué bien lleva su pasada belleza, gallarda todavía, como en roble, el pañuelo amarillo de talle, en invierno, y la falda azul de volantes, luna-reada de blanco! Va al Cabildo, a pedir permiso para acampar, como siempre, tras el cementerio. Ya recuerdas los tenduchos astrosos de los gitanos, con sus hogueras, sus mujeres vistosas, y sus burros moribundos, mordisqueando la muerte, en derredor.

¡Los burros, Platero! ¡Ya estarán temblando los burros de la Friseta, sintiendo a los gitanos desde los corrales bajos! – Yo estoy tranquilo por Platero, porque para llegar a su cuadra tendrían los gitanos que saltar medio pueblo y, además, porque Rengel, el guarda, me quiere y lo quiere a él –. Pero, por amedrentarlo en broma, le digo, ahuecando y poniendo negra la voz:

– ¡Adentro, Platero, adentro! ¡Voy a cerrar la cancela, que te van a llevar!

Platero, seguro de que no lo robarán los gitanos, pasa, trotando, la cancela, que se cierra tras él con duro estrépito de hierro y cristales, y salta y brinca, del patio de mármol al de las flores y de éste al corral, como una flecha, rompiendo – ¡brutote! –, en su corta fuga, la enredadera azul.

CX OS CIGANOS

Olha, Platero. Lá vem ela, rua abaixo, no sol de cobre, ereta, aprumada, firme, sem olhar para ninguém… Como fica bem à sua beleza passada, ainda altiva como que de carvalho, o lenço amarelo da cintura, no inverno, e a saia azul de babados, de bolinhas brancas! Vai ao Cabido, pedir permissão para acampar, como sempre, atrás do cemitério. Decerto te lembras das barracas miseráveis dos ciganos, com suas fogueiras, suas mulheres vistosas e, ao redor, seus burros moribundos mordiscando a morte.

Os burros, Platero! Já devem estar tremendo os burros da Friseta, sentindo os ciganos já dos currais baixos! – Estou tranquilo por Platero, porque para chegar a seu estábulo os ciganos teriam que atravessar meia aldeia, e além disso porque Rengel, o guarda, gosta de mim e gosta dele também. Mas, para amedrontá-lo de brincadeira, digo, fazendo voz grave e sombria:

– Para dentro, Platero, para dentro! Vou fechar o portão, senão vão te levar!

Platero, certo de que os ciganos não o levarão, passa trotando pelo portão, que se fecha atrás dele com um estrépito duro de ferro e vidro, e salta e brinca, do pátio de mármore ao das flores e deste ao curral, como uma flecha, quebrando – brutinho! –, em sua breve fuga, a trepadeira azul.

CXI LA LLAMA

Acércate más, Platero. Ven… Aquí no hay que guardar etiquetas. El casero se siente feliz a tu lado, porque es de los tuyos. Alí, su perro, ya sabes que te quiere. Y yo ¡no te digo nada, Platero!… ¡Qué frío hará en el naranjal! Ya oyes a Raposo: ¡Dioj quiá que no je queme nesta noche muchaj naranja!

¿No te gusta el fuego, Platero? No creo que mujer desnuda alguna pueda poner su cuerpo con la llamarada. ¿Qué caballera suelta, qué brazos, qué piernas resistirían la comparación con estas desnudeces ígneas? Tal vez no tenga la naturaleza muestra mejor que el fuego. La casa está cerrada y la noche fuera y sola; y, sin embargo, ¡cuánto más cerca que el campo mismo estamos, Platero, de la naturaleza, en esta ventana abierta al antro plutónico! El fuego es el universo dentro de casa. Colorado e interminable, como la sangre de una herida del cuerpo, nos calienta y nos da hierro, con todas las memorias de la sangre.

¡Platero, qué hermoso es el fuego! Mira cómo Alí, casi quemándose en él, lo contempla con sus vivos ojos abiertos. ¡Qué alegría! Estamos envueltos en danzas de oro y danzas de sombras. La casa toda baila, y se achica y se agiganta en juego fácil, como los rusos. Todas las formas surgen de él, en infinito encanto: ramas y pájaros, el león y el agua, el monte y la rosa. Mira; nosotros mismos, sin quererlo, bailamos en la pared, en el suelo, en el techo.

¡Qué locura, qué embriaguez, qué gloria! El mismo amor parece muerte aquí, Platero.

CXI A CHAMA

Chega mais perto, Platero. Vem... Aqui não é preciso cumprir etiquetas. O caseiro se sente feliz ao teu lado, porque é dos teus. Alí, seu cão, sabes que gosta de ti. E eu, não te digo nada, Platero!... Que frio deve estar fazendo no laranjal! Já podes ouvir Raposo: Deus queira que esta noite não se queime muita laranja!

Não gostas do fogo, Platero? Não creio que nenhuma mulher nua possa confrontar seu corpo com a fogueira. Que cabeleira solta, que braços, que pernas resistiriam à comparação com essas nudezes ígneas? Talvez a natureza não tenha mostra melhor do que o fogo. A casa está fechada e a noite, fora e só; e, no entanto, quanto mais perto que o próprio campo estamos da natureza, Platero, nesta janela aberta ao antro plutônico! O fogo é o universo dentro de casa. Vermelho e interminável, como o sangue de um ferimento do corpo, aquece-nos e nos dá força. Com todas as memórias do sangue.

Platero, como é lindo o fogo! Vê como Alí, quase se queimando nele, contempla-o com seus vivos olhos abertos. Que alegria! Estamos envolvidos em danças de ouro e danças de sombras. A casa toda dança, e se apequena e se agiganta em jogo fácil, como os russos. Todas as formas surgem dele, em infinito encanto: ramos e pássaros, o leão e a água, a montanha e a rosa. Olha; nós mesmos, sem querer, dançamos na parede, no chão, no teto.

Que loucura, que embriaguez, que glória! O próprio amor, aqui, parece morte, Platero!

CXII CONVALECENCIA

Desde la débil iluminación amarilla de mi cuarto de convaleciente, blando de alfombras y tapices, oigo pasar por la calle nocturna, como en un sueño con relente de estrellas, ligeros burros que retornan del campo, niños que juegan y gritan.

Se adivinan cabezotas oscuras de asnos, y cabecitas finas de niños que, entre los rebuznos, cantan, con cristal y plata, coplas de Navidad. El pueblo se siente envuelto en una humareda de castañas tostadas, en un vaho de establos, en un aliento de hogares en paz…

Y mi alma se derrama, purificadora, como si un raudal de aguas celestes le surtiera de la peña en sombra del corazón. ¡Anochecer de redenciones! ¡Hora íntima, fría y tibia a un tiempo, llena de claridades infinitas!

Las campanas, allá arriba, allá fuera, repican entre las estrellas. Contagiado, Platero rebuzna en su cuadra, que, en este instante de cielo cercano, parece que está muy lejos… Yo lloro, débil, conmovido y solo, igual que Fausto…

CXII CONVALESCENÇA

Da débil luz amarela de meu quarto de convalescente, forrado de alcatifas e tapetes, ouço passar pela rua noturna, como num sonho com relento de estrelas, burros ligeiros que voltam do campo, crianças que brincam e gritam.

Adivinham-se cabeçorras escuras de asnos e cabecinhas finas de crianças que, entre os zurros, cantam, com cristal e prata, coplas de Natal. Sente-se a aldeia envolvida numa fumaceira de castanhas torradas, num vapor de estábulos, num alento de lares em paz...

E minha alma se derrama, purificadora, como se um caudal de águas celestes brotasse da rocha sombria do coração. Anoitecer de redenções! Hora íntima, fria e tépida ao mesmo tempo, cheia de claridades infinitas!

Os sinos, lá no alto, lá fora, repicam entre as estrelas. Contagiado, Platero zurra em seu estábulo, que, nesse instante de céu próximo, parece muito longe... Eu choro, débil, comovido e só, como Fausto...

CXIII EL BURRO VIEJO

> … En fin, anda tan cansado
> que a cada paso se pierde…
>
> (*El potro rucio del Alcayde
> de los Vélez.*)
>
> ROMANCERO GENERAL

No sé cómo irme de aquí, Platero, ¿Quién lo deja ahí al pobre, sin guía y sin amparo?

Ha debido salirse del moridero. Yo creo que no nos oye ni nos ve. Ya lo viste esta mañana en ese mismo vallado, bajo las nubes blancas, alumbrada su seca miseria mohína, que llenaban de islas vivas las moscas, por el sol radiante, ajeno a la belleza prodigiosa del día de invierno. Daba una lenta vuelta, como sin oriente, cojo de todas las patas y se volvía otra vez al mismo sitio. No ha hecho más que mudar de lado. Esta mañana miraba al poniente y ahora mira al naciente.

¡Qué traba la de la vejez, Platero! Ahí tienes a ese pobre amigo, libre y sin irse, aun viniendo ya hacia él la primavera. ¿O es que está muerto, como Bécquer, y sigue de pie, sin embargo? Un niño podría dibujar su contorno fijo, sobre el cielo del anochecer.

Ya lo ves… Lo he querido empujar y no arranca… Ni atiende a las llamadas… Parece que la agonía lo ha sembrado en el suelo…

Platero, se va a morir de frío en ese vallado alto, esta noche, pasado por el norte… No sé cómo irme de aquí; no sé qué hacer, Platero…

CXIII   O BURRO VELHO

> ... No fim, anda tão cansado
> que a cada passo se perde...
>
> (*El potro rucio del Alcayde
> de los Vélez.*)
>
> ROMANCERO GENERAL

Não sei como me afastar daqui, Platero. Quem o deixa aí, o coitado, sem guia nem amparo?

Deve ter saído do morredouro. Creio que não nos ouve nem nos vê. Decerto o viste esta manhã, neste mesmo valado, sob as nuvens brancas, iluminada sua miséria seca e murcha, que as moscas enchiam de ilhas vivas, com o sol radiante, alheio à beleza prodigiosa do dia de inverno. Dava uma volta lenta, como que sem oriente, coxo de todas as patas, e voltava outra vez ao mesmo lugar. Só fez mudar de lado. Esta manhã olhava para o poente e agora olha para o nascente.

Que entrave o da velhice, Platero! Aí tens esse pobre amigo, livre sem ir-se, embora já venha a seu encontro a primavera. Ou será que está morto, como Bécquer, e no entanto continua em pé? Uma criança poderia desenhar seu contorno fixo, sobre o céu do anoitecer.

Já o vês... Eu quis empurrá-lo mas ele não sai do lugar... Nem atende aos chamados... Parece que a agonia o plantou no chão...

Platero, ele vai morrer de frio neste valado alto, esta noite, golpeado pelo vento norte... Não sei como me afastar daqui; não sei o que fazer, Platero...

CXIV EL ALBA

En las lentas madrugadas de invierno, cuando los gallos alertas ven las primeras rosas del alba y las saludan galantes, Platero, harto de dormir, rebuzna largamente. ¡Cuán dulce su lejano despertar, en la luz celeste que entra por las rendijas de la alcoba! Yo, deseoso también del día, pienso en el sol desde mi lecho mullido.

Y pienso en lo que habría sido del pobre Platero, si en vez de caer en mis manos de poeta hubiese caído en las de uno de esos carboneros que van, todavía de noche, por la dura escarcha de los caminos solitarios, a robar los pinos de los montes, o en las de uno de esos gitanos astrosos que pintan los burros y les dan arsénico y les ponen alfileres en las orejas para que no se les caigan.

Platero rebuzna de nuevo. ¿Sabrá que pienso en él? ¿Qué me importa? En la ternura del amanecer, su recuerdo me es grato como el alba misma. Y, gracias a Dios, él tiene una cuadra tibia y blanda como una cuna, amable como mi pensamiento.

CXIV A AURORA

Nas lentas madrugadas de inverno, quando os galos alertas veem as primeiras rosas da aurora e as saúdam galantes, Platero, farto de dormir, zurra longamente. Como é doce seu distante despertar, na luz azul-celeste que entra pelas frestas da alcova! Eu, também desejando o dia, penso no sol, da minha cama macia.

E penso no que teria sido do pobre Platero se, em vez de cair em minhas mãos de poeta, tivesse caído nas de algum desses carvoeiros que vão, ainda de noite, pelo duro gelo dos caminhos solitários, roubar os pinheiros das montanhas, ou nas de um desses ciganos desprezíveis que pintam os burros, lhes dão arsênico e lhes põem alfinetes nas orelhas para que elas não fiquem pendentes.

Platero zurra de novo. Saberá que estou pensando nele? O que me importa? Na ternura do amanhecer, sua lembrança me é grata como a própria aurora. E, graças a Deus, ele tem um estábulo tépido e macio como um berço, amável como meu pensamento.

CXV FLORECILLAS

A mi madre

Cuando murió Mamá Teresa, me dice mi madre, agonizó con un delirio de flores. Por no sé qué asociación Platero, con las estrellitas de colores de mi sueño de entonces, niño pequeñito, pienso, siempre que lo recuerdo, que las flores de su delirio fueron las verbenas, rosas, azules, moradas.

No veo a Mamá Teresa más que a través de los cristales de colores de la cancela del patio, por los que yo miraba azul o grana la luna y el sol, inclinada tercamente sobre las macetas celestes o sobre los arriates blancos. Y la imagen permanece sin volver la cara, – porque yo no me acuerdo cómo era –, bajo el sol de la siesta de agosto o bajo las lluviosas tormentas de setiembre.

En su delirio dice mi madre que llamaba a no sé qué jardinero invisible, Platero. El que fuera, debió llevársela por una vereda de flores, de verbenas, dulcemente. Por ese camino torna ella, en mi memoria, a mí que la conservo a su gusto en mi sentir amable, aunque fuera del todo de mi corazón, como entre aquellas sedas finas que ella usaba, sembradas todas de flores pequeñitas, hermanas también de los heliotropos caídos del huerto y de las lucecillas fugaces de mis noches de niño.

CXV FLOREZINHAS

Para minha mãe

Quando *Mamá* Teresa morreu, diz minha mãe, agonizou com um delírio de flores. Por não sei que associação, Platero, com as estrelinhas coloridas do meu sonho de então, menino pequenino, penso, sempre que lembro, que as flores de seu delírio foram verbenas, rosas, azuis, roxas.

Só vejo *Mamá* Teresa através dos vidros coloridos da porta do pátio, pelos quais eu olhava azul ou grená a lua e o sol, inclinada obstinadamente sobre os vasos azul-celeste ou sobre os canteiros brancos. E a imagem permanece sem voltar o rosto – porque não me lembro de como era –, sob o sol da sesta de agosto ou sob as chuvosas tormentas de setembro.

Em seu delírio, minha mãe diz que ela chamava um certo jardineiro invisível, Platero. Seja quem for, devia levá-la por uma vereda de flores, de verbenas, docemente. Por esse caminho ela volta, em minha memória, a mim, que a conservo conforme sua vontade em meu sentimento amável, ainda que completamente fora de meu coração, como entre aquelas sedas finas que ela usava, todas semeadas de flores pequeninas, também irmãs dos helitrópios caídos do horto e das luzinhas fugazes de minhas noites de criança.

CXVI NAVIDAD

¡La candela en el campo...! Es tarde de Nochebuena, y un sol opaco y débil clarea apenas en el cielo crudo, sin nubes, todo gris en vez de todo azul, con un indefinible amarillor en el horizonte de poniente... De pronto, salta un estridente crujido de ramas verdes que empiezan a arder; luego, el humo apretado, blanco como armiño, y la llama, al fin, que limpia el humo y puebla el aire de puras lenguas momentáneas, que parecen lamerlo.

¡Oh la llama en el viento! Espíritus rosados, amarillos, malvas, azules, se pierden no sé dónde, taladrando un secreto cielo bajo; ¡y dejan un olor de ascua en el frío! ¡Campo, tibio ahora, de diciembre! ¡Invierno con cariño! ¡Nochebuena de los felices!

Las jaras vecinas se derriten. El paisaje, a través del aire caliente, tiembla y se purifica como si fuese de cristal errante. Y los niños del casero, que no tienen Nacimiento, se vienen alrededor de la candela, pobres y tristes, a calentarse las manos arrecidas, y echan en las brasas bellotas y castañas, que revientan, en un tiro.

Y se alegran luego, y saltan sobre el fuego que ya la noche va enrojeciendo, y cantan:

> ... Camina, María,
> camina, José...

Yo les traigo a Platero, y se lo doy, para que jueguen con él.

CXVI NATAL

A fogueira no campo…! É tarde de Natal, e um sol opaco e débil clareia vagamente no céu cru, sem nuvens, todo cinza em vez de todo azul, com um indefinível amarelado no horizonte do poente… De repente, ergue-se um estridente crepitar de ramos verdes que começam a queimar; depois, a fumaça densa, branca como arminho, e a chama, por fim, que limpa a fumaça e povoa o ar de puras línguas instantâneas, que parecem lambê-lo.

Oh, a chama no vento! Espíritos rosados, amarelos, malvas, azuis, perdem-se não sei onde, perfurando um secreto céu baixo; e deixam um cheiro de brasa no frio! Campo, tépido agora, de dezembro! Inverno com carinho! Noite de Natal dos felizes!

As estevas vizinhas se derretem. A paisagem, através do ar quente, treme e se purifica como se fosse de cristal errante. E os filhos do caseiro, que não têm presépio, chegam à volta da fogueira, pobres e tristes, para aquecer as mãos congeladas, e lançam nas brasas bolotas e castanhas, que arrebentam num estouro.

Então se alegram, saltam sobre o fogo que a noite já vai avermelhando e cantam:

… Caminha, Maria,
caminha, José…

Trago-lhes Platero, e o ofereço, para que brinquem com ele.

CXVII LA CALLE DE LA RIBERA

Aquí, en esta casa grande, hoy cuartel de la guardia civil, nací yo, Platero. ¡Cómo me gustaba de niño y qué rico me parecía este pobre balcón, mudéjar a lo maestro Garfia, con sus estrellas de cristales de colores! Mira por la cancela, Platero; todavía las lilas, blancas y lilas, y las campanillas azules engalanan, colgando la verja de madera, negra por el tiempo, del fondo del patio, delicia de mi edad primera.

Platero, en esta esquina de la calle de las Flores se ponían por la tarde los marineros, con sus trajes de paño de varios azules, en hazas, como el campo de octubre. Me acuerdo que me parecían inmensos; que, entre sus piernas, abiertas por la costumbre del mar, veía yo, allá abajo, el río, con sus listas paralelas de agua y de marisma, brillantes aquéllas, secas éstas y amarillas; con un lento bote en el encanto del otro brazo del río; con las violentas manchas coloradas en el cielo del poniente... Después mi padre se fue a la calle Nueva, porque los marineros andaban siempre navaja en mano, porque los chiquillos rompían todas las noches la farola del zaguán y la campanilla y porque en la esquina hacía siempre mucho viento...

Desde el mirador se ve el mar. Y jamás se borrará de mi memoria aquella noche en que nos subieron a los niños todos, temblorosos y ansiosos, a ver el barco inglés aquel que estaba ardiendo en la Barra...

CXVII A RUA DA RIBEIRA

Aqui, nesta casa grande, hoje quartel da guarda civil, nasci eu, Platero. Como gostava dela, quando criança, e como me parecia bonito este pobre balcão, mudéjar à maneira do mestre Grafía, com suas estrelas de vidros coloridos! Olha pelo portão, Platero; ainda os lilases, brancos e lilás, e as campânulas azuis enfeitam, pendentes da grade de madeira do fundo do pátio, escurecida pelo tempo, delícia de minha primeira infância.

Platero, nesta esquina da rua das Flores postavam-se à tarde os marinheiros, com suas roupas de tecido de vários azuis, em faixas, como o campo de outubro. Lembro que me pareciam imensos, que entre suas pernas, abertas pelo hábito do mar, eu via o rio, lá embaixo, com suas listas paralelas de água e marisma, brilhantes aquelas, secas estas e amarelas; com um lento bote no encanto do outro braço do rio; com as violentas manchas vermelhas no céu do poente... Depois meu pai se mudou para a rua Nova, porque os marinheiros andavam sempre de canivete na mão, porque as crianças todas as noites quebravam a lanterna do vestíbulo e a campainha, e porque na esquina sempre ventava muito...

Do mirante se vê o mar. E jamais se apagará da minha memória aquela noite em que nos levaram para cima, todas as crianças, trêmulas e ansiosas, para ver o barco inglês que estava ardendo na Barra...

CXVIII EL INVIERNO

Dios está en su palacio de cristal. Quiero decir que llueve, Platero. Llueve. Y las últimas flores que el otoño dejó obstinadamente prendidas a sus ramas exangües, se cargan de diamantes. En cada diamante, un cielo, un palacio de cristal, un Dios. Mira esta rosa; tiene dentro otra rosa de agua, y al sacudirla ¿ves?, se te cae la nueva flor brillante, como su alma, y se queda mustia y triste, igual que la mía.

El agua debe ser tan alegre como el sol. Mira, si no, cuál corren felices, los niños, bajo ella, recios y colorados, al aire las piernas. Ve cómo los gorriones se entran todos, en bullanguero bando súbito, en la yedra, en la escuela, Platero, como dice Darbón, tu médico.

Llueve. Hoy no vamos al campo. Es día de contemplaciones. Mira cómo corren las canales del tejado. Mira cómo se limpian las acacias, negras ya y un poco doradas todavía; cómo torna a navegar por la cuneta el barquito de los niños, parado ayer entre la yerba. Mira ahora, en este sol instantáneo y débil, cuán bello el arco iris que sale de la iglesia y muere, en una vaga irisación, a nuestro lado.

CXVIII O INVERNO

Deus está em seu palácio de cristal. Quero dizer que está chovendo, Platero. Está chovendo. E as últimas flores que o outono deixou obstinadamente presas a seus ramos exangues carregam-se de diamantes. Em cada diamante, um céu, um palácio de cristal, um Deus. Olha esta rosa; tem dentro outra rosa de água, e ao sacudi-la, vês?, cai dela a nova flor brilhante, com sua alma, deixando-a murcha e triste, como a minha.

A água deve ser tão alegre quanto o sol. Olha, pois, como correm felizes as crianças, debaixo dela, ágeis e coradas pernas para o ar. Olha como os pardais entram todos, em buliçoso bando repentino, na hera, na escola, Platero, como diz Darbón, teu médico.

Está chovendo. Hoje não vamos ao campo. É dia de contemplações. Olha como escorrem as calhas do telhado. Olha como se limpam as acácias, já escuras e ainda um pouco douradas; como volta a navegar pela sarjeta o barquinho das crianças, ontem parado em meio ao capim. Olha agora, neste sol instantâneo e débil, como é belo o arco-íris que sai da igreja e morre, numa vaga irisação, ao nosso lado.

CXIX LECHE DE BURRA

La gente va más de prisa y tose en el silencio de la mañana de diciembre. El viento vuelca el toque de misa en el otro lado del pueblo. Pasa vacío el coche de las siete... Me despierta otra vez un vibrador ruido de los hierros de la ventana... ¿Es que el ciego ha atado a ella otra vez, como todos los años, su burra?

Corren presurosas las lecheras arriba y abajo, con su cántaro de lata en el vientre, pregonando su blanco tesoro en el frío. Esta leche que saca el ciego a su burra es para los catarrosos.

Sin duda, el ciego, como es ciego, no ve la ruina, mayor, si es posible, cada día, cada hora, de su burra. Parece ella entera un ojo ciego de su amo... Una tarde, yendo yo con Platero por la cañada de las ánimas, me vi al ciego dando palos a diestro y siniestro tras la pobre burra que corría por los prados, sentada casi en la yerba mojada. Los palos caían en un naranjo, en la noria, en el aire, menos fuertes que los juramentos que, de ser sólidos, habrían derribado el torreón del Castillo... No quería la pobre burra vieja más advientos y se defendía del destino vertiendo en lo infecundo de la tierra como Onán, la dádiva de algún burro desahogado... El ciego, que vive su oscura vida vendiendo a los viejos por un cuarto, o por una promesa, dos dedos del néctar de los burrillos, quería que la burra retuviese, de pie, el don fecundo, causa de su dulce medicina.

Y ahí está la burra, rascando su miseria en los hierros de la ventana, farmacia miserable, para todo otro invierno, de viejos fumadores, tísicos y borrachos.

CXIX LEITE DE BURRA

As pessoas andam mais depressa e tossem no silêncio da manhã de dezembro. O vento perturba o toque de missa no outro lado da aldeia. Passa vazio o coche das sete... Desperta-me outra vez o ruído vibrante das ferragens da janela... Será que o cego amarrou a ela, de novo, como todos os anos, a sua burra?

Correm apressadas as leiteiras para cima e para baixo, com seu cântaro de lata ao ventre, apregoando no frio seu branco tesouro. Esse leite que o cego tira da sua burra é para os catarrosos.

Sem dúvida o cego, como é cego, não vê a ruína maior, se é possível, a cada dia, a cada hora, de sua burra. Parece ela inteira um olho cego de seu amo... Uma tarde, ia eu com Platero pela baixada das almas, quando vi o cego dando pauladas à esquerda e à direita atrás da pobre burra que corria pelos prados, quase sentada no capim molhado. As pauladas caíam numa laranjeira, na nora, no ar, menos fortes que as juras que, se fossem sólidas, teriam derrubado a torre do Castelo... A pobre burra velha não queria mais adventos e se defendia do destino vertendo na infecundidade da terra, como Onã, a dádiva de algum burro folgado... O cego, que vive sua vida escura vendendo aos velhos por um tostão, ou por uma promessa, dois dedos de néctar dos burrinhos, queria que a burra mantivesse, de pé, o dom fecundo, causa de sua doce medicina.

E aí está a burra, rascando sua miséria nas ferragens da janela, farmácia miserável, para mais um inverno inteiro, de velhos fumadores, tísicos e bêbados.

cxx NOCHE PURA

Las almenadas azoteas blancas se cortan secamente sobre el alegre cielo azul, gélido y estrellado. El norte silencioso acaricia, vivo, con su pura agudeza.

Todos creen que tienen frío y se esconden en las casas y las cierran. Nosotros, Platero, vamos a ir despacio, tú con tu lana y con mi manta, yo con mi alma, por el limpio pueblo solitario.

¡Qué fuerza de adentro me eleva, cual si fuese yo una torre de piedra tosca con remate de plata libre! ¡Mira cuánta estrella! De tantas como son, marean. Se diría el cielo un mundo de niños; que le está rezando a la tierra un encendido rosario de amor ideal.

¡Platero, Platero! Diera yo toda mi vida y anhelara que tú quisieras dar la tuya, por la pureza de esta alta noche de enero, sola, clara y dura!

CXX NOITE PURA

　　Os brancos terraços ameados se recortam secamente contra o alegre céu azul, gélido e estrelado. O vento norte silencioso acaricia, vivo, com sua pura agudeza.
　　Todos creem que têm frio e se escondem nas casas, e as fecham. Nós, Platero, vamos devagar, tu com tua lã e com minha manta, eu com minha alma, pela limpa aldeia solitária.
　　Que força de dentro me levanta, como se eu fosse uma torre de pedra tosca com remate de prata livre! Olha quantas estrelas! São tantas que até estonteiam. Parece que o céu é um mundo de crianças; que está rezando para a terra um rosário iluminado de amor ideal.
　　Platero, Platero! Daria eu toda a minha vida, e desejaria que quisesses dar a tua, pela pureza desta noite alta de janeiro, solitária, clara e vigorosa!

CXXI LA CORONA DE PEREJIL

¡A ver quién llega antes!

El premio era un libro de estampas, que yo había recibido la víspera, de Viena.

– ¡A ver quién llega antes a las violetas!… A la una… A las dos… ¡A las tres!

Salieron las niñas corriendo, en un alegre alboroto blanco y rosa al sol amarillo. Un instante, se oyó en el silencio que el esfuerzo mudo de sus pechos abría en la mañana, la hora lenta que daba el reloj de la torre del pueblo, el menudo cantar de un mosquitito en la colina de los pinos, que llenaban los lirios azules, el venir del agua en el regato… Llegaban las niñas al primer naranjo, cuando Platero, que holgazaneaba por allí, contagiado del juego, se unió a ellas en su vivo correr. Ellas, por no perder, no pudieron protestar, ni reírse siquiera…

Yo les gritaba: ¡Que gana Platero! ¡Que gana Platero!

Sí, Platero llegó a las violetas antes que ninguna, y se quedó allí, revolcándose en la arena.

Las niñas volvieron protestando sofocadas, subiéndose las medias, cogiéndose el cabello: – ¡Eso no vale! ¡Eso no vale! ¡Pues no! ¡Pues no! ¡Pues no, ea!

Les dije que aquella carrera la había ganado Platero y que era justo premiarlo de algún modo. Que bueno, que el libro, como Platero no sabía leer, se quedaría para otra carrera de ellas, pero que a Platero había que darle un premio.

Ellas, seguras ya del libro, saltaban y reían, rojas: ¡Sí! ¡Sí! ¡Sí!

Entonces, acordándome de mí mismo, pensé que Platero tendría el mejor premio en su esfuerzo, como yo en mis versos. Y cogiendo un poco de perejil del cajón de la puerta de la casera, hice una corona, y se la puse en la cabeza, honor fugaz y máximo, como a un lacedemonio.

CXXI   A COROA DE SALSA

Vamos ver quem chega primeiro!
O prêmio era um livro de figuras que eu tinha recebido na véspera, de Viena!
– Vamos ver quem chega primeiro às violetas!... Um... Dois... Três!
As meninas saíram correndo, num alegre alvoroço branco e rosa ao sol amarelo. Por um instante ouviram-se, no silêncio que o esforço mudo de seus peitos abria na manhã, a hora lenta que dava o relógio da torre da aldeia, o canto miúdo de um mosquitinho na colina dos pinheiros, que enchiam os lírios azuis, o correr da água no regato... Chegavam as meninas à primeira laranjeira quando Platero, que folgazava por ali, contagiado pela brincadeira, uniu-se a elas em seu correr animado. Elas, para não perder, não puderam protestar, nem sequer rir...
Eu lhes gritava: Platero vai ganhar! Platero vai ganhar!
Sim, Platero chegou às violetas antes de todas, e ficou ali, corcoveando na areia.
As meninas voltaram protestando ofegantes, levantando as meias, prendendo o cabelo: – Isso não vale! Isso não vale! Nada disso! Nada disso, ora!
Eu disse que Platero ganhara aquela corrida e que era justo premiá-lo de algum modo. Tudo bem, o livro, como Platero não sabia ler, ficaria para outra corrida delas, mas que era preciso dar um prêmio a Platero.
Elas, já com certeza do livro, pulavam e riam, vermelhas: Sim! Sim! Sim!
Então, lembrando-me de mim mesmo, pensei que Platero teria o melhor prêmio em seu esforço, como eu em meus versos. E, colhendo um pouco de salsa do caixote da porta da caseira, fiz uma coroa e pus na cabeça dele, honra fugaz e máxima, como de um lacedemônio.

CXXII LOS REYES MAGOS

¡Qué ilusión, esta noche, la de los niños, Platero! No era posible acostarlos. Al fin, el sueño los fue rindiendo, a uno en una butaca, a otro en el suelo, al arrimo de la chimenea, a Blanca en una silla baja, a Pepe en el poyo de la ventana, la cabeza sobre los clavos de la puerta, no fueran a pasar los Reyes… Y ahora, en el fondo de esta afuera de la vida, se siente como un gran corazón pleno y sano, el sueño de todos, vivo y mágico.

Antes de la cena, subí con todos. ¡Qué alboroto por la escalera, tan medrosa para ellos otras noches! – A mí no me da miedo de la montera, Pepe, ¿y a ti?, decía Blanca, cogida muy fuerte de mi mano. – Y pusimos en el balcón, entre las cidras, los zapatos de todos. Ahora, Platero, vamos a vestirnos Montemayor, tita, María Teresa, Lolilla, Perico, tú y yo, con sábanas y colchas y sombreros antiguos. Y a las doce, pasaremos ante la ventana de los niños en cortejo de disfraces y de luces, tocando almireces, trompetas y el caracol que está en el último cuarto. Tú irás delante conmigo, que seré Gaspar y llevaré unas barbas blancas de estopa, y llevarás, como un delantal, la bandera de Colombia, que he traído de casa de mi tío, el cónsul… Los niños, despertados de pronto, con el sueño colgado aún, en jirones, de los ojos asombrados, se asomarán en camisa a los cristales temblorosos y maravillados. Después, seguiremos en su sueño toda la madrugada, y mañana, cuando ya tarde, los deslumbre el cielo azul por los postigos, subirán, a medio vestir, al balcón y serán dueños de todo el tesoro.

El año pasado nos reímos mucho. ¡Ya verás cómo nos vamos a divertir esta noche, Platero, camellito mío!

CXXII OS REIS MAGOS

Que alegria, esta noite, a das crianças, Platero! Não era possível pô-las na cama. Por fim, o sono as foi rendendo, uma no banquinho, outra no chão, no arrimo da lareira, Branca numa cadeira baixa, Pepe no banco de pedra da janela, a cabeça nos cravos da porta, para não deixar passar os Reis Magos... E agora, no fundo deste intervalo da vida, sente-se como um grande coração, pleno e sadio, o sonho de todos, vivo e mágico.

Antes do jantar, subi com todos. Que alvoroço na escada, tão amedrontadora para eles em outras noites! – Eu não tenho medo da varanda, Pepe, e você? – dizia Branca, agarrada muito forte à minha mão. E pusemos no balcão, entre as cidras, os sapatos de todos. Agora, Platero, vamos nos vestir, Montemayor, Tita, María Teresa, Lolilla, Perico, tu e eu, com os lençóis, colchas e chapéus antigos. E, à meia-noite, vamos passar diante da janela das crianças num cortejo de fantasias e de luzes, tocando almofarizes, trombetas e o búzio que está no último quarto. Irás na frente comigo, que serei Gaspar e terei umas barbas brancas de estopa, e tu levarás, como um avental, a bandeira da Colômbia, que trouxe da casa do meu tio, o cônsul... As crianças, acordadas de repente, com o sono ainda pendurado, em farrapos, nos olhos assombrados, surgirão de camisola nos vidros, trêmulas e maravilhadas. Depois, continuaremos em seu sonho toda a madrugada, e amanhã, já tarde, quando o céu azul as deslumbrar pelos postigos, subirão ao balcão, meio vestidas, e serão donas de todo o tesouro.

O ano passado rimos muito. Verás como vamos nos divertir esta noite, Platero, camelinho meu!

CXXIII *MONS-URIUM*

El Monturrio, hoy. Las colinitas rojas, más pobres cada día por la cava de los areneros, que, vistas desde el mar, parecen de oro y que nombraron los romanos de ese modo brillante y alto. Por él se va, más pronto que por el Cementerio, al Molino de viento. Asoma ruinas por doquiera y en sus viñas los cavadores sacan huesos, monedas y tinajas.

... Colón no me da demasiado bienestar, Platero. Que si paró en mi casa; que si comulgó en Santa Clara, que si es de su tiempo esta palmera o la otra hospedería... Está cerca y no va lejos, y ya sabes los dos regalos que nos trajo de América. Los que me gusta sentir bajo mí, como una raíz fuerte, son los romanos, los que hicieron ese hormigón del Castillo que no hay pico ni golpe que arruine, en el que no fue posible clavar la veleta de la Cigüeña, Platero...

No olvidaré nunca el día en que, muy niño, supe este nombre: *Mons-urium*. Se me ennobleció de pronto el Monturrio y para siempre. Mi nostalgia de lo mejor, ¡tan triste en mi pobre pueblo!, halló un engaño deleitable. ¿A quién tenía yo que envidiar ya? ¿Qué antigüedad, qué ruina – catedral o castillo – podría ya retener mi largo pensamiento sobre los ocasos de la ilusión? Me encontré de pronto como sobre un tesoro inextinguible. Moguer, Monte de oro, Platero; puedes vivir y morir contento.

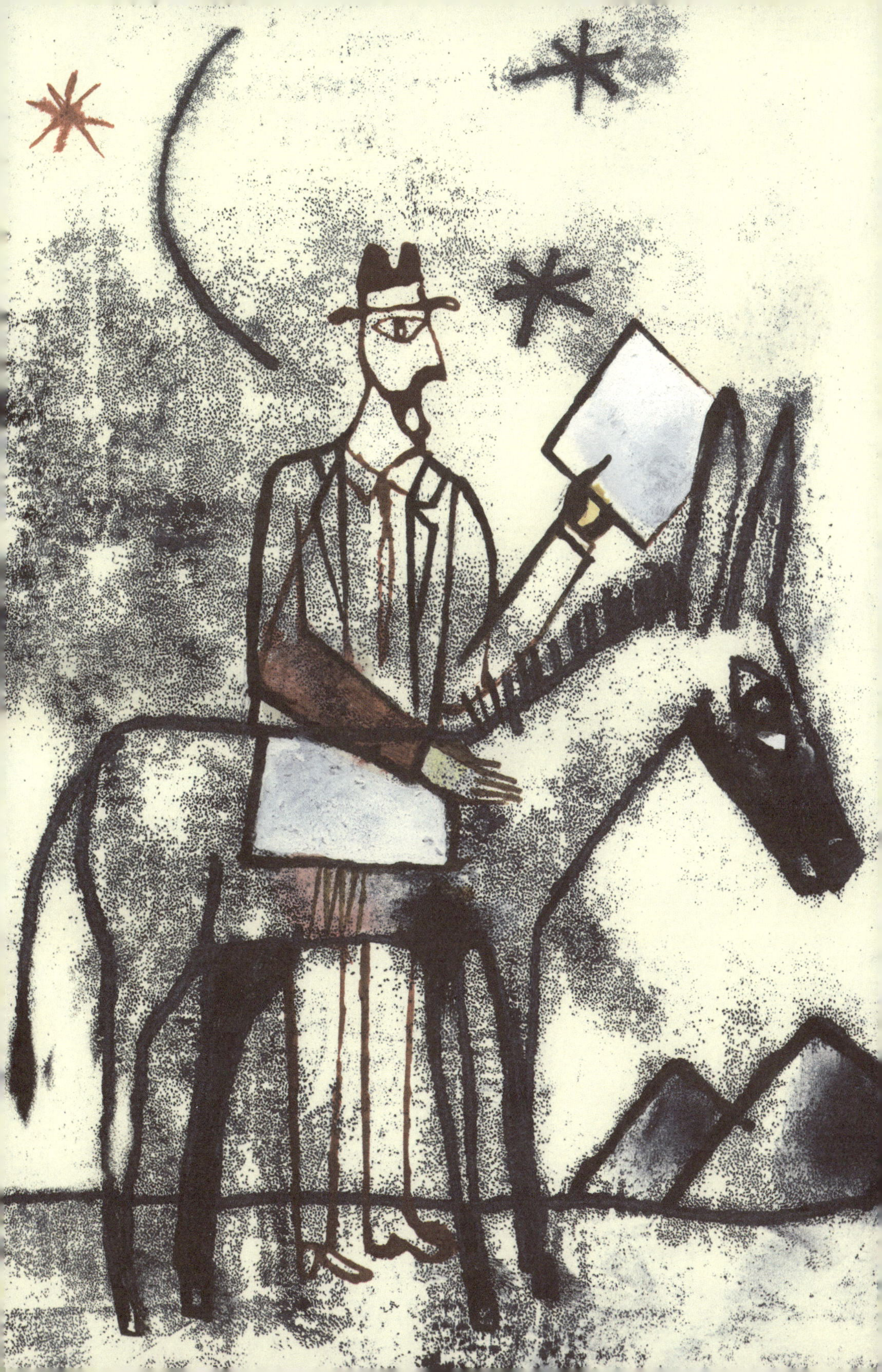

CXXIII *MONS-URIUM*

O Monturrio, hoje. As pequenas colinas vermelhas, empobrecidas a cada dia pelas escavações dos areeiros, que, vistas do mar, parecem de ouro e foram denominadas pelos romanos desse modo brilhante e elevado. Por ele se vai, mais depressa do que pelo cemitério, ao moinho de vento. Mostra ruínas por toda parte e em seus vinhedos os escavadores extraem ossos, moedas e potes.

– Colombo não me faz sentir muito bem, Platero. Certo que parou na minha casa; certo que comungou em Santa Clara, certo que é do seu tempo esta palmeira ou a outra hospedaria... Está perto e não vai longe, e já sabes os dois presentes que nos trouxe da América. Os que gosto de sentir embaixo de mim, como uma raiz forte, são os romanos, os que fizeram essa construção de concreto do castelo que não há picareta nem golpe que estrague, no qual não foi possível cravar o cata-vento da Cegonha, Platero...

Nunca esquecerei o dia em que, muito criança, fiquei sabendo desse nome: *Mons-urium*. De repente enobreceu-se para mim o Monturrio, e para sempre. Minha nostalgia do melhor, tão triste em minha pobre aldeia!, achou um logro delicioso! A quem teria eu que invejar agora? Que antiguidade, que ruína – catedral ou castelo – poderia reter meu amplo pensamento sobre os ocasos da ilusão? Vi-me de repente como sobre um tesouro inextinguível. Moguer, monte de ouro, Platero; podes viver e morrer contente.

CXXIV   EL VINO

Platero, te he dicho que el alma de Moguer es el pan. No. Moguer es como una caña de cristal grueso y claro, que espera todo el año, bajo el redondo cielo azul, su vino de oro. Llegado setiembre, si el diablo no agua la fiesta, se colma esta copa, hasta el borde, de vino y se derrama casi siempre como un corazón generoso.

Todo el pueblo huele entonces a vino, más o menos generoso, y suena a cristal. Es como si el sol se donara en líquida hermosura y por cuatro cuartos, por el gusto de encerrarse en el recinto trasparente del pueblo blanco, y de alegrar su sangre buena. Cada casa es, en cada calle, como una botella en la estantería de Juanito Miguel o del Realista, cuando el poniente las toca de sol.

Recuerdo "La fuente de la indolencia", de Turner que parece pintada toda, en su amarillo limón, con vino nuevo. Así Moguer, fuente de vino que, como la sangre, acude a cada herida suya, sin término; manantial de triste alegría que, igual al sol de abril, sube a la primavera cada año, pero cayendo cada día.

CXXIV VINHO

Platero, eu te disse que a alma de Moguer é o pão. Não, Moguer é como uma taça de cristal grosso e claro, que espera o ano todo, sob o puro céu azul, seu vinho de ouro. Chegando setembro, se o diabo não água a festa, esse copo se enche de vinho, até a borda, e se derrama quase sempre como um coração generoso.

Toda a aldeia, então, cheira a vinho, mais ou menos generoso, e soa a cristal. É como se o sol se doasse em líquida formosura e por quatro quartos, pelo gosto de encerrar-se no recinto transparente da aldeia branca e de alegrar seu sangue bom. Cada casa é, em cada rua, como uma garrafa na estante de Juanito Miguel ou do realista, quando o poente as tinge de sol.

Lembro "A fonte da indolência", de Turner, que parece toda pintada, em seu amarelo limão, com vinho novo. Assim Moguer, fonte de vinho que, como o sangue, acorre a cada ferimento seu, interminavelmente; manancial de triste alegria que, como o sol de abril, sobe a cada ano na primavera, mas caindo a cada dia.

CXXV LA FÁBULA

Desde niño, Platero, tuve un horror instintivo al apólogo, como a la iglesia, a la guardia civil, a los toreros y al acordeón. Los pobres animales, a fuerza de hablar tonterías por boca de los fabulistas, me parecían tan odiosos como en el silencio de las vitrinas hediondas de la clase de Historia natural. Cada palabra que decían, digo, que decía un señor acatarrado, rasposo y amarillo, me parecía un ojo de cristal, un alambre de ala, un soporte de rama falsa. Luego, cuando vi en los circos de Huelva y de Sevilla animales amaestrados, la fábula, que había quedado, como las planas y los premios, en el olvido de la escuela dejada, volvió a surgir como una pesadilla desagradable de mi adolescencia.

Hombre ya, Platero, un fabulista, Jean de La Fontaine, de quien tú me has oído tanto hablar y repetir, me reconcilió con los animales parlantes; y un verso suyo, a veces, me parecía voz verdadera del grajo, de la paloma o de la cabra. Pero siempre dejaba sin leer la moraleja, ese rabo seco, esa ceniza, esa pluma caída del final.

Claro está, Platero, que tú no eres un burro en el sentido vulgar de la palabra, ni con arreglo a la definición del Diccionario de la Academia Española. Lo eres, sí, como yo lo sé y lo entiendo. Tú tienes tu idioma y no el mío, como no tengo yo el de la rosa ni ésta el del ruiseñor. Así, no temas que vaya yo nunca, como has podido pensar entre mis libros, a hacerte héroe charlatán de una fabulilla, trenzando tu expresión sonora con la de la zorra o el jilguero, para luego deducir, en letra cursiva, la moral fría y vana del apólogo. No, Platero…

CXXV A FÁBULA

Desde menino, Platero, tive horror instintivo ao apólogo, assim como à igreja, à guarda civil, aos toureiros e ao acordeão. Os pobres animais, de tanto falar bobagem pela boca dos fabulistas, pareciam-me tão odiosos quanto no silêncio das vitrines hediondas da aula de História natural. Cada palavra que diziam, ou melhor, que dizia um homem acatarrado, áspero e amarelo, parecia-me um olho de vidro, um arame de asa, um suporte de galho falso. Depois, quando vi nos circos de Huelva e de Sevilha animais amestrados, a fábula, que, como as folhas de papel e os prêmios, havia ficado no esquecimento da escola terminada, voltou a surgir como um pesadelo desagradável de minha adolescência.

Já homem, Platero, um fabulista, Jean de la Fontaine, de quem tanto me ouviste falar e repetir, me reconciliou com os animais falantes; e um verso seu, às vezes, parecia-me voz verdadeira da gralha, da pomba ou da cabra. Mas sempre deixava sem ler a moral, aquele rabo seco, aquela cinza, aquela pena caída do final.

É claro, Platero, que não és um burro no sentido vulgar da palavra, nem de acordo com a definição do Dicionário da Academia Espanhola. Tu o és, sim, como o sei e entendo. Tens teu idioma e não o meu, como não tenho o da rosa nem esta o do rouxinol. Assim, não temas que algum dia, como podes ter pensado entre meus livros, eu vá te fazer herói charlatão de uma fabulazinha, enredando tua expressão sonora com a da raposa ou do pintassilgo, para depois deduzir, em letra cursiva, a moral fria e vã do apólogo. Não, Platero...

CXXVI CARNAVAL

¡Qué guapo está hoy Platero! Es lunes de Carnaval, y los niños, que se han disfrazado vistosamente de toreros, de payasos y de majos, le han puesto el aparejo moruno, todo bordado, en rojo, verde, blanco y amarillo, de recargados arabescos.

Agua, sol y frío. Los redondos papelillos de colores van rodando paralelamente por la acera, al viento agudo de la tarde, y las máscaras, ateridas, hacen bolsillos de cualquier cosa para las manos azules.

Cuando hemos llegado a la plaza, unas mujeres vestidas de locas, con largas camisas blancas, coronados los negros y sueltos cabellos con guirnaldas de hojas verdes, han cogido a Platero en medio de su corro bullanguero y, unidas por las manos, han girado alegremente en torno de él.

Platero, indeciso, yergue las orejas, alza la cabeza y, como un alacrán cercado por el fuego, intenta, nervioso, huir por doquiera. Pero, como es tan pequeño, las locas no le temen y siguen girando, cantando y riendo a su alrededor. Los chiquillos, viéndolo cautivo, rebuznan para que él rebuzne. Toda la plaza es ya un concierto altivo de metal amarillo, de rebuznos, de risas, de coplas, de panderetas y de almireces...

Por fin, Platero, decidido igual que un hombre, rompe el corro y se viene a mí trotando y llorando, caído el lujoso aparejo. Como yo, no quiere nada con los Carnavales... No servimos para estas cosas...

CXXVI CARNAVAL

Como Platero está bonito hoje! É segunda-feira de Carnaval, e as crianças, que se fantasiaram vistosamente de toureiros, de palhaços e de *majos*, puseram-lhe o arreio mourisco, todo bordado, em vermelho, verde, branco e amarelo, de arabescos pesados.

Água, sol e frio. Os papeluchos redondos coloridos vão rodando paralelamente pela calçada, ao vento cortante da tarde, e as máscaras, hirtas, fazem qualquer coisa de bolsos para as mãos azuis.

Quando chegamos à praça, umas mulheres vestidas de loucas, com largas camisolas brancas, os cabelos negros e soltos coroados com guirlandas de folhas verdes, prenderam Platero no meio de sua roda buliçosa e, de mãos dadas, giraram alegremente em torno dele.

Platero, indeciso, ergue as orelhas, levanta a cabeça e, como um escorpião cercado pelo fogo, tenta, nervoso, fugir por algum lugar. Mas, como é tão pequeno, as loucas não têm medo dele e continuam girando, cantando e rindo ao seu redor. As crianças, vendo-o preso, zurram para que ele zurre. Toda a praça é já um concerto soberbo de metal amarelo, de zurros, de risos, de coplas, de pandeiretas e de almofarizes...

Por fim, Platero, decidido como um homem, rompe a roda e vem até mim trotando e chorando, o luxuoso arreio caído. Como eu, não quer nada com os Carnavais... Não servimos para essas coisas...

CXXVII LEÓN

Voy yo con Platero, lentamente, a un lado cada uno de los poyos de la plaza de las Monjas, solitaria y alegre en esta calurosa tarde de febrero, el temprano ocaso comenzado ya, en un malva diluido en oro, sobre el hospital, cuando de pronto siento que alguien más está con nosotros. Al volver la cabeza, mis ojos se encuentran con las palabras: don Juan… Y León da una palmadita…

Sí, es León, vestido ya y perfumado para la música del anochecer, con su saquete a cuadros, sus botas de hilo blanco y charol negro, su descolgado pañuelo de seda verde y, bajo el brazo, los relucientes platillos. Da una palmadita y me dice que a cada uno le concede Dios lo suyo; que si yo escribo en los diarios.., él, con ese oído que tiene, es capaz… – Ya v'osté, don Juan, loj platiyo… El ijtrumento más difísi… El uniquito que ze toca zin papé… – Si él quisiera fastidiar a Modesto, con ese oído, pues silbaría, antes que la banda las tocara, las piezas nuevas. – Ya v'osté… Ca cuá tié lo zuyo… Ojté ejcribe en loj diario… Yo tengo ma juersa que Platero… Toq'ust'aquí…

Y me muestra su cabeza vieja y despelada, en cuyo centro, como la meseta castellana, duro melón viejo y seco, un gran callo es señal clara de su duro oficio.

Da una palmadita, un salto, y se va silbando, un guiño en los ojos con viruelas, no sé qué pasodoble, la pieza nueva, sin duda, de la noche. Pero vuelve de pronto y me da una tarjeta:

León
Decano de los mozos de cuerda
de Moguer

CXXVII LEÓN

Vou com Platero, lentamente, cada um de um lado dos bancos de pedra da praça das Monjas, solitária e alegre naquela tarde ardente de fevereiro, já iniciado o prematuro ocaso, em um malva diluído em ouro, sobre o hospital, quando de repente sinto que mais alguém está conosco. Ao voltar a cabeça, meus olhos se encontram com as palavras: *don* Juan... E León dá um tapinha...

Sim, é León, já vestido e perfumado para a música do anoitecer, com seu paletó xadrez, suas botas de cordão branco e verniz preto, seu lenço de seda verde pendente e, debaixo do braço, os pratos reluzentes. Dá um tapinha e diz que a cada um Deus concede o seu; que, se eu escrevo nos jornais..., ele, com aquele ouvido que tem, é capaz... – Veja só, *don* Juan, os pratos... O instrumento mais difícil... O único que se toca sem papel... Se ele quisesse aborrecer Modesto, com aquele ouvido, assobiaria, antes que a banda as tocasse, as peças novas. – É isso... Cada um com o que é seu... O senhor escreve nos jornais... Eu tenho mais força que Platero... Toque aqui...

E me mostra sua cabeça velha e pelada, em cujo centro, como a meseta castelhana, duro melão velho e seco, um grande calo é sinal claro de seu duro ofício.

Dá um tapinha, um salto, e vai embora assobiando, uma piscadela nos olhos bexiguentos, não sei que *pasodoble,* decerto a peça nova da noite. Mas volta de repente e me dá um cartão:

León
Decano dos carregadores
de Moguer

CXXVIII   EL MOLINO DE VIENTO

¡Qué grande me parecía entonces, Platero, esta charca, y qué alto ese circo de arena roja! ¿Era en esta agua donde se reflejaban aquellos pinos agrios, llenando luego mi sueño con su imagen de belleza? ¿Era este el balcón desde donde yo vi una vez el paisaje más claro de mi vida, en una arrobadora música de sol?

Sí, las gitanas están y el miedo a los toros vuelve. Está también, como siempre, un hombre solitario – ¿el mismo, otro? –, un Caín borracho que dice cosas sin sentido a nuestro paso, mirando con su único ojo al camino, a ver si viene gente... y desistiendo al punto... Está el abandono y está la elegía, pero ¡qué nuevo aquél, y ésta qué arruinada!

Antes de volverle a ver en él mismo, Platero, creí ver este paraje, encanto de mi niñez, en un cuadro de Courbet y en otro de Bocklin. Yo siempre quise pintar su esplendor, rojo frente al ocaso de otoño, doblado con sus pinetes en la charca de cristal que socava la arena... Pero sólo queda, ornada de jaramago, una memoria, que no resiste la insistencia, como un papel de seda al lado de una llama brillante, en el sol mágico de mi infancia.

CXXVIII O MOINHO DE VENTO

Como então me parecia grande este açude, Platero, e alto este círculo de areia vermelha! Era nesta água que se refletiam aqueles pinheiros rudes, enchendo depois meu sonho com sua imagem de beleza? Era este o balcão de onde vi certa vez a paisagem mais clara de minha vida, numa arrebatadora música de sol?

Sim, as ciganas estão e volta o medo dos touros. Também está, como sempre, um homem solitário – o mesmo, outro? –, um Caim bêbado que diz coisas sem sentido quando passamos, olhando para o caminho com seu único olho, para ver se vem gente... e desistindo logo... Está o abandono e está a elegia, mas tão novo aquele, e esta, tão arruinada!

Antes de voltar a vê-la como é, Platero, acreditei ver esta paragem, encanto de minha infância, em um quadro de Courbet e em outro de Böcklin. Eu sempre quis pintar seu esplendor, vermelho diante do ocaso de outono, duplicado com seus pinheiros no açude de cristal que escava a areia... Mas só resta, ornada de saramago, uma memória, que não resiste à insistência, como um papel de seda ao lado de uma chama brilhante, no sol mágico de minha infância.

CXXIX LA TORRE

No, no puedes subir a la torre. Eres demasiado grande. ¡Si fuera la Giralda de Sevilla!

¡Cómo me gustaría que subieras! Desde el balcón del reloj se ven ya las azoteas del pueblo, blancas, con sus monteras de cristales de colores y sus macetas floridas pintadas de añil. Luego, desde el del sur, que rompió la campana gorda cuando la subieron, se ve el patio del Castillo, y se ve el Diezmo y se ve, en la marea, el mar. Más arriba, desde las campanas, se ven cuatro pueblos y el tren que va a Sevilla, y el tren de Ríotinto y la Virgen de la Peña. Después hay que guindar por la barra de hierro y allí le tocarías los pies a Santa Juana, que hirió el rayo, y tu cabeza, saliendo por la puerta del templete, entre los azulejos blancos y azules, que el sol rompe en oro, sería el asombro de los niños que juegan al toro en la plaza de la Iglesia, de donde subiría a ti, agudo y claro, su gritar de júbilo.

¡A cuántos triunfos tienes que renunciar, pobre Platero! ¡Tu vida es tan sencilla como el camino corto del Cementerio viejo!

CXXIX   A TORRE

Não, não podes subir na torre. És grande demais. Se fosse a Giralda de Sevilha!

Como eu gostaria que subisses! Do balcão do relógio veem-se os terraços da aldeia, brancos, com suas coberturas de vidro colorido e seus vasos floridos pintados de anil. Depois, do balcão do sul, que o sino grande quebrou quando o alçaram, vê-se o pátio do castelo, vê-se o Dízimo e vê-se, na maré alta, o mar. Mais acima, dos sinos, veem-se quatro aldeias e o trem que vai para Sevilha, o trem de Ríotinto e a Virgem de la Peña. Em seguida é preciso subir pela barra de ferro e lá tocarias nos pés de Santa Joana, atingida pelo raio, e tua cabeça, saindo pela porta do nicho, entre os azulejos brancos e azuis, que o sol rompe em ouro, seria o assombro das crianças que brincam de touro na praça da Igreja, de onde subiria a ti, agudo e claro, seu grito de júbilo.

A quantos triunfos tens que renunciar, pobre Platero! Tua vida é tão simples quanto o caminho curto do cemitério velho!

CXXX LOS BURROS DEL ARENERO

Mira, Platero, los burros del Quemado; lentos, caídos, con su picuda y roja carga de mojada arena, en la que llevan clavada, como en el corazón, la vara de acebuche verde con que les pegan…

CXXX OS BURROS DO AREEIRO

Olha, Platero, os burros do Quemado; lentos, abatidos, com sua carga pontuda e vermelha de areia molhada, na qual levam cravada, como no coração, a vara de zambujeiro com que os fustigam...

CXXXI MADRIGAL

Mírala, Platero. Ha dado, como el caballito del circo por la pista, tres vueltas en redondo por todo el jardín, blanca como la leve ola única de un dulce mar de luz, y ha vuelto a pasar la tapia. Me la figuro en el rosal silvestre que hay del otro lado y casi la veo a través de la cal. Mírala. Ya está aquí otra vez. En realidad, son dos mariposas; una blanca, ella, otra negra, su sombra.

Hay, Platero, bellezas culminantes que en vano pretenden otras ocultar. Como en el rostro tuyo los ojos son el primer encanto, la estrella es el de la noche y la rosa y la mariposa lo son del jardín matinal.

Platero, ¡mira qué bien vuela! ¡Qué regocijo debe ser para ella el volar así! Será como es para mí, poeta verdadero, el deleite del verso. Toda se interna en su vuelo, de ella misma a su alma, y se creyera que nada más le importa en el mundo, digo, en el jardín.

Cállate, Platero… Mírala. ¡Qué delicia verla volar así, pura y sin ripio!

CXXXI MADRIGAL

Olha para ela, Platero. Como o cavalinho do circo pelo picadeiro, deu três voltas em círculo por todo o jardim, branca como a leve e única onda de um doce mar de luz, e voltou a atravessar a cerca. Imagino-a na roseira silvestre que há do outro lado e quase a vejo através da cal. Olha para ela. Já está aqui outra vez. Na verdade, são duas borboletas; uma branca, ela, outra negra, sua sombra.

Há belezas culminantes, Platero, que em vão outras pretendem ocultar. Como no teu rosto os olhos são o primeiro encanto, a estrela é o da noite e a rosa e a borboleta o são do jardim matinal.

Platero, olha como voa bem! Que regozijo deve ser para ela voar assim! Deve ser como é para mim, poeta verdadeiro, o deleite do verso. Absorve-se inteira em seu voo, de si mesma à sua alma, e é de acreditar que nada mais lhe importa no mundo, ou melhor, no jardim.

Cala-te, Platero... Olha para ela. Que delícia vê-la voar assim, pura e sem resíduo.

CXXXII LA MUERTE

Encontré a Platero echado en su cama de paja, blandos los ojos y tristes. Fui a él, lo acaricié hablándole, y quise que se levantara...

El pobre se removió todo bruscamente, y dejó una mano arrodillada... No podía... Entonces le tendí su mano en el suelo, lo acaricié de nuevo con ternura, y mandé venir a su médico.

El viejo Darbón, así que lo hubo visto, sumió la enorme boca desdentada hasta la nuca y meció sobre el pecho la cabeza congestionada, igual que un péndulo.

– Nada bueno, ¿eh?

No sé qué contestó... Que el infeliz se iba... Nada... Que un dolor... Que no sé qué raíz mala... La tierra, entre la yerba...

A mediodía, Platero estaba muerto. La barriguilla de algodón se le había hinchado como el mundo, y sus patas, rígidas y descoloridas, se elevaban al cielo. Parecía su pelo rizoso ese pelo de estopa apolillada de las muñecas viejas, que se cae, al pasarle la mano, en una polvorienta tristeza...

Por la cuadra en silencio, encendiéndose cada vez que pasaba por el rayo de sol de la ventanilla, revolaba una bella mariposa de tres colores...

CXXXII A MORTE

Encontrei Platero deitado em sua cama de palha, os olhos brandos e tristes. Fui até ele, acariciei-o e lhe falei, quis que se levantasse...

O coitado se revolveu todo, bruscamente, e deixou uma mão dobrada... Não podia... Então estendi sua mão no chão, acariciei-o de novo com ternura, e mandei vir seu médico.

O velho Darbón, assim que o viu, encolheu a enorme boca desdentada até a nuca e balançou sobre o peito a cabeça congestionada, como um pêndulo.

– Nada bem, não é?

Não sei o que respondeu... Que o infeliz ia embora... Nada... Que uma dor... Que uma certa raiz daninha... A terra, entre o capim...

Ao meio-dia Platero estava morto. Sua barriguinha de algodão tinha inchado como o mundo, e suas patas, rígidas e desbotadas, levantavam-se para o céu. Seu pelo crespo parecia aquele cabelo de estopa corroída das bonecas velhas, que cai quando se passa a mão, numa tristeza poeirenta...

Pelo estábulo em silêncio, acendendo-se cada vez que passava pelo raio de sol da janelinha, esvoaçava uma bela borboleta de três cores...

CXXXIII NOSTALGIA

Platero, tú nos ves, ¿verdad?

¿Verdad que ves cómo se ríe en paz, clara y fría, el agua de la noria del huerto; cuál vuelan, en la luz última, las afanosas abejas en torno del romero verde y malva, rosa y oro por el sol que aún enciende la colina?

Platero, tú nos ves, ¿verdad?

¿Verdad que ves pasar por la cuesta roja de la Fuente vieja los borriquillos de las lavanderas, cansados, cojos, tristes en la inmensa pureza que une tierra y cielo en un solo cristal de esplendor?

Platero, tú nos ves, ¿verdad?

¿Verdad que ves a los niños corriendo arrebatados entre las jaras, que tienen posadas en sus ramas sus propias flores, liviano enjambre de vagas mariposas blancas, goteadas de carmín?

Platero, tú nos ves, ¿verdad?

Platero, ¿verdad que tú nos ves? Sí, tú me ves. Y yo creo oír, sí, sí, yo oigo en el poniente despejado, endulzando todo el valle de las viñas, tu tierno rebuzno lastimero…

CXXXIII NOSTALGIA

Platero, tu nos vês, não é mesmo?

Não é verdade que vês como ri em paz, clara e fria, a água da nora do horto; como voam, na luz derradeira, as abelhas atarefadas em torno do alecrim verde e malva, cor-de-rosa e dourado pelo sol que ainda ilumina a colina?

Platero, tu nos vês, não é mesmo?

Não é verdade que vês passar pela encosta vermelha da Fonte velha os burricos das lavadeiras, cansados, coxeando, tristes na imensa pureza que une terra e céu num só cristal de esplendor?

Platero, tu nos vês, não é mesmo?

Não é verdade que vês as crianças correndo arrebatadas entre as estevas, que têm pousadas nos ramos suas próprias flores, leve enxame de vagas borboletas brancas, salpicadas de carmim?

Platero, tu nos vês, não é mesmo?

Platero, não é verdade que nos vês? Sim, tu me vês. E eu creio ouvir, sim, sim, ouço no poente límpido, suavizando todo o vale dos vinhedos, teu terno zurro lastimoso…

CXXXIV EL BORRIQUETE

Puse en el borriquete de madera la silla, el bocado y el ronzal del pobre Platero, y lo llevé todo al granero grande, al rincón en donde están las cunas olvidadas de los niños. El granero es ancho, silencioso, soleado. Desde él se ve todo el campo moguereño: el Molino de viento, rojo, a la izquierda; enfrente, embozado en pinos, Montemayor, con su ermita blanca; tras de la iglesia, el recóndito huerto de la Piña; en el poniente, el mar, alto y brillante en las mareas del estío.

Por las vacaciones, los niños se van a jugar al granero. Hacen coches, con interminables tiros de sillas caídas; hacen teatros, con periódicos pintados de almagra; iglesias, colegios...

A veces se suben en el borriquete sin alma, y con un jaleo inquieto y raudo de pies y manos, trotan por el prado de sus sueños:

– ¡Arre, Platero! ¡Arre, Platero!

CXXXIV O CAVALETE

Pus no cavalete de madeira a sela, a embocadura e o cabresto do pobre Platero, e levei tudo ao celeiro grande, para o canto em que estão os berços esquecidos das crianças. O celeiro é amplo, silencioso, ensolarado. Dele se vê todo o campo de Moguer: o moinho de vento, vermelho, à esquerda; na frente, incrustado em pinheiros, Montemayor, com sua ermida branca; atrás da igreja, o recôndito horto da Piña; no poente, o mar, alto e brilhante nas marés do estio.

Nas férias, as crianças vão brincar no celeiro. Fazem coches, com intermináveis parelhas de cadeiras viradas; fazem teatros, com jornais pintados de almagre; igrejas, escolas...

Às vezes sobem no burrinho sem alma e, com uma agitação inquieta e impetuosa de pés e mãos, trotam pelo prado de seus sonhos:

– Eia, Platero! Eia, Platero!

CXXXV MELANCOLÍA

Esta tarde he ido con los niños a visitar la sepultura de Platero, que está en el huerto de la Piña, al pie del pino redondo y paternal. En torno, abril había adornado la tierra húmeda de grandes lirios amarillos.

Cantaban los chamarices allá arriba, en la cúpula verde, toda pintada de cenit azul, y su trino menudo, florido y reidor, se iba en el aire de oro de la tarde tibia, como un claro sueño de amor nuevo.

Los niños, así que iban llegando, dejaban de gritar. Quietos y serios, sus ojos brillantes en mis ojos, me llenaban de preguntas ansiosas.

– ¡Platero amigo! – le dije yo a la tierra –; si, como pienso, estás ahora en un prado del cielo y llevas sobre tu lomo peludo a los ángeles adolescentes, ¿me habrás, quizá, olvidado? Platero, dime: ¿te acuerdas aún de mí?

Y, cual contestando a mi pregunta, una leve mariposa blanca, que antes no había visto, revolaba insistentemente, igual que un alma, de lirio en lirio…

CXXXV MELANCOLIA

    Esta tarde fui com as crianças visitar a sepultura de Platero, que está no horto da Piña, ao pé do pinheiro puro e paternal. Ao redor, abril havia adornado a terra úmida com grandes lírios amarelos.
    Os tentilhões cantavam lá em cima, na cúpula verde, toda pintada de zênite azul, e seu trinado miúdo, floreado e risonho lançava-se no ar de ouro da tarde tépida, como um claro sonho de amor novo.
    As crianças, assim que iam chegando, deixavam de gritar. Quietas e sérias, seus olhos brilhantes em meus olhos, enchiam-me de perguntas ansiosas.
    – Platero amigo! – eu disse à terra –, se, como penso, estás agora num prado do céu e levas em teu lombo peludo os anjos adolescentes, acaso me terás esquecido? Platero, diz: ainda te lembras de mim?
    E, como que respondendo à minha pergunta, uma leve borboleta branca, que antes eu não tinha visto, voava insistentemente, como uma alma, de lírio em lírio...

CXXXVI A PLATERO EN EL CIELO DE MOGUER

Dulce Platero trotón, burrillo mío, que llevaste mi alma tantas veces – ¡sólo mi alma! – por aquellos hondos caminos de nopales, de malvas y de madreselvas; a ti este libro que habla de ti, ahora que puedes entenderlo.

Va a tu alma, que ya pace en el Paraíso, por el alma de nuestros paisajes moguereños, que también habrá subido al cielo con la tuya; lleva montada en su lomo de papel a mi alma, que, caminando entre zarzas en flor a su ascensión, se hace más buena, más pacífica, más pura cada día.

Sí. Yo sé que, a la caída de la tarde, cuando, entre las oropéndolas y los azahares, llego, lento y pensativo, por el naranjal solitario, al pino que arrulla tu muerte, tú, Platero, feliz en tu prado de rosas eternas, me verás detenerme ante los lirios amarillos que ha brotado tu descompuesto corazón.

CXXXVI *PARA PLATERO NO CÉU DE MOGUER*

    Doce Platero trotador, burrinho meu, que tantas vezes levaste minha alma – só minha alma – por aqueles recônditos caminhos de nopais, de malvas e de madressilvas; para ti este livro que fala de ti, agora que podes entendê-lo.
    Vai à tua alma, que já pasta no Paraíso, pela alma de nossas paisagens de Moguer, que também terá subido ao céu com a tua; leva montada em seu lombo de papel minha alma, que, caminhando entre sarças em flor para sua ascensão, faz-se melhor, mais pacífica, mais pura a cada dia.
    Sim. Sei que, ao cair da tarde, quando entre os papa-figos e as flores de laranjeira chego, lento e pensativo, pelo laranjal solitário, ao pinheiro que embala tua morte, tu, Platero, feliz em teu prado de rosas eternas, me verás deter-me diante dos lírios amarelos que brotaram de teu coração decomposto.

CXXXVII PLATERO DE CARTÓN

Platero, cuando, hace un año, salió por el mundo de los hombres un pedazo de este libro que escribí en memoria tuya, una amiga tuya y mía me regaló este Platero de cartón. ¿Lo ves desde ahí? Mira: es mitad gris y mitad blanco; tiene la boca negra y colorada, los ojos enormemente grandes y enormemente negros; lleva unas angarillas de barro con seis macetas de flores de papel de seda, rosas, blancas y amarillas; mueve la cabeza y anda sobre una tabla pintada de añil, con cuatro ruedas toscas.

Acordándome de ti, Platero, he ido tomándole cariño a este burrillo de juguete. Todo el que entra en mi escritorio le dice sonriendo: Platero. Si alguno no lo sabe y me pregunta qué es, le digo yo: es Platero. Y de tal manera me ha acostumbrado el nombre al sentimiento, que ahora, yo mismo, aunque esté solo, creo que eres tú y lo mimo con mis ojos.

¿Tú? ¡Qué vil es la memoria del corazón humano! Este Platero de cartón me parece hoy más Platero que tú mismo, Platero…

Madrid, 1915

CXXXVII **PLATERO DE PAPELÃO**

Platero, quando, há um ano, saiu pelo mundo dos homens um pedaço deste livro que escrevi em tua memória, uma amiga tua e minha deu-me de presente este Platero de papelão. Tu o vês daí? Olha: é metade cinza e metade branco; tem a boca preta e vermelha, os olhos enormemente grandes e enormemente negros; está levando umas cangalhas de barro com seis vasos de flores de papel de seda, cor-de-rosa, brancas e amarelas; mexe a cabeça e caminha sobre uma tábua pintada de cor-de-anil, com quatro rodas toscas.

Lembrando-me de ti, Platero, fui me tomando de carinho por este burrinho de brinquedo. Cada um que entra no meu escritório lhe diz sorrindo: Platero. Se alguém não sabe e me pergunta o que é, digo-lhe: é Platero. E de tal modo o nome me acostumou ao sentimento que agora até eu, mesmo que esteja só, creio que és tu e o acaricio com meus olhos.

Tu? Como é vil a memória do coração humano! Este Platero de papelão me parece hoje mais Platero do que tu mesmo, Platero...

Madri, 1915

CXXXVIII A PLATERO, EN SU TIERRA

Un momento, Platero, vengo a estar con tu muerte. No he vivido. Nada ha pasado. Estás vivo y yo contigo... Vengo solo. Ya los niños y las niñas son hombres y mujeres. La ruina acabó su obra sobre nosotros tres – ya tú sabes –, y sobre su desierto estamos de pie, dueños de la mejor riqueza: la de nuestro corazón.

¡Mi corazón! Ojalá el corazón les bastara a ellos dos como a mí me basta. Ojalá pensaran del mismo modo que yo pienso. Pero, no; mejor será que no piensen... Así no tendrán en su memoria la tristeza de mis maldades, de mis cinismos, de mis impertinencias.

¡Con qué alegría, qué bien te digo a ti estas cosas que nadie más que tú ha de saber!... Ordenaré mis actos para que el presente sea toda la vida y les parezca el recuerdo; para que el sereno porvenir les deje el pasado del tamaño de una violeta y de su color, tranquilo en la sombra, y de su olor suave.

Tú, Platero, estás solo en el pasado. Pero ¿qué más te da el pasado a ti que vives en lo eterno, que, como yo aquí, tienes en tu mano, grana como el corazón de Dios perenne, el sol de cada aurora?

Moguer, 1916

CXXXVIII   PARA PLATERO, EM SUA TERRA

Por um momento, Platero, venho estar com tua morte. Não vivi. Nada aconteceu. Estás vivo e eu contigo... Venho sozinho. Os meninos e as meninas já são homens e mulheres. A ruína acabou sua obra sobre nós três – já sabes –, e sobre seu deserto estamos de pé, donos da melhor riqueza: a de nosso coração.

Meu coração! Oxalá o coração bastasse a eles dois como basta a mim. Oxalá pensassem do mesmo modo que eu penso. Mas não; melhor será que não pensem... Assim não terão em sua memória a tristeza de minhas maldades, de meus cinismos, de minhas impertinências.

Com que alegria, com que bem-estar digo a ti estas coisas que ninguém mais do que tu há de saber!... Ordenarei meus atos para que o presente seja toda a vida e lhes pareça a lembrança; para que o sereno porvir lhes deixe o passado do tamanho de uma violeta e de sua cor, tranquilo na sombra, e de seu aroma suave.

Tu, Platero, só estás no passado. Mas o que mais te dá o passado, a ti que vives no eterno, que, como eu aqui, tens em tua mão, grená como o coração de Deus perene, o sol de cada aurora?

Moguer, 1916

IMPRESSÃO E ACABAMENTO:
YANGRAF Fone/Fax: 2095-7722
e-mail:santana@yangraf.com.br